Editora **Charme**

ENFRENTE AS CONSEQUÊNCIAS

ROLETA Russa

FAMÍLIA GAZZONI
VOLUME 1 - 2ª PARTE

GISELE S

Copyright© 2017 Gisele Souza
Copyright© 2018 Editora Charme

Todos os direitos reservados. Nenhuma parte deste livro pode ser utilizada ou reproduzida sob qualquer meio existente sem autorização por escrito dos editores.

Esta é uma obra de ficção. Nomes, personagens, lugares e acontecimentos descritos são produtos de imaginação do autor. Qualquer semelhança com nomes, datas e acontecimentos reais é mera coincidência.

1ª Impressão 2018

Produção Editorial: Editora Charme
Capa e Produção Gráfica: Verônica Góes
Revisão: Jamille Freitas e Ingrid Lopes
Foto: Depositphotos

Este livro segue as regras da Nova Ortografia da Língua Portuguesa.

CIP-BRASIL, CATALOGAÇÃO NA PUBLICAÇÃO
SINDICATO NACIONAL DE EDITORES DE LIVROS, RJ

Souza, Gisele
Roleta Russa / Gisele Souza
Editora Charme, 2018

ISBN: 978-85-68056-52-3
1. Romance Brasileiro - 2. Ficção brasileira

CDD B869.35
CDU 869.8(81)-30

---

www.editoracharme.com.br

Editora
Charme

ENFRENTE AS CONSEQUÊNCIAS

ROLETA
Russa

FAMÍLIA GAZZONI
VOLUME 1 - 2ª PARTE

GISELE SOUZA

PLAYLIST

BLACK – *PEARL JAM*

JUST BREATH – *PEARL JAM*

LAST KISS – *PEARL JAM*

I AM MINE – *PEARL JAM*

DARK NECESSITIES – *RED HOT CHILLI PEPPERS*

OCEANS – *PEARL JAM*

COME BACK – *PEARL JAM*

MILLION REASONS – *LADY GAGA*

THIS TOWN – *NIAL HORAN*

TRUE COLORS – *CYNDI LAUPER*

MERCY – *SHAWN MENDES*

STITCHES – *SHAWN MENDES*

MISS YOU LOVE – *SILVERCHAIR*

LET IT GO – *JAMES BAY*

Ao meu filho, meu melhor presente, a melhor escolha,
a mais linda consequência do amor.
Obrigada por fazer meus dias mais felizes por simplesmente ser quem é.

Te amo, meu menino!

PRÓLOGO

Em cada escolha que fazemos na vida devemos arcar com as consequências; para cada ação há uma reação. Você precisa saber distinguir o certo e o errado para não haver arrependimentos depois.

O barulho estraçalhava a minha alma. Seu grito de dor ecoava em meu coração como se fosse um soneto fúnebre que precedia o desastre, enterrando qualquer esperança de salvação.

— Você precisa parar, por favor!

Ele se virou e sorriu de lado, mostrando o verdadeiro monstro que nasceu para ser.

— Parar por quê? A diversão está apenas começando.

Pude sentir a dor, a angústia, o terror, o desespero. Se eu pudesse voltar no tempo, tudo seria diferente: não faria as mesmas escolhas, não cometeria os mesmos erros e, acima de tudo, confiaria nas pessoas certas.

Tudo o que você faz reflete de volta; às vezes, em quem você mais ama.

Dizem que a morte vem nos buscar quando estamos prestes a partir. Eu nunca quis acreditar nisso e pensava ser apenas uma história para nos assustar, mas, naquele momento, senti sua sombra me rondando, e eu queria me agarrar a ela como se fosse minha última salvação. Como se fosse a saída para aquele tormento, como se fosse uma redenção.

Qualquer coisa era melhor do que aquela dor. Não podia mais viver aquilo, não conseguia mais sentir angústia.

Seu grito ecoava em minha alma, fazendo com que meu coração praticamente parasse de bater.

O que eu havia feito, meu Deus?

CAPÍTULO UM

Oito meses antes...

Meu coração estava acelerado e eu não enxergava mais nada além do vermelho-vivo que respingava em meu corpo e refletia em meus olhos. Me sentia forte e poderoso, um homem dono de suas escolhas.

Será que era mesmo?

Não via nada à minha frente, não sentia dor, não ouvia o urro de sofrimento do meu adversário. Só conseguia sentir o vazio preenchendo cada pedaço meu. O nada tinha sido um grande companheiro em meus dias.

Ouvia as pessoas gritando e comemorando ao longe, mas não entendi o que diziam, só conseguia pensar em como meus braços se moviam com rapidez, doíam com o esforço e queimavam com o impacto.

Era tão bom sentir alguma coisa. Não podia parar, não conseguia... Era como se meus olhos estivessem vendados e meu corpo apenas seguisse comandos sem que eu pudesse, ou quisesse, controlar.

Senti-me sendo contido, e alguém falou comigo, só que eu não ouvia direito. Não sei dizer quanto tempo se passou até que meus olhos começaram a focar novamente e então vi o que tinha feito.

Estava em um porão sujo e fedido, numa luta clandestina, e tinha espancado um homem que estava caído no chão, quase inconsciente.

— No que estava pensando, Enzo? — Reconheci a voz do homem que me segurava, mas não precisava mais. Eu estava em sã consciência, ou não, mas pelo menos conseguia pensar. Era JJ que havia me tirado de cima do coitado que deu azar de lutar comigo naquela noite. — Você ia matá-lo!

Eu sabia disso, tinha plena consciência agora do que havia feito, e me envergonhei que o meu mestre, um homem que respeitava, tivesse me visto daquela forma.

Desde que me tornei o chefe da máfia de Nova York, eu tinha me afastado de sua academia, não o procurava e somente o via algumas vezes quando estava andando pela rua. Porém, nunca mais nos falamos. Acredito que mais por escolha minha, pois não imaginava o que ele poderia me dizer sabendo de tudo que me tornei.

Na verdade, me afastei de todos que conhecia: amigos, aliados, até mesmo Jillian, que me via como um criminoso assim como Jack, agora. Sua reação foi bem parecida com a do meu amigo: vergonha, descrença... e ver nos seus olhos a dor por estar sozinha me machucou ainda mais. Porém, não podia voltar a ser o que era antes, não queria sujá-los com minha podridão. Preferia vê-los bem e sentir saudades a assisti-los afundando junto comigo.

Jack conhecia os meus sonhos, sabia quem eu queria ser e, provavelmente, se envergonhava de quem eu havia me tornado.

— Pode me soltar, estou sob controle.

— Está mesmo? Não é o que vejo, Enzo. — Ele me soltou e tentei não olhar para as pessoas que foram assistir à luta. Algumas sorriam felizes com o banho de sangue que causei, outras estavam horrorizadas. — No que você estava pensando?

— Em nada! — gritei, olhando para o cara que já estava sendo socorrido e mostrava estar consciente. Respirei fundo, agradecendo por isso. — Não estava pensando, nem sentindo nada.

Me virei para Jack e vi pena em seus olhos; baixei a cabeça, envergonhado.

— Vem, vamos sair daqui.

Ele me puxou pelo braço até a parte de cima da casa abandonada que usávamos para lutas clandestinas e passamos pelas pessoas que se afastavam sem nem mesmo pestanejar. Estavam com medo, e com razão. Eu não costumava participar, mas, depois do que recebi por e-mail, precisei tirar toda aquela loucura do meu corpo antes de confrontar a verdade.

— Sinto muito, JJ. Não sabia que você estava aqui, do contrário, nem tinha vindo.

— Eu não estava, seu idiota, me chamaram na academia e disseram que você ia matar o cara se não fosse impedido. Então vim te socorrer.

A coisa estava ficando cada vez pior. Se o chamaram, era porque me conheciam. E como não o fariam? Minha fama me precedia.

Precisava ser mais cuidadoso, não podia agir daquela forma. Assenti, me afastando. Desenrolei a faixa da minha mão e testei meus punhos, que, apesar de doloridos, não tinham sido lacerados.

— Eu não preciso ser socorrido, estou até o pescoço afundado na lama.

Dei as costas ao homem que me ajudou a sonhar com uma vida diferente, mas que tinha sido em vão, porque eu não era digno de nada bom. Achei que ele me deixaria ir, como sempre fazia quando nos víamos na rua, mas não desta vez.

Jack me deu um soco no ombro que senti fisgar na minha espinha. Me virei, encarando-o. Ele respirava forte e parecia realmente com raiva, mas tinha preocupação em seu olhar.

— Você pode sair dessa, Enzo. Não importa se está sujo, a água vai te lavar.

— Não dá mais para mim. A luta tá acabando e estou caindo na lona.

Ficamos nos olhando; ele sabia quando alguém estava cansado de lutar e entendia o que eu estava dizendo. Eu não era digno de qualquer pensamento ou que sofresse por minha causa, e estava bem com isso, mas não me iludia mais tentando viver uma vida que não era para mim.

O jogo estava chegando ao fim.

Você sabe que as coisas fogem do seu controle e que está tão envolvido que não consegue ver uma forma de sair da encruzilhada que a vida colocou à sua frente quando passa a não sentir nada e o horror fica rotineiro nos seus dias.

Estava há uma hora observando uma pessoa sendo interrogada por meu braço direito e não conseguia sentir nada: nem pena, nem raiva, nem revolta. Tudo estava tão obscuro para mim, tão normal, que começava a me assustar.

Henrique não era um homem de muitas palavras, ele perguntava uma vez e, se não obtivesse a resposta desejada, não tinha problemas em tomá-la no soco. Respirei fundo e saí, pois precisava inspecionar o carregamento que estava chegando. Depois de um problema que tivemos há dois meses, não deixei esse trabalho nas mãos de mais ninguém.

Eram barris enormes e pesados contendo cocaína pura que ainda iria para a refinaria para poder ser comercializada. Mantínhamos a data de chegada da carga em segredo, porém, de alguma forma, tínhamos alguém recebendo propina para avisar aos policiais sobre nosso carregamento.

Tive vários homens presos por conta disso, o que me deu uma enorme dor de cabeça. Precisei trocar o local de entrega, para mais longe do usual, portanto, mais perigoso para transportar, e passei a fazer eu mesmo o trabalho.

Não precisava nem dizer o quanto odiava aquilo, não é? Bem, na verdade, acho que me tornei apático depois de meses tendo que viver nesse meio sujo.

O engraçado é que sempre ouvi amigos comentando como deveria ser legal e fácil viver à frente de uma organização criminosa. Não poderiam estar mais enganados. Pelo menos para mim aquela vida não servia.

Mas, apesar de não me sentir confortável tendo que ser o chefe, não queria dizer que eu não faria o meu trabalho da melhor maneira que pudesse, tentando manter alguma coisa boa dentro de mim intacta. E os meses que se passaram me fizeram ser mais atento à minha volta, o que ajudou muito com tantos traidores ao redor.

Senti alguém se aproximando às minhas costas, sem que precisasse me virar para ver, e, pelo som dos passos, eu tinha ideia de quem era.

— Espero que tenha feito todas as transações direito dessa vez.

Sorri, tentando me controlar. Aquele homem era arrogante demais para um simples empregado. Tudo bem que ele era ótimo com dinheiro e lavava a grana da organização como ninguém, porém, já tive vontade de colocá-lo em seu lugar milhares de vezes. Tentava me controlar, mas estava cada vez mais difícil com suas piadas e indiretas.

— Nada melhor do que o *chefe* para fazer o trabalho bem feito, não acha, Agnelli? — Fiz questão de frisar quem estava no comando ali e virei de lado para observá-lo.

Era quase impossível acreditar que uma mulher tão incrível fosse filha daquele homem. Luciano se mantinha distante do serviço "braçal". Segundo ele, não podia ficar aparecendo demais porque poderiam reconhecê-lo por ter vivido tantos anos como um cidadão de bem. Isso, na minha opinião, era hipocrisia, já que ele sempre se aproveitou do dinheiro sujo para ter sua vida de alto padrão. Mas acho que o cara pensava que conseguiria voltar para sua vidinha pacata de novo. Eu não era meu pai e não o libertaria assim, não depois do que ele fez.

— Vejo que realmente "vestiu" o legado da sua família, hein? — Ele sorriu, e tive que me segurar. Estava com os braços para trás e apertei meus punhos para me controlar. — Tenho ouvido coisas incríveis sobre seus feitos como senhor Gazzoni.

Me virei, à procura de Henrique, e vi que ele já tinha terminado de interrogar o entregador da carga. Soubemos, por algumas fontes, que estávamos sendo traídos por alguém sobre os locais e tudo apontava para aquele homem, mas claro que precisávamos ter certeza antes de tomarmos providências.

Eu havia mudado alguns métodos de trabalho e fui acusado de ser fraco, mas, no fim, deu mais certo. Quando meu pai comandava tudo, os traidores pagavam com a vida. Eu preferia entregá-los para a lei. Não queria cadáveres em minha conta mais do que já tinha.

Depois que tomei conta de tudo como um verdadeiro Gazzoni, Henrique se recusou a ter sua aposentadoria, quis ficar ao meu lado, e eu agradeci por isso, mesmo sendo egoísta. Não confiava em mais ninguém.

— Às vezes, precisamos fazer nosso próprio nome, não acha, Luciano? Você fez o seu como um bom contador, ninguém faz o trabalho como você, e os Gazzoni confiam piamente em sua lealdade. Meu pai apostou todas as fichas, e acredito que também posso confiar, certo? — Olhei para ele, sabendo que não captaria minha ironia. Sabia o quanto não podia confiar naquele homem, ele achava que guardava segredos, porém eu estava um passo à sua frente. — Além do fato de você ser o pai da mulher que eu amo.

Sorri abertamente, consciente de que ele perderia a pose com essa última parte. Mesmo tendo me afastado e nunca mencionar o nome dela, Luciano ainda se incomodava com o relacionamento que tive com sua filha.

— Não se aproxime dela!

Balancei a cabeça e soltei meus braços das costas. Era madrugada, estava frio e ainda garoava, por isso o clima havia esfriado ainda mais, só que, naquele momento, eu sentia meu sangue ferver de ódio. Como ele se atrevia a mandar em mim?

Mordi a boca, tentando manter a minha personalidade controlada, e estreitei os olhos, me aproximando devagar. Ele já estava tenso e deu um passo para trás.

— Você não me dá ordens, não manda no que eu devo ou não fazer. É só um empregado como qualquer outro. — Cheguei mais perto, e ele, apesar de assustado, tentava manter-se ereto e altivo como um babaca arrogante que não sabia qual era o seu lugar. — Eu só não te matei ainda em respeito ao seu irmão e por ela. Agradeça a Carina por sua vida.

Encarei-o com ódio, e Luciano manteve a pose até que o irmão se aproximou. Vi Henrique limpando as mãos sujas de sangue com um lenço branco que ele carregava no bolso.

— O que está acontecendo?

Levantei uma sobrancelha, desafiando-o a dizer qualquer coisa, mas ele era covarde demais, ao contrário do irmão, e apenas falava e não agia de forma alguma. Quer dizer, a não ser que fosse pelas costas. Idiota, mal sabia que eu conhecia toda a sua podridão.

Sorrindo, me afastei e olhei para meu braço direito. Henrique não gostava muito do irmão, e, depois do que nos aconteceu, ficou ainda mais revoltado, queria bater em Luciano, mas consegui contê-lo dizendo que teria o que merecia em breve. Claro que ele estava só esperando uma chance e uma desculpa para colocar o irmão em seu lugar.

— Não é nada, só estávamos observando os homens descarregarem. Parece que está saindo tudo bem dessa vez. Não é, Luciano?

Ele apertou os dentes e fechou a cara. Eu não entendia de onde vinha todo o ódio por mim, provavelmente porque, apesar de o meu pai tê-lo perdoado, quando chegou, ele foi punido por trabalhar para nosso inimigo. Pelo que soube, não foi algo legal de se ver, contudo, o que ele queria? Fez a cama, então tinha que se deitar, não?

Como imaginei, era covarde demais para enfrentar qualquer coisa. Deu as costas e andou na direção contrária que estávamos, provavelmente indo para o carro.

— O que ele veio fazer aqui? — Henrique também estava intrigado com a aparição surpresa de nosso desleal contador.

— Não sei. Me irritar, talvez? — Olhei para o homem que me viu crescer e que considerava um tio de verdade e sorri, dando de ombros.

Tínhamos nos tornado amigos depois de tudo, e tanto eu como Henrique nos respeitávamos. Ele até mesmo puxava minha orelha quando necessário.

— Muito estranho, temos que ficar espertos. Luciano não é de esquecer e é covarde demais para fazer as coisas por si mesmo. Você sabe como funciona com meu irmão. Queria poder interrogá-lo.

Henrique sorriu.

— Eu gostaria de assistir. Mas sabe que precisamos ter calma, a vez dele vai chegar. Normalmente, consigo suportar sua arrogância, mas, quando ele começa a me dar ordens para me afastar dela, eu praticamente perco tudo que conquistei para que a coisas dessem certo.

Henrique não gostava muito do meu relacionamento com a sobrinha. Por ele, eu a deixaria onde estava, já que fiz o favor de quebrar seu coração. Mas as coisas não eram tão simples, e ele sabia muito bem disso.

— Você sabe que ele não ama a filha, ela sempre foi uma garantia, uma desculpa para que o mantivessem vivo, para que seu pai se penalizasse com a família que ele deixaria, caso decidisse puni-lo como deveria ter feito. E agora ele a usa para te irritar porque sabe que te abala falar de Carina.

Fechei a cara e precisei engolir em seco cada palavra que estava engasgada em minha garganta. Para todos os efeitos, eu era o homem que a tinha machucado, que tinha usado a filha do empregado apenas por prazer. Assim meus homens pensavam e deixei que o fizessem; manteria Carina a salvo dos inimigos se fosse apenas um objeto que descartei.

— Conseguiu as informações do cara?

— Sim.

— E?

Henrique se aproximou e parou ao meu lado, para que quem nos olhasse de longe pensasse que apenas observávamos a carga sendo entregue.

— Confirmado quem está por trás de tudo. É ele mesmo.

Assenti e olhei para o céu negro sem estrelas. Esperava por aquele momento há meses e não via a hora de enfrentar os fantasmas.

— Ótimo.

Estava pronto para mais uma rodada.

CAPÍTULO DOIS
Carina Agnelli

Quando suas convicções são arrancadas de você como se não fossem nada de mais, apenas lhe resta uma ilusão de que viveu em um mundo de fantasia e mentiras.

Por mais que eu tenha tentado esquecer tudo nesses oito meses, infelizmente, não consegui. Meu coração ainda sangrava de dor e saudade, a culpa me corroendo a cada dia e tornando-se uma fiel companheira.

Realmente queria que tudo não passasse de um sonho ruim...

Nada em minha vida me preparou para o que senti quando entrei naquele avião. Sabe quando você se sente inútil? Descartada como uma coisa qualquer, jogada fora sem nenhuma utilidade? Fui enganada por meus próprios sentimentos. O pior era não ter ninguém para falar sobre tudo que aconteceu; estava sozinha.

Carreguei na bagagem de volta ao Brasil apenas lembranças e delírios de uma alma machucada. E, assim que pisei no Rio de Janeiro, fui recebida por um abraço que eu nem sabia do quanto precisava.

— Você pode não querer me contar o porquê dessa volta repentina, mas sei que tem dedo de macho nisso aí!

Sorrindo em meio às lágrimas, me afastei e tentei sair de seus tentáculos amorosos.

— Eu não sei de nada disso! Só senti saudade. Não posso?

Lia estreitou os olhos e levou a mão até meu ombro, tirando uma das minhas bolsas.

— Sei não, claro que sou sexy pra caramba, mas não sou seu tipo. Você gosta mais de caras perigosos e italianos.

Meu coração deu um salto e senti um frio na barriga. As lágrimas se acumularam em meus olhos e nunca lutei tanto para mantê-las no lugar como naquele momento; não queria que minha amiga visse o quanto eu estava realmente quebrada.

Não podia contar para Lia nada o que havia acontecido em Nova York. Ela não podia saber nem mesmo quem era ele de verdade, pois tinha certeza de que iria querer ir atrás para tirar satisfações, e isso somente me traria dor. Fora que minha amiga não entenderia o motivo de eu ter me permitido me envolver com alguém como ele.

Lia nunca entenderia como eu havia mudado desde que ela me deixou nesse mesmo aeroporto.

E ainda tinha os meus pais...

— Acho que está me confundindo, Lia. Simplesmente vi que morar fora do Brasil não é pra mim, senti falta do calor do Rio de Janeiro.

Lia bufou e revirou os olhos, abrindo o porta-malas do carro e jogando as minhas coisas lá como se não fossem nada. Fechou a porta num baque só.

— Seeeei! Você ainda vai me contar tudo, dona Carina Agnelli. Agora vamos que tenho muita coisa para te atualizar.

Voltar para minha antiga vida não foi fácil, ainda mais porque teria que esperar um tempo até poder retornar para a faculdade no segundo semestre. Fiquei ociosa e com a cabeça repleta de dúvidas e pensamentos pessimistas. Na verdade, com o passar dos dias, percebi que voltar à minha vida antiga não seria possível porque eu não era mais a mesma pessoa. Não conseguiria sentir da mesma forma, ou viver em meu mundo cor-de-rosa particular, como ele fez questão de frisar.

Tudo havia sido manchado, perdido...

Mas o bom de tudo foi que foquei apenas em estudar e levar um dia após o outro, tentando manter-me sempre ocupada e procurando não pensar demais, porém, no final do dia, ele sempre me vinha à cabeça. Seu sorriso, seu toque... tudo estava gravado em mim como tatuagem.

Enzo havia entrado na minha vida, feito uma bagunça completa e saído de forma abrupta, deixando um vazio impossível de ser preenchido.

E não pense que eu não tentei. Procurei esquecê-lo de todas as formas, me arrisquei até em um romance estranho, que, claro, não deu muito certo.

Só ficava imaginando quando conseguiria passar meus dias sem me lembrar de tudo. Será que aquele amor e mágoa não sumiriam? Estava fadada a viver sentindo a falta dele, me culpando por tudo que aconteceu?

Talvez eu precisasse parar de me cobrar tanto. Foi tudo muito intenso e eu necessitava dar o tempo que minha alma precisava.

Já não aguentava olhar no espelho e ver refletida aquela menina que já não existia mais. Por isso, poucos meses depois de chegar ao Brasil, depois de passar o dia todo andando pelas ruas sem nem mesmo pensar em nada, quando pisei no apartamento vazio, tudo me veio como uma onda gigantesca, quase me derrubando de joelhos no chão.

E, no momento em que vi meu reflexo, um ódio subiu por meu corpo. Eu precisava dar um fim naquilo. Peguei a tesoura e cortei irregularmente as longas mechas das quais sempre me orgulhei, que ele tanto gostava, e cada uma que caía ao chão me fazia sentir como se cortasse um laço que me prendia ao passado.

Mesmo achando que não seria tão fácil assim me desligar emocionalmente, naquele gesto, era como simbolizava.

No final, eu estava destruída, sentada no chão, chorando sem perceber, em meio a fios de cabelos e uma alma perdida em algum lugar. Fui levantada com dificuldade por minha melhor amiga, que me encarava com pesar e me levou até o chuveiro.

— Vou descobrir o que aconteceu com você, Carina. E, quando eu tiver certeza do culpado de toda essa merda, fique sabendo, eu vou cortar as bolas do desgraçado.

Tentei sorrir, mostrar que estava tudo bem, mas acredito que mais saiu como uma careta do que o que quer que tenha tentado fazer. Lia revirou os olhos e passou a mão por minha cabeça.

— Olha o que você fez com seu cabelo tão lindo, amiga! Meu Deus! Agora, para acertar isso, vai ficar bem curto.

Funguei e levei a mão ao meu ombro, onde batiam as mechas irregulares.

— É melhor, dá menos trabalho.

Lia esperou que eu terminasse o banho e, quando fechei o chuveiro, ela estava encostada na parede, me olhando tão séria que eu mal a reconheci.

— Eu vou te dar seu espaço, mas não pense que não a percebo pelos cantos da casa chorando e perdida em pensamentos. Carina, só saiba que eu sempre estarei aqui para você. Não importa quanto tempo demore para se abrir, tudo bem?

Assenti, me enrolei na toalha e a abracei tão forte que pensei que poderia juntar os pedaços de novo. Mas não era tão fácil assim.

E isso só fui descobrir com o passar dos meses.

— Ei, Carina! Pra onde você foi?

Pisquei duas vezes e encarei Lia, que me olhava daquele jeito que eu conhecia bem: ela sorria, tentando disfarçar a preocupação por minha saúde psicológica. Mesmo depois do episódio no banheiro, eu não havia contado tudo para ela, não podia. Porém, minha amiga sabia que meu coração havia sido despedaçado e por quem.

— Viajei por um momento! Desculpa, vocês disseram alguma coisa?

Lia revirou os olhos e suspirou pesadamente. Estávamos no intervalo entre as aulas e decidimos ficar no refeitório esperando o tempo passar e aproveitando para estudar um pouco para a prova que teríamos naquele dia. Apesar de eu estar atrasada um período, porque não pude entrar na faculdade assim que retornei e tive que esperar a volta das férias de julho, ainda nos reuníamos para estudar. Contudo, eu estava com a cabeça nas nuvens, muito mais do que o normal. Talvez isso se devesse ao fato de Jillian estar chegando no final da tarde para uma temporada no Brasil.

Depois de tanto insistir, ela finalmente havia aceitado. Agora eu me perguntava se seria mesmo uma boa ideia depois de todo o passado recente que carregávamos.

— Você tem feito isso muito ultimamente, não? — Lia já estava perdendo a paciência pela forma como eu ficava pelos cantos e me recusava a conversar. Não me assustaria se ela pegasse o primeiro voo para Nova York e tirasse satisfações com um certo cara. — Eu não disse nada, apenas estávamos comentando que o Arthur estava lá do portão te secando e você nem aí para o garoto. Coitado...

Olhei para a porta do refeitório e pude ver Arthur conversando com os amigos, tentando parecer normal, mas podia ver a tensão em seu corpo por estar no mesmo ambiente que eu. Mais uma culpa para colocar na minha conta.

— Ainda bem que ela não viu, ou poderia dar esperanças para o cara e isso não é legal — Marco refletiu exatamente o que eu pensava.

Lia fez uma careta e revirou os olhos.

— Só de ela olhar ia dar esperanças? Me poupe! Isso se chama carência demais...

— Lia, não é porque você tem um coração de gelo que todo mundo tem também. Ele pode sim criar esperanças se a Ca ficar secando o cara.

Olhei para meu amigo e o agradeci com o olhar. Marco Henrique fazia parte do meu rol de amigos desde o ensino médio. Quando tive que ir embora e decidi me afastar de todos, menos de Lia, porque ela não deixou, ele ficou muito magoado e, quando retornei, deixou isso bem claro em uma discussão acalorada. Contudo, me aceitou de volta de braços abertos. Só que ele não tinha pudores em puxar a minha orelha quando era preciso. Ou a da Lia, como acontecia naquele momento.

Eu achava que eles tinham alguma coisa escondido, mesmo que nenhum dos dois fosse admitir nem sob tortura.

Conheci Arthur antes mesmo de voltar para a faculdade. Nos encontramos um dia na praia e o achei muito legal. Começamos uma amizade simples e fácil, algo que eu precisava naquele momento, e confesso que me aproveitei um pouco. Poderia dizer que relutei quando ele deixou claro o que queria de mim, que fiquei indecisa, mas estaria mentindo. Tinha que, pelo menos, tentar... Dois meses depois, começamos um relacionamento, no qual tentei encontrar nele algo que não conseguiria, mas o *affair* não durou muito. Eu não consegui ir adiante, o que, provavelmente, magoou o cara. E qual não foi a minha supressa ao vê-lo na minha turma quando as aulas começaram.

Deveria ser algum castigo de Deus por brincar com os sentimentos dos outros.

Claro que ele tentou continuar nossa amizade, mas eu sentia que estava errando mantendo-o ao alcance das mãos sempre que precisasse. Tinha que ficar sozinha até que tudo se normalizasse. Isso, se um dia acontecesse.

Baixei a cabeça e olhei meu celular, que marcava meu compromisso no final do dia: ir buscar Jill no aeroporto.

— Do que tem medo, Carina?

A voz de Marco me pegou desprevenida e pensei, por um milésimo de segundo, estar ouvindo outra pessoa. Engoli em seco e encarei meu amigo. Sorrindo, balancei a cabeça e olhei para onde Arthur ainda estava.

— Não é medo, Marco. Simplesmente não suporto ser a dor de outra pessoa.

Encarei-o novamente e ele assentiu, entendendo o que eu queria dizer. Por sua história de vida, ele me entendia como ninguém, e isso nos aproximou muito depois de tudo que vivi. De uma menina mimada, sustentada pelos pais, correta e que apenas cometia deslizes praticando esportes radicais, eu me tornei alguém diferente. Foi natural me identificar com pessoas que se sentiam como eu.

Mesmo que ele não soubesse exatamente o que eu vivia, um coração magoado reconhece o outro, certo?

— Acho que a vida é uma conjunção de pecados e erros irremediáveis. A diferença é se somos capazes de nos perdoar diante disso.

— Você já conseguiu?

Ele sorriu e piscou um olho, charmoso, olhando de canto para Lia, que parecia alheia a tudo a não ser seu mundo "perfeito".

Marco era um cara lindo, alto, forte, cabelos e olhos escuros, um sorriso doce capaz de te dar paz. Mas seu coração havia sido quebrado quando, em um acidente de carro, no qual dirigia, houve perdas irreparáveis que ele não foi capaz de superar.

— Estou pelo menos tentando, amor. E você, tenta?

Engoli em seco e desviei o olhar do seu tão perspicaz. Lia nos encarou com uma careta estranha; ela odiava aquele papo mórbido. Contei mentalmente os segundos que levaria para que ela replicasse:

— Sério que vocês vão continuar se lamentando aí? Eu já disse para Carina que ela deveria se deixar levar. Arthur foi uma fase na sua vida. Não deu certo? Paciência! Ele ainda é apaixonado? Problema dele, vai superar! Não é um bebê que precise de atenção para se acalmar. Você não precisa carregar as dores do mundo nas costas. — Olhou para Marco e apontou um dedo. — E você, pare de se culpar por algo que não teve controle. A vida é assim, caramba! Tragédias e coisas ruins acontecem. Se ficarem focando apenas nisso, não vão conseguir viver.

E foi um recorde, não passou nem um segundo.

Ela se levantou, colocou a mochila nas costas e estreitou os olhos.

— Agora, vamos embora porque temos uma prova chata para arrebentar e depois vamos sair para beber, entendido?

Virou-se e saiu pelo campus sem olhar para trás. Lia tinha sua mania de ser sincera demais, mas estava completamente certa. Enquanto não admitisse para mim mesma que não tive controle de nada, não conseguiria seguir em frente.

Mas como seguir se aqueles olhos magoados e raivosos não saíam da minha cabeça?

Coloquei a mão no peito, onde ainda carregava o colar que ele me deu, com as palavras doces que um dia me disse, apenas para me lembrar de que para cada ato há uma consequência.

Por mais que você tente fugir dos fantasmas que te assombram, inevitavelmente você se encontrará com eles ao olhar-se no espelho.

Nos oito meses que se passaram desde que saí de Nova York, continuei tendo contato com Jill praticamente todos os dias. Apesar de tudo que passava pela minha cabeça quando conversava com ela, tinha coisas que somente ela entendia. Era como uma dor necessária, além do fato de eu ter um carinho enorme por aquela menina.

Nós choramos, rimos até as lágrimas de nervoso, mas em nenhum momento tocamos no nome de Enzo Gazzoni. Não saberia dizer se foi proposital, ou se ela não tinha mesmo mais notícias dele.

E, de tanto eu insistir, por ouvi-la chorar de saudade de Fabrizio, Jill acabou cedendo, disse ter algumas economias e marcou sua passagem. Fiquei feliz por tê-la por algum tempo ao meu lado, mas confesso que me aterrorizava ver seu rosto e encontrar acusações e memórias dolorosas.

Quando menos esperei, a vi caminhando em minha direção com um sorriso sincero no rosto, e esqueci todo receio. Jill havia sido muito mais que uma amiga esses meses todos, fomos cúmplices de nossas dores e medos.

Ela havia perdido muito peso desde que a vi pela última vez. Seus olhos estavam tristes, apesar do sorriso lindo e encenado em seu rosto. Jill estava destruída por dentro; era visível para quem a conhecia e aquilo me causou uma dor que parecia física.

As palavras dele voltaram com força total ecoando em minha mente como uma maldição, algo que, por mais que você tente, não consegue esquecer.

— *Você não devia ter saído do seu conto de fadas, precisa voltar para a sua vida perfeita.*

Cada vez que ele me "dizia" isso, eu percebia o quanto vivi uma vida de ilusão e não queria mais aquilo.

Fiquei tão perdia em memórias que nem percebi que Jillian já estava parada à minha frente com a boca aberta, surpresa.

— Carina Agnelli, se eu não a conhecesse tão bem, não te reconheceria!

CAPÍTULO TRÊS
Carina Agnelli

Eu estava naquele lugar novamente.

O medo, a dor, a tristeza e o amor permaneciam frescos em minha memória. Só que dessa vez era diferente. Meu peito doía, tamanha era a desolação que aniquilava a minha alma.

Tentei puxá-lo de volta para mim, mas seus dedos escorregavam do meu alcance. Ele ia embora, não voltaria. Meu coração fora quebrado sem poder ser colado de volta.

Desde que desembarquei no Brasil, tinha muitos pesadelos, todas as noites, não falhava. Depois de um tempo insone com medo de fechar os olhos, procurei ajuda médica e passei a tomar remédios que me ajudavam a dormir, mas, claro, a maior recomendação era fazer terapia. Porém, eu não podia, achava até que nem conseguiria falar sobre ele. Por isso, sufoquei todo o terror que me assombrava.

E esse era um dos motivos pelos quais eu tinha receio da visita de Jill. Era inevitável olhar para ela e lembrar dos momentos felizes que passamos juntos.

Os quatro, iludidos e presos em um mundo que criamos. E eu não sabia o que era melhor: as boas ou as más recordações.

Quando Jillian se aproximou, no entanto, só consegui tentar sufocar o choro que subiu pela minha garganta; a saudade era demais. Seus lindos olhos azuis estavam fixos em mim, esperando por uma reação, qualquer que fosse. Eu não tinha nenhuma...

— Senti muito a sua falta, Jill. — Minha voz saiu fria e estranha até mesmo para os meus ouvidos.

Ela fungou e assentiu, me abraçando tão forte que achei que pudesse me quebrar.

— Eu também, você não tem ideia do quanto. — Afastou-se e sorriu, enxugando as lágrimas. — Você tá linda, Ca! O que fez com o seu cabelão?

Automaticamente levei a mão direita ao meu cabelo, que batia no pescoço, e acabei me lembrando do momento em que tentei descartar o passado sem sucesso. Os sentimentos ameaçaram voltar. Deus, eu estava uma bagunça.

— Precisava mudar um pouco o visual. — Dei de ombros, tentando não dar importância. Depois de ter picotado meu cabelo, precisei radicalizar ainda mais na mudança de visual e acabei me acostumando com ele tão curtinho. — Mas você também mudou, seus cabelos estão mais escuros.

— É a minha cor natural, eu gostava de clarear, mas dá muito trabalho e ultimamente precisava apenas de praticidade. — Baixou os olhos e parecia procurar alguma coisa no chão, sendo que não havia nada, como se estivesse incomodada com algo ou não conseguisse me encarar por muito tempo. Percebi o quanto ela também estava mexida com o nosso reencontro.

Quando me encarou novamente, precisei me segurar. Jill não era tão boa em esconder seus sentimentos como eu. Assenti e desviei o olhar; era incômodo demais olhar em seus olhos e ver a mesma tristeza que refletia nos meus, porém nem tão velada quanto a minha.

— Sei como é... Vamos lá? Lia está louca para te conhecer pessoalmente. Depois de tanto me ouvir falar de você, ela te considera amiga de infância.

Peguei a mala de Jill, que sorriu e ajeitou a outra em seu ombro.

— Sinto o mesmo, vocês duas foram meu porto seguro esses meses. Mesmo que eu nunca tenha conversado com ela, de tanto você falar sinto como se a conhecesse.

Andamos em silêncio até meu carro, que estava estacionado na área de embarque e desembarque, coloquei a mala de Jill no bagageiro e dei a volta para entrar no carro. Ela olhava tudo com curiosidade e ainda estava parada no mesmo lugar. Quando me encarou, sorriu cheia de esperança, tomando seu lugar no banco do carona.

— Acho que vou adorar esse tempo aqui, Carina.

Olhando para ela e vendo a expectativa em seus lindos olhos, me culpei por estar em dúvida se sua visita tinha sido uma boa ideia. Sorrindo, dei partida no carro.

— Espera até ir à praia. Só precisa se preparar para o calor, eu quase congelei quando cheguei a Nova York. Aqui, você terá a sensação contrária.

— Desde que desci do avião, senti certa diferença mesmo.

— E só vai piorar, confia em mim!

— Por isso você sentia tanto frio, né? Lembro que um dia, quando saímos, o Brizio disse que você sempre estava parecendo um esquimó, andando toda encolhida.

Eu lembrava desse dia. Ele e Enzo ficavam no meu pé por causa disso. Enquanto eles vestiam blusas finas, eu estava pronta para uma tempestade. Encontrava-me tão perdida em lembranças que nem percebi como o clima havia mudado dentro do carro.

Pelo canto do olho, vi o sorriso de Jill se extinguir e ela desviar o olhar para a janela. Engoli em seco e apertei o volante.

Jillian nunca tinha mencionado o nome de Fabrizio tão claramente. Chorava de saudade, mas não tão claramente. Parecia que assim a sua perda não se tornava tão real.

— As coisas mudaram muito, Ca.

Olhei para ela, que apertava a alça da bolsa com os dedos como se precisasse segurar-se em alguma coisa para se manter sã. Como eu sabia disso? Era assim que eu agia regularmente.

— Eu me afastei de tudo que me lembrava dele, o que foi bom por um lado, mas, na verdade, eu simplesmente mascarei algo que me corroía por dentro. Só que, nos últimos tempos, as coisas têm ficado mais intensas no bairro e, quando vi o Gazzoni depois de tanto tempo, tudo voltou como uma explosão, me senti sufocar e precisava fugir. E foi quando você me chamou pela milésima vez para vir para cá. — Sorriu triste e me olhou com carinho. — Estou destruída, Carina. Fabrizio era tudo para mim. Nós fizemos tantos planos, sabe? E tudo foi arrancado de nós sem que pudéssemos nem nos despedir. Eu queria que ele saísse quando tudo aconteceu, tínhamos nos falado no telefone momentos antes, e eu o pressionei.

Ela respirou fundo e passou o braço pelos olhos. Eu não sabia o que dizer, o que fazer, e me limitei apenas a dizer o óbvio e a prestar atenção na rua para que não acontecesse nenhum acidente.

— Sinto muito, Jill — eu disse com toda a sinceridade que havia em mim.

Ela riu e a olhei de relance, franzindo a testa.

— Eu sei que sim, você é uma boa pessoa. Por isso eu vim. Sempre conversamos e, mesmo não tocando no assunto, sentia que só você entendia o que eu estava passando, o que eu sentia. Mas nada do que imaginei me preparou para te ver tão bem, Ca. E isso está me matando, sabe? Eu queria que você estivesse como eu. Não pensei que te encontraria tão linda e forte. Desculpa, mas não posso esconder isso de você, sou uma pessoa egoísta demais!

O que os olhos não veem o coração não sente, não é verdade?

Eu entendia o que Jill queria dizer. Ela esperava que eu estivesse com uma aparência horrível. Ela estava linda, mas dava para ver o quanto estava desgastada. Só que eu aprendi a não demonstrar sentimentos há muito tempo quando decidi esconder uma parte da minha vida da minha família. Mas isso cobrava seu preço.

Por dentro, estava tão destruída quanto ela. O pior? Eu carregava a culpa da morte de Fabrizio, afinal, o tiro que ele levou foi porque estava cobrindo as minhas costas. E mesmo que ela fosse boa demais para não dizer isso, eu sabia que no fundo pensava da mesma forma.

Eu não conseguia dizer uma palavra e vi que ela chorava, mas tentava se controlar. Assim que parei em frente ao apartamento em Copacabana que eu morava com Lia, olhei para Jill, que me encarava de um jeito como se pedisse desculpas. Ela não precisava...

— Eu nunca mais estarei inteira de novo, Jill. — Sorrindo, peguei sua mão delicada, tentando dar um conforto que eu nunca teria. — Vamos. Lia deve estar nos esperando ansiosa com a pizza a postos.

Por mais que eu estivesse acostumada com nossas reuniões noturnas, nas quais conversávamos, comíamos pizza, e Lia contava seus casos amorosos desastrosos, aquele dia estava diferente. Jill se enturmou bem com Marco e Lia. Eles falavam inglês fluentemente e a deixaram bem à vontade, mas às vezes esqueciam e conversavam em português, e Jill tentava repetir, o que era bem engraçado.

Estava indo tudo muito bem — até demais, dada toda a situação estranha em que nos encontrávamos —, mas eu sentia que alguma coisa estava esquisita, era como se faltasse alguma coisa. E, mesmo sorrindo, eu estava triste por dentro.

Aproveitei que eles estavam engajados numa tentativa de ensinar nossa língua para Jill e fui para a janela. A noite estava fresca, o céu tinha muitas estrelas e, como morávamos na beira da praia de Copacabana, as ondas quebravam na areia e o cheiro de água salgada me acalmava.

Algumas pessoas passeavam por ali, andavam de bicicleta, ou se exercitavam. Ainda era cedo e a noite estava maravilhosa para apenas andar e pensar na vida.

Mesmo distraída, percebi a silhueta de um homem parado no meio da areia da praia. Não consegui ver tão claramente por causa da distância, mas, por algum motivo, meu coração acelerou de um jeito que há meses não o fazia.

Minha mente criava ilusões, meu coração traiçoeiro tinha esperanças.

Mesmo sendo racional e sabendo que não havia motivos para ser ele, pois havia deixado claro todos os seus sentimentos por mim, muitas vezes, nesse tempo todo, tive esses devaneios de que ele voltaria, e acabava me punindo porque, mesmo se isso um dia acontecesse, eu não ia querê-lo de volta. Enzo havia me magoado demais para que pudéssemos ter algo novamente.

Só que mente e coração não conversam muito bem, esse é um mal do qual toda a humanidade sofre.

Logo o homem saiu e continuou caminhando para o final da praia, sumindo na escuridão, e descartei todo aquele sentimento. Não podia pensar assim, não queria sentir aquelas coisas. Ele precisava sumir de vez da minha vida.

Era hora de virar a página.

CAPÍTULO QUATRO
Carina Agnelli

Certas pessoas são como tatuagem e ficam marcadas para sempre na pele. Mesmo que você faça outro desenho por cima, é impossível de ser esquecido, porque saberá que, por baixo de tantas cores, ainda estará lá.

Por mais que eu tentasse esquecer de tudo, dele principalmente, a presença de Jillian apenas aumentava o que eu sentia ao me lembrar. Vergonhosamente, passei a "fugir" de ficar com ela. Depois de incansavelmente convidar a garota para me visitar, deixei-a trancada no apartamento, esperando que passasse a minha crise louca de culpa e remorso.

Como num passe de mágica, meus dias foram completamente preenchidos fora de casa: minhas aulas aumentaram, assim como meu trabalho na biblioteca da faculdade, que, na verdade, havia começado há poucos meses e foi o primeiro passo para a minha independência. Recentemente, tinha conseguido uma bolsa integral que iria custear meus estudos sem que eu precisasse do dinheiro sujo do meu pai, e o "bico" de meio período na biblioteca pagaria minhas despesas.

Claro que meu estilo de vida havia mudado muito. Lia não me deixava pagar por ficar no apartamento dela, mas eu fazia questão de custear pelo menos o que eu consumia, o que tomava quase todo o meu salário.

Mas estava tudo bem, estava me desligando daquele conto de fadas que vivi a vida toda.

Eu tinha começado um trabalho voluntário em um hospital público há algum tempo e adorava passar o tempo que me sobrava tentando de alguma forma ajudar aquelas pessoas. Como ainda não podia exercer a profissão, me contentava em observar e dar o carinho que necessitavam.

Ir ao hospital sempre me trazia paz e, depois do trabalho, pensei em passar por lá, mesmo não sendo o meu dia; queria dar um oi para os meus pacientes — era assim que pensava sobre eles.

Porém, não estava me sentindo bem, havia algo errado, eu sentia como se estivesse sendo observada o tempo todo. Olhava para os lados na sala enorme e deserta e só via prateleiras de livros. Naquela hora, não tinha quase ninguém ali e essa sensação estava me deixando nervosa. E não seria legal passar aquela energia para os meus pacientes.

Pensei que, de alguma forma, eu estava incomodada com o modo que estava lidando com a presença da Jill e decidi parar com aquilo logo. Saí da biblioteca e fui direto para casa com um propósito em mente.

Abri a porta e a vi assistindo alguma coisa na televisão. Assim que percebeu minha presença, levantou os olhos e sorriu como se fosse me dar as boas-vindas.

— Pronta para uma noite de meninas? — perguntei, me sentando ao seu lado. Jill arregalou os olhos e sorriu ainda mais.

— Claro! Mas você não precisa estudar?

O arrependimento por todos aqueles dias usando a mesma desculpa me abateu. Não podia continuar agindo daquela forma infantil, precisava enfrentar todos os meus fantasmas. Jill era apenas uma vítima, não tinha culpa de nada.

— Hoje, não! Onde está a Lia?

Ela apontou com o polegar para trás do ombro e fez uma careta engraçada.

— Chegou faz alguns minutos e foi tomar banho, disse que pediria uma big pizza e ficaríamos vendo filmes de super-heróis gatos na TV para esquecer dos idiotas da vida real. — Franziu a testa como se estivesse pensando se aquilo fazia sentido.

Eu conhecia minha amiga muito bem para saber que esse era o primeiro sinal de que algo estava mal. O que, na verdade, era perfeito para a situação: sairíamos as três para afogar os problemas.

— Nossa, aí tem! Bom, vamos arrastá-la conosco, será bom dançar e beber um pouco para relaxar. Se arruma, eu tomo banho bem rápido.

Jill assentiu, sorrindo. Levantei e fui para o quarto de Lia. Já imaginava como iria encontrá-la e não deu outra: minha melhor amiga estava a meio caminho de vestir a calça de flanela cheia de ursinhos coloridos.

— Pode tirar isso que a gente vai sair!

Lia levantou a sobrancelha quando me encarou e revirou os olhos.

— Olha, ela resolveu dar o ar da graça. Cansou de fugir da Jill? Escuta, Carina, sei que tem alguma coisa muito séria acontecendo, mas estão ridículas essas suas desculpinhas. O que é isso de estudar toda noite? Você nem é tão estudiosa assim. Na verdade, é brilhante porque não precisa ficar lendo e relendo livros, mas, cara, para que tá feio.

Cruzei os braços e encostei-me à parede, vendo-a prender os cabelos escuros num rabo de cavalo.

— Já acabou?

Lia deu de ombros sem me olhar e continuou a missão eterna de prender os cabelos, mas, na verdade, ela queria mesmo era me ignorar.

— Ótimo, pode ir tirando essa roupa de dor de cotovelo e colocando um vestido lindo que sei que você tem aí, que nós vamos sair. Noite das meninas!

— Ca, eu sei que você quer remediar esses dias tediosos que a Jillian teve por sua causa, mas me tira dessa. Não quero sair, hoje só tô a fim de *crushear* os gostosões de Hollywood.

— Sem chance, garota! Se não se arrumar em vinte minutos, vou te levar com essa calça mesmo e sua reputação irá por água abaixo.

Saí do quarto antes de receber outras desculpas. Lia sabia muito bem que eu era capaz de cumprir essa promessa. Havia perdido a conta da quantidade de vezes a tinha acompanhado em suas lamentações noturnas. Contudo, não naquela noite.

Depois do banho, escolhi a melhor roupa do meu armário. Por causa do meu novo visual, me sentia mais fatal com o vestido tubinho preto que moldava meu corpo perfeitamente e deixava meus ombros completamente expostos com o tomara que caia.

A maquiagem bem marcada iluminou o meu rosto e os olhos que refletiam de volta no espelho eram maliciosos. Eu havia mudado muito e isso estava mais claro a cada dia que passava.

Eu nunca me vi como uma mulher irresistível e provocante, mas, naquele momento, era o que aparentava. Sorrindo como há muito tempo não fazia, fui me entregar a uma noite de esquecimento.

Nem bem tinha pisado na sala fui alvejada por uma Lia entediada que me olhava como se pudesse me esganar a qualquer minuto por não a deixar chafurdar em um monte de chocolate e filmes de caras sarados.

— Ei, Carina, não sei o que te mordeu hoje para querer sair assim, já que não tem sido muito disso, mas é bom que tenha tequila e chocolate nos seus planos.

Minha amiga estava incrível em seu minivestido branco com paetês e os cabelos soltos, mas vi que ela tentava disfarçar o que estava sentindo por qualquer carinha que fosse e estava surpresa ao me ver tão diferente dos últimos meses.

— Claro que está, e ei, vocês duas estão lindas.

Jill usava um longo azul que iluminava ainda mais seus olhos e os cabelos loiros estavam presos num rabo de cavalo frouxo.

— Por mais incrível que possa ser, estou me sentindo assim!

Assenti, orgulhosa das minhas meninas. As coisas trocaram de lugar naquela noite. Eu não queria, nem precisava, me lamentar ou me apoiar em alguém. Eu seria o apoio delas, e nós esqueceríamos tudo que nos travava a vida.

— Então vamos arrasar, garotas!

Abracei as duas pelos ombros e quase tive que arrastar Lia, que fez uma careta; ela não estava com vontade alguma de sair.

— Fale por você, eu queria ficar babando nos astros gostosos e impossíveis.

Apesar da reclamação dramática de Lia tentando afundar a nossa noite, foi impagável ver a animação de Jill ao sair de casa após dias presa no apartamento, o que me fez ficar ainda mais revoltada comigo mesma por ter agido como uma criança. Mas iria remediar a situação, com certeza.

Quando chegamos à boate, já havia uma pequena fila do lado de fora. Nos encaminhamos para o final e aguardamos nossa vez de entrar.

— Acho que você vai amar, Jill. Essa boate é uma das melhores do Rio. Eu costumava vir muito aqui antes de me mudar.

— É, quando ela voltou, ficou velha e chata. — Lia me mostrou a língua enquanto mexia no celular.

— E você continua a mesma intrometida de sempre, né?

— Pelo menos eu te deixo na fossa quando você quer. Eu não tenho nem o direito de ganhar umas calorias comendo pizza.

— Tenho certeza de que podemos resolver isso. Depois daqui, passamos na sua pizzaria preferida e levamos para casa uma big de calabresa, o que acha?

Lia sorriu abertamente e olhou para Jillian.

— Tá vendo? Não dá para odiá-la por muito tempo!

Jill riu e olhou para os lados com a testa franzida, como se estivesse procurando alguma coisa.

— O que foi, Jill?

Ela estreitou os olhos e balançou a cabeça.

— Não sei...

Senti um frio na espinha e olhei para trás na direção que ela tentava enxergar alguma coisa; era um beco ao lado da boate e estava escuro, e não consegui ver muito bem. Aquela sensação estranha voltou e encarei Jill, que tinha os lábios entreabertos como se procurasse por ar. Vi que estava assustada, podia jurar que o coração dela estava acelerado, e não sabia se era o meu próprio que fazia todo aquele barulho.

Engoli em seco e coloquei a mão em seu braço para chamar atenção dela. Sabia o que temia, eu sentia aquilo o tempo todo; o mundo que havíamos vivido poderia vir à nossa procura.

Jill se virou para mim e disse:

— Acho que vou precisar daquela tequila.

— E chocolate — emendou Lia.

— Eu também!

Logo o clima voltou ao normal e ficamos escutando Lia reclamar por estarmos ali, até que chegou a nossa hora de entrar. Lá dentro, o ambiente estava perfeito para o que precisávamos. As luzes de néon piscavam junto com a batida da música, e eu sentia meu coração acompanhando, acelerado.

Decidi seguir a sugestão das meninas, então bebemos um *shot* de tequila e fomos dançar. Com as minhas inseguranças jogadas para o ar pelo álcool, dei tudo de mim na pista. Podia ver que elas se divertiam. Apesar dos protestos de Lia, acabou que faziam exatamente o que eu havia planejado.

Esquecer de tudo...

Estávamos chamando atenção e alguns homens se aproximaram, mas, como não demos muita importância a eles, acabavam se afastando. O que era bom, porque não tínhamos ido ali à procura daquele tipo de diversão.

Em certo momento, senti alguém passando os nós dos dedos em meu braço, e aquele toque me fez fechar os olhos automaticamente... Sentimentos bateram em mim como uma onda enorme, trazendo emoções que duraram milésimos de segundos.

Me virei assustada e procurei quem havia colocado a mão em mim. Tinha vários rostos que me encaravam e sorriam, mas nenhum deles poderia despertar em mim aquela sensação.

Meu coração batia tão acelerado que sentia que podia perder os sentidos a qualquer momento.

— Preciso de um ar, cuida da Jill.

Lia assentiu e passei pelas pessoas, tentando encontrar uma saída.

O que estava acontecendo comigo?

Tudo que passei o dia pensando, todas as decisões e planos estavam indo por água abaixo porque eu simplesmente não conseguia esquecer alguém que me machucou tanto. Que mesmo sabendo de tudo que eu sentia fez com prazer o favor de me quebrar. Por que eu simplesmente não me desligava do passado?

Estava tão perdida que o tempo passou e nem percebi, só me dei conta quando ouvi a porta de emergência se abrindo e fechando com um estrondo.

— Jill sumiu!

Me virei e encarei Lia, que estava com os olhos arregalados.

— Como assim?

— Ela disse que ia pedir algo para beber. Fiquei um pouco distraída por causa de um *boy* de tirar o fôlego e, quando percebi, já tinha passado algum tempo e Jill não voltou. — Deu de ombros, parecendo um pouco assustada.

— Meu Deus, Lia. Ela não conhece nada aqui, nem fala português.

— Eu sei, por isso vim te chamar. Temos que procurá-la!

Entramos na boate e tentei me espremer pela multidão que dançava e se esquecia do mundo. Quando chegamos, aquilo foi o paraíso, agora era somente um inferno que me impedia de chegar ao bar.

Assim que conseguimos, Lia foi perguntar ao barman se tinha visto Jill. Ela o conhecia de outras baladas e acabaram fazendo amizade, o que nos rendia *shots* extras.

— Ei, Diego! Você viu uma americana de olhos azuis e vestido longo passar por aqui?

— Ei, gata! Por acaso eu vi sim, a menina começou a olhar para os lados parecendo preocupada e pediu duas doses de uísque. Nossa, nunca vi uma garota como ela virar daquele jeito.

Lia arregalou os olhos e pude ver pela forma que se agarrou ao balcão que estava se segurando para não o puxar pela camisa exigindo que parasse de divagar.

— E por acaso você viu para onde ela foi?

Ele assentiu e apontou para o lado onde os banheiros ficavam.

— Ela disse que precisava sair do meio dessa gente toda.

Nem mesmo agradecemos a ajuda dele e corremos para o banheiro, desesperadas, com medo do que iríamos encontrar. Quando entramos, senti um misto de alegria e preocupação. Ela estava sentada no sofá do banheiro, a salvo. Pelo menos fisicamente, porque seu lindo rosto estava todo borrado de lágrimas, que derreteram a maquiagem, e vi que estava sofrendo demais.

Olhei para Lia, que encarava Jill com a mão no peito, conhecedora daquele sofrimento, pois já havia me visto em uma situação bem parecida. Minha amiga me olhou e sabia o que eu ia pedir.

— Vou ficar aqui fora, chame se precisar de mim.

Assenti, agradecida, e esperei que ela saísse. Me aproximei de Jillian, que me encarava com os olhos nublados de dor. Sentei ao lado dela e tentei me controlar para não perder a batalha para o nó que se formava em minha garganta.

— O que aconteceu, Jill? Você estava tão bem. Não pode se afastar assim, não conhece nada daqui.

Ela balançou a cabeça e desviou o olhar; parecia magoada, mas estava claramente alterada pelo álcool. Não tinha sido uma ideia tão boa assim afogar as mágoas.

— Como se você se importasse, né, Carina? Pensa que eu não percebi que vem fugindo de mim desde que cheguei?

Arregalei os olhos e senti o remorso correndo por minhas veias, notando meu rosto esquentar como fogo em brasa.

— Sinto muito. — Respirei fundo. — É complicado.

Jill me olhou e o que vi em seus olhos me fez recuar um pouco no sofá: havia raiva, nojo...

— Complicado por quê? Não foi o seu namorado que morreu tentando te proteger, foi o meu. Sabe, eu te culpei por algum tempo, fiquei com raiva, quis que sofresse. Tive momentos de loucura mesmo, mas percebi que uma hora ou outra eu o perderia, mas acredito que você se culpa pela morte de Fabrizio, não é, Carina? Agora me diz se esses seus compromissos não foram uma forma segura de não ter que encarar os seus fantasmas?

CAPÍTULO CINCO

Carina Agnelli

E aquele velho sentimento ecoava dentro de mim, repetindo sem parar.

Os olhos de Jillian me fitavam com intensidade e, apesar de alcoolizada, ela estava lúcida e dizia o que achava sem medo de me magoar. Só que o que ela não sabia era que eu me martirizava diariamente pensando naquilo.

— Você tem razão, Jill. Agi como uma criança esses dias e peço perdão por isso. Você não merecia esse tratamento. Sinto muito mesmo! — Desviei o olhar porque não aguentava olhar para ninguém naquele momento, a vergonha havia tomado muito de mim. — Eu fugi porque não aguentava ver o quanto você ainda sofre pela perda de Fabrizio, me sinto culpada por tudo e não sei como lidar com isso. Desde que voltei, não falei com ninguém sobre o que aconteceu, acabei guardando esses sentimentos e sua presença trouxe tudo à tona.

Ouvi Jillian fungar e levantei a cabeça, olhando para ela, que tentava enxugar as lágrimas com o antebraço, mas estava cada vez mais estragando a linda maquiagem que havia feito.

— Acho que estou um pouco bêbada, Ca. Sinto muito.

— Você só está falando o que realmente sente, Jill. Não te culpo, eu não sei se estaria como você agora se as coisas se invertessem, sabe? Sinto muito por tudo que você perdeu.

— Mas você também perdeu, Carina. Não tente negar o quanto sente falta dele. Ainda o ama, não é?

Sorrindo tristemente, levantei e andei até a pia do banheiro. Olhando no espelho por um momento, tive um flash de meses atrás quando eu estava na mesma posição e ele chegou por trás de mim, afastou meus cabelos e beijou meu pescoço.

— Não dá para tirar o amor do nosso coração assim, Jill. Eu penso nele todos os dias, mesmo tentando não fazer isso; está cada vez mais difícil. — Me virei e a encarei. — Eu já pensei em voltar, cheguei a comprar uma passagem, arrumei minhas malas e fui até o aeroporto. Queria ir até lá sacudi-lo e obrigá-lo a admitir o quanto estava errado em me afastar, mas sabe o que fiz? Eu desisti, todas as suas palavras vieram a mim e quase me derrubaram de joelhos no meio de toda aquela gente, mesmo assim não consigo esquecê-lo.

— Ele não está bem. — A voz dela foi como uma sentença estranha.

— Como assim?

Meu coração começou a bater acelerado, senti minhas veias esquentarem e minha visão nublou por um segundo.

Jillian respirou fundo e levantou, ficando ao meu lado, abriu a torneira e molhou um pedaço de papel para tentar minimizar o estrago que estava o seu lindo rosto.

— Enzo não é mais o mesmo que você conheceu, ele assumiu seu lugar na família e, pelo que escutei, é mais inflexível que Luca. Eu, sinceramente, não sei se isso é devido à culpa que sei que ele carrega pela morte de Brizio, ou se é porque afastou a única coisa boa que aconteceu na vida dele.

Nós tínhamos tocado no nome dele assim que ela chegou, mas havia sido muito por alto, não tinha entrado em detalhes e nem perguntado nada, mesmo que essa tenha sido a minha vontade. Observei Jillian limpar a maquiagem e, quando ela terminou, me encarou e sorriu, parecendo tão triste que aquele sorriso era como uma máscara que ela usava para disfarçar seus verdadeiros sentimentos.

— Desculpe por tudo, Carina. Eu vim sabendo que você provavelmente teria um choque ao me ver e eu também tive. Tentei entender, sabe? Mas alguma coisa me deixou enlouquecida no meio da pista.

— O que aconteceu?

Ela riu e colocou a mão no peito enquanto as lágrimas escorriam livres novamente.

— Eu vi alguém parecido com Fabrizio e, quando fui atrás, era apenas ilusão do meu coração cheio de saudade.

Por mais que eu tentasse não me importar com a dor em sua voz, porque eu precisava tirá-la daquele poço sem fundo em que se encontrava, era difícil não sentir empatia por tudo que ela passava.

Chamei Lia, que me ajudou a cuidar da aparência destruída de nossa amiga, e voltamos para casa, dando um fim na noite não tão proveitosa de meninas.

Jill foi em silêncio todo o caminho e, quando chegamos ao apartamento, também não disse nada, mas, como ela estava sonolenta, eu apenas a ajudei a tirar o vestido e cair na cama.

Quando retornei à sala, Lia estava sentada de frente para a televisão com duas barras de chocolate, assistindo aos tais gostosões de Hollywood.

— Pronta para ver os mocinhos acabarem com os bandidos?

Ela sorriu e me abraçou, puxando-me para junto dela. Lia podia ser meio louca, mas eu podia contar com ela mais do que com qualquer outra pessoa.

Depois de uma noite repleta de reviravoltas e confissões regadas a álcool, era lógico que me sentiria péssima, o que só piorou com o SMS que recebi de madrugada.

*"Seu dinheiro do mês já está na conta.
Por que não está pegando nada, Carina?
Precisa deixar de ser tão infantil."*

As poucas vezes que falei com minha mãe nesses meses em que voltei para o Brasil foram para saber como eles estavam, mas recebia um tratamento seco e sem sentimentos. Algo estranho, já que eles sempre foram muito carinhosos. Não entendia o que estava acontecendo, mas acredito que as pessoas mudam. Eu mudei, não é?

Porém, o que eles não sabiam era o quanto me enojava toda a situação. Eu não mexia no dinheiro há meses, porque simplesmente não queria tocar naquela sujeira. Meu trabalho na biblioteca me dava pouco, mas era o suficiente para levar os meus dias com a consciência tranquila.

Não consegui dormir muito bem e, depois da mensagem, não deu para pregar o olho. Assim que o dia clareou, vesti uma roupa de ginástica, coloquei *headphones* e saí para correr.

Havia adquirido esse hábito há algum tempo. Gastava energia acumulada e conseguia não pensar em nada, o que, naquele momento, caiu como uma luva. Precisava tirar da cabeça tudo que persistia em voltar.

A cada passo que dava, sentia o vento que soprava em meu rosto. Mesmo estando cedo, havia algumas pessoas sentadas na areia sentindo o calor do sol que ainda aparecia tímido. A música que tocava em meu *headphone* fazia com que a corrida não fosse tão satisfatória como eu queria. Ela falava de tudo que eu sentia naquele momento: confusão, raiva, tristeza, amor...

Ah, como eu gostaria de arrancar tudo do meu peito, mas aqueles sentimentos estavam enraizados dentro do meu coração como se tivessem garras afiadas que cravaram eternamente em minha alma.

Era um fantasma sedutor que não queria deixar de me assombrar.

As pessoas passavam por mim como um borrão. Aquela manhã tinha algo diferente, a sensação enlouquecedora de estar sendo observada não tinha sumido. E isso despertou um lado meu que mantive cativo desde que pisei em solo brasileiro: o vício de adrenalina. Isso só me trouxe coisas ruins e eu não queria ser aquela garota mais.

Porém, não podia mentir para mim mesma nem que eu quisesse, o maior perigo que eu poderia correr não voltaria mais, ele havia saído da minha vida, me expulsado...

Já havia passado mais de uma hora desde que eu tinha saído de casa, o sol já estava bem quente, e eu precisava voltar antes que Jillian acordasse e achasse que eu tinha surtado, o que não era totalmente errado, mas a menina não precisava de mais um peso para carregar.

Troquei a música que tocava no *iPod* e comecei a diminuir o ritmo da corrida para que meu coração voltasse a bater normalmente antes de parar, o que permitiu que apreciasse mais a paisagem da praia. Eu queria poder sorrir como aquelas meninas despreocupadas que apenas estavam ali para aproveitar a vida. Já tinha sido assim.

Perto do prédio, virei a esquina e quase tropecei nos meus pés. Todo o meu mundo desabou sobre a minha cabeça, os fantasmas haviam se tornado reais, o meu maior pesadelo estava parado encostado na moto, de camiseta preta e calça jeans, com óculos escuros e um sorriso irresistível no rosto.

Quando parei o mais longe que consegui, porque não chegaria tão perto, ele se afastou e tirou os óculos, dizendo:

— Não pensei que seria tão difícil encontrar uma velha amiga. — Aqueles olhos azuis que assombravam meus sonhos estavam ainda mais brilhantes do que me lembrava. — Como está, *cara mia*?

CAPÍTULO SEIS
Enzo Gazzoni

Durante a minha vida toda eu fui manipulado, forçado a aceitar um destino que não era meu. Nunca quis herança alguma... Mas, quando quem eu mais amava precisou ser protegido, eu assumi o meu legado.

Não vou dizer que mantive a minha alma intacta, precisei ser cruel para ser respeitado. Na rua é assim, ou você se impõe ou se torna um alvo.

Fora que fazer o que eu precisava com o coração trancado era fácil, já que eu não sentia nada.

Foram oito meses desde o fatídico dia e não passou um dia sem que eu imaginasse como tudo poderia ser diferente se eu não fosse quem era. Oito meses de solidão, violência e dor. Assim se resumiam os meus dias. Porém, os sentimentos que mais tomavam meu coração eram a culpa e a saudade. Tudo que havia acontecido, tudo que foi perdido, era por causa de um nome que eu não havia escolhido, uma maldição...

Eu tentei não pensar muito, não focar no que havia destruído, o que se tornou um pouco impossível quando aqueles doces olhos não saíam da minha memória; acho que nem mesmo se eu tentasse conseguiria, algo que nunca faria. Por que apagar a luz quando era a única coisa que me salvava de mergulhar nas sombras? Contudo, era uma tortura que eu me autoinfligia à noite: fechar meus olhos e me lembrar de como tinha sido feliz ao lado dela.

Desde que pisei em solo brasileiro, notei muitas diferenças, principalmente no clima. Acabei sorrindo ao me lembrar da primeira vez que tinha visto Carina: ela estava toda encolhida de frio parecendo uma refugiada do deserto que havia aterrissado no Ártico e agora entendia o porquê.

Ao pensar em tudo que vivemos, percebi que estar ali quebrava a última promessa que fiz ao Fabrizio.

Estava disposto a nunca mais ver o rosto dela novamente, havia me preparado para sentir sua falta todos os dias e noites, a nunca mais tocar sua pele se isso significasse mantê-la em segurança, mas, quando aquele e-mail chegou, não pude mais seguir as regras. Que se danasse as promessas impossíveis, os erros e a culpa. Foda-se a porra toda!

Nada mais importava, eu iria pegar a minha princesa de volta.

Havia chegado ao país há semanas e ainda não tinha tido coragem de me aproximar, pois não sabia como seria recebido. Com certeza não seria com um beijo e um abraço, o que era o que eu queria de verdade. Mas sabia o quanto havia magoado Carina e podia esperar qualquer coisa.

Por isso eu a observei de longe, e constatei o quanto ela estava diferente agora; nenhuma foto, descrição ou qualquer coisa poderia fazer jus a como Carina parecia.

Seus cabelos longos e ondulados, agora, estavam na altura do pescoço e emolduravam seu rosto, fazendo-a parecer mais linda do que já era e deixavam seus lábios rosados ainda mais convidativos. Mesmo de longe, eu poderia perceber que o visual novo havia apenas aumentado a sua beleza.

Mas nada poderia ter me preparado para vê-la tão de perto. Os olhos castanhos, antes doces e compreensivos, cheios de esperança e amor, agora estavam maliciosos, vívidos, tristes e sem aquela inocência que tanto me encantou quando a conheci.

Eu tinha um informante, que cuidava da sua segurança desde que ela saiu do meu alcance, e me inteirava de tudo que acontecia, enviava fotos e relatórios de como estava sendo a vida dela. Ele fez bem seu trabalho — até demais eu diria — e havia me dito que Carina corria todas as manhãs pelo calçadão. Depois de tocar em seu braço por míseros segundos na boate, percebi que já era hora de aparecer. Meus dedos ainda formigavam por causa do contato tão rápido.

Quando ela se aproximou, correndo, suada e com os lábios vermelhos do esforço físico, a minha única vontade foi beijá-la como se não tivesse passado nem um dia que estivemos longe, mas aquilo não era possível, não mais. Então, fiz a única coisa que sabia que arrancaria uma reação dela: fui um idiota.

— Não pensei que seria tão difícil encontrar uma velha amiga. — Agi como se não tivesse acontecido nada de ruim entre nós. — Como está, *cara mia*?

Sinceramente, eu esperei qualquer atitude dela, gritos, tapas, xingamentos, mas não aquele olhar vazio, ou nenhuma reação intensa como era de seu feitio. Meu coração se quebrou como cristal, se partindo em milhares de pedaços sem nenhuma forma de serem colados de volta, porque soube que era o culpado por ela estar assim e ter mudado tanto.

Eu a fiz sofrer!

Carina piscou duas vezes, como se estivesse acordando de um devaneio qualquer, e seus lábios se entreabriram como se fosse dizer algo. Prendi a respiração, aguardando o que ela diria, mas apenas balançou a cabeça, baixou os olhos e desviou de mim, caminhando devagar em direção à porta do prédio. Eu não podia deixá-la ir assim, precisava que admitisse a minha presença. Que me batesse, qualquer coisa...

Dei dois passos e a alcancei, peguei em seu braço e ela me encarou com tanta mágoa que não precisou dizer nada mais, eu a soltei e Carina fechou a cara, olhando em meus olhos.

— O que está fazendo aqui, Enzo? Pensei que nunca mais teria que te ver novamente.

Eu já levei um tiro, e doeu pra caramba, mas aquelas palavras doeram muito mais do que qualquer outra coisa que poderiam me infligir.

— Estava com saudade, princesa.

— Não me chame assim! — Desviou o olhar e engoliu em seco, parecendo nervosa. — Você não veio ao Brasil sem motivos, tem algum negócio por aqui?

Olhou para mim e sorriu, parecendo ainda mais linda e ferina. Eu vi o desdém e o ódio em seus olhos e aquilo me ferveu por dentro. Só que não era somente ela que tinha mudado, eu também. Não era mais o cara que ela conheceu em Nova York, cheio de sonhos e esperanças. Tudo tinha ido pelo ralo há muito tempo e eu carregava a culpa nas costas como um fardo pesado.

Me aproximei e levantei a mão, pegando em seu queixo delicado com o polegar e o indicador, sorri de lado e pisquei um olho.

— Não posso visitar uma velha amiga? Estava passando e resolvi te ver.

Carina estreitou os olhos e se afastou, fazendo com que minha mão caísse inerte junto ao corpo. Seus olhos soltavam faíscas de tão irritada que ela estava. Essa era a reação que eu esperava; preferia o ódio à indiferença.

— Primeiro de tudo, eu não sou sua amiga. E você estava passando? Como assim? Como descobriu onde eu morava?

— Tenho meus meios. — Dei de ombros e sorri amplamente.

— O mesmo perseguidor de sempre, não é?

E ali estava ela, a minha menina que rebatia tudo que eu falava, a menina que amava com tudo e muito mais do que eu tinha. Não era merecedor dela, sabia disso, estava muito manchado para sequer tocar em sua pele delicada. Mas, Deus, se eu não era um pecador por querer estar no paraíso sendo quem era e tendo feito tudo que fiz, vi e permiti, não deveria nem cogitar a ideia de envolvê-la de novo naquele mundo. Eu ainda a queria com tanta intensidade que chegava a ser uma dor física não poder tê-la.

Porém, não poderia resistir, não com Carina tão perto de mim. Era mesmo um egoísta e naquele momento não me importava.

— E você a mesma espertinha, não é? Senti falta dessas respostas rápidas.

Ela franziu a testa e me encarou como se não acreditasse no que eu estava dizendo. Os olhos dela pegavam fogo e, por um momento, perderam o vazio que agora lhe era característico.

— Sério que você veio aqui para isso? Depois de todos esses meses? Conta outra, mas, como já disse, *Enzo Gazzoni*, não sou sua amiga para ficar batendo papo. Deixa eu ir que tenho mais o que fazer.

Virou as costas e se afastou. Dessa vez, eu deixei, porque tinha a impressão de que, se insistisse mais, ela seria capaz de me dar um tapa, ou coisa pior. Mas, antes que ela sumisse, eu precisava dizer mais uma coisa.

— Não pense que eu vou desistir, você ainda vai me ver mais vezes, *caríssima*.

Vi que seu corpo ficou tenso e Carina deu uma pequena parada, coisa de um segundo, então continuou a andar e entrou no prédio.

Sorrindo, eu fiquei olhando para o edifício alto que tanto observei por semanas, que vi por fotos, que imaginei estar de pé ali esperando que ela voltasse para mim. Agora era a chance que eu precisava para tê-la de volta na minha vida e ai de qualquer um que se interpusesse no meu caminho.

Meu telefone tocou e olhei o identificador de chamadas: número restrito, mas sabia quem deveria ser. Não queria falar com ninguém naquele momento, então montei na moto, coloquei o capacete e fui rodar pelas ruas do Rio de Janeiro com um sorriso que tinha certeza de que não sairia dali tão cedo.

Eu estava na jogada mais uma vez!

CAPÍTULO SETE
Carina Agnelli

Quem ele pensava que era para chegar na minha casa com aquele papo furado? Quem ele pensava que era para colocar a mão em mim? Quem ele pensava que era para provocar aqueles sentimentos que eu não precisava mais?

A raiva explodia em meu peito como veneno correndo pelas veias e contaminando tudo. Mas o que mais me irritava era a minha reação a ele...

Eu sabia que meu coração era traiçoeiro, mas não pensei que seria tanto, pois, ao olhar naqueles olhos que tanto me assombraram, tudo que eu havia conquistado foi por água abaixo.

Por que eu tinha que ficar tão confusa se antes estava resoluta do que queria e sentia? Por que ele tinha que ser tão lindo? Enzo estava mais forte, letal e extremamente irresistível.

Não tive nem paciência de esperar o elevador, acabei subindo de escada mesmo, e cheguei ao apartamento fumegando de raiva. Nem olhei para as meninas, que já estavam na mesa tomando café. Quando bati a porta, percebi o quanto elas se encolheram com o estrondo.

— O que tá acontecendo? Que bicho te mordeu? Pra que bater a porta desse jeito? Estamos de ressaca, esqueceu? Parece um elefante sentando na minha cabeça. — Lia me olhou de cara feia e mordeu um pedaço de torrada.

Estreitei meus olhos e encarei minha amiga como se fosse fuzilá-la. Que se danasse, eu estava com tanta raiva que poderia descontar em qualquer um.

— Um bicho italiano e irritante.

— Quê? — Lia franziu a testa, não entendendo sobre o que eu estava falando. Será que precisaria desenhar?

Jillian olhava entre nós sem entender nada, porque tamanha era a minha raiva que eu estava falando em português.

— Se aquele filho da mãe acha que pode chegar e começar a exigir as coisas, se pensa que vai continuar de onde parou ele está muito enganado. Filho de uma mãe!

— De quem você tá falando, Carina? Acho que a corrida não te fez bem hoje. Aliás, correr a essa hora não deve fazer bem pra ninguém, né? — Lia olhava para mim como se um terceiro olho tivesse brotado na minha testa.

Olhei para as duas, que me encaravam com a testa franzida, e respirei fundo, sentei na cadeira e apoiei os cotovelos na mesa, baixando meu rosto entre as mãos. Não sabia lidar com tudo que estava sentindo e pensando. Meu peito parecia pesar uma tonelada e minha cabeça não parava de rodar, nem sabia se conseguiria traduzir tudo em palavras para explicar o que se passava comigo depois daquele encontro.

Engoli em seco e decidi falar em inglês para que Jill pudesse me entender, afinal, a presença de Enzo ali a afetaria também.

— Eu o vi lá embaixo e não sei como agir. — Levantei a cabeça e olhei para as meninas com uma careta. — Enzo está no Brasil e veio aqui dizendo que sentiu saudade e resolveu dar um "oi".

As duas piscaram para mim como se estivessem desvendando um código indecifrável. Eu, extremamente irritada, revirei os olhos e me levantei, indo até a janela que dava para a praia, onde vi o homem na areia, dias atrás. Me perguntava se era ele mesmo. Meu coração o reconhecia, mesmo estando despedaçado?

— Imaginei milhares de vezes encontrá-lo novamente, mas nenhum dos meus planos incluía me sentir assim. — Coloquei a mão no peito, sentindo meu coração bater forte. — A única coisa que eu pensava o tempo todo em que Enzo esteve parado à minha frente era que queria tanto abraçá-lo forte, beijar sua boca e esquecer todo o sofrimento que passamos.

Senti as meninas chegando por trás e me abraçando, uma pelo ombro e outra pela cintura. Ficamos em silêncio por alguns minutos olhando a praia, que, àquela hora, já estava cheia.

— Acho que o maior problema aqui, Ca, é que você nunca parou de pensar nele, não o deixou ir. Se escondeu, sufocou esse sentimento e agora não está suportando toda essa carga emocional que a presença dele gerou — Jill falou baixinho e encostou a cabeça na minha.

Assenti, sabendo que errei em não me abrir com ninguém, nem mesmo Jill, que sabia de tudo. Conversamos sobre o que eu sentia apenas na noite anterior, quando, na verdade, ela apenas acentuou tudo que pensava ao me acusar.

Senti uma lágrima rolando por meu rosto e levantei a mão, enxugando-a.

— Não vou deixar que ele me abale desse jeito. Eu avisei que, se me mandasse embora mais uma vez, eu não voltaria, e não farei isso, não agora que estou conseguindo me reerguer.

Olhei para as duas, que me encaravam com dúvida nos olhos e pareciam marionetes de tão iguais que agiam. Sabia que estava enganando a mim mesma dizendo que estava em fase de reconstrução quando, na verdade, bem no fundo, eu fiquei esperando ele me procurar.

Não que eu fosse admitir isso a qualquer um.

Lia sorriu e me apertou de lado, deitando a cabeça em meu ombro.

— É assim que se fala. Sem contar que hoje à noite temos uma superfesta da universidade e vamos levar a Jill para conhecer uns gatos!

Jill, que estava tensa desde que eu disse sobre Enzo, se afastou e voltou a sentar-se à mesa para o café. Ela nos olhou e deu um sorriso estranho.

— Eu estava pensando se não era hora de ir embora. — Baixou a cabeça e passou geleia na torrada tão devagar que parecia em câmera lenta, mas ela estava protelando para não ter que se explicar, tentando encerrar o assunto com apenas sua declaração.

Só que o que minha amiga americana não sabia era que nós não desistimos tão facilmente assim. Lia estreitou os olhos e se sentou ao lado de Jill e, com um aceno, me mandou sentar do outro lado.

— E eu posso saber por que decidiu isso agora, Jillian?

Lia falou sem olhar para nenhum lado, calmamente continuando seu café como se estivesse discutindo qualquer coisa irrelevante e não visse a expressão assustada da nossa amiga.

— Lembrei que preciso resolver umas coisas em casa.

— E isso não tem nada a ver com a presença de Enzo?

Jill me olhou com os olhos cheios de lágrimas.

— Eu saí de lá porque ele estava querendo se aproximar e conversar, Carina. Não suporto nem mesmo falar o nome dele, dói demais.

Lia engoliu em seco e fez um gesto compreensivo para mim, se levantando sem dizer nada e indo para o quarto. Minha amiga era maravilhosa, ela não sabia de muito, mas o pouco que sabia era o suficiente para me apoiar e entender que não podíamos falar mais.

— Jill, ele não vai se aproximar de você. Não deve nem saber que você está aqui, amiga. Não se sinta dessa forma, aliás, vocês sempre se deram tão bem. Não é porque ele me deu um pé na bunda que você tem que odiá-lo.

Ela se levantou e foi até a pia lavar seu prato e caneca. Jill havia se viciado em nosso café e eu achava que ela bebia o dia todo. Seu silêncio não queria dizer uma coisa muito boa e, quando se virou, constatei que tinha muito mais que ela não queria contar.

— Não o odeio porque ele te deixou, mas porque ele matou Fabrizio e a única coisa que consigo pensar quando estou perto dele é sobre a injustiça de o filho da máfia estar vivo e o meu namorado ter morrido por segui-lo cegamente.

Vi nos olhos de Jillian na outra noite ódio e rancor. Ela havia se fechado tanto quanto eu, mas, no caso dela, eu acreditava ser pior, pois havia perdido alguém fisicamente. Mas, naquele momento, suas palavras duras me fizeram ter um pressentimento estranho, como um mau agouro.

Engoli em seco e me levantei, aproximando-me dela, e olhei em seus olhos torturados.

— Eles se amavam, Jill! Se tem alguém que sofre tanto quanto ou mais do que nós é ele. Acha mesmo que Enzo não se culpa pela morte do primo?

— Fabrizio o admirava, Carina! Ele morreria mil vezes pelo nome Gazzoni. E isso é o que me deixa mais louca: ele escolheu aquela vida ao invés de mim.

Balancei a cabeça e a abracei forte. Jill precisava da festa muito mais do que qualquer outra pessoa; ela tinha que parar de pensar tanto.

— Você realmente não precisa me poupar, Jill. Já ficou tempo demais sofrendo sozinha. Eu amava Brizio também e sei que ele nunca teria escolhido te deixar sozinha. Aquele homem era louco por você e não iria querer te ver dessa forma. Você não vai embora e vamos enfrentar nossos demônios juntas.

Ela se afastou e fez uma careta.

— Tenho mesmo que ir a essa festa? Ontem não foi uma boa ideia.

Sorrindo amplamente, sentindo que seria diferente, a abracei e vi quando Lia saiu do quarto com os braços cheios de roupas.

— Sim, você tem que ir sim, dona Jillian. Seremos o trio magnífico, as melhores, vamos arrasar aquela porra de lugar.

Estreitei os olhos quando ela jogou a trouxa de roupa no sofá e colocou as mãos na cintura.

— Você estava escutando atrás da porta, Liane Pinheiro?

Ela revirou os olhos e deu de ombros.

— É claro que não, nem parece que me conhece, Carina. Agora vamos escolher nossas roupas de arrasar e esquecer essas merdas de italianos gostosos que viraram a cabeça de vocês — disse como se fosse tão fácil quanto trocar de roupa.

E aquilo era tudo que eu queria: esquecer.

CAPÍTULO OITO
Enzo Gazzoni

Porque tudo que você precisa para que dê certo é acreditar!

Essas foram as últimas palavras que ouvi de Fabrizio Gazzoni, meu amigo, irmão, meu braço direito. Seus olhos estavam se fechando, mas ele não deixava de sorrir. Quebrou meu coração ele ainda pensar em mim antes de se preocupar com sua própria integridade física.

Nunca me perdoaria pelo que aconteceu, sabia que, de alguma forma, ele estava naquele mundo apenas por ser tão leal à nossa amizade. E tudo se perdeu, transformando-se em fumaça e se esvaindo no ar. Seus sonhos, planos, amor... Tudo foi interrompido.

E tudo por um maldito nome.

Depois de rodar com a moto, parei na praia e fiquei olhando o mar quebrar na areia, pensativo, e formando estratégias para convencer Carina de que o melhor para ela, e todos ao redor, era voltar para casa comigo. Sabia que não seria uma tarefa fácil, porque vi em seus olhos que ainda sofria por tudo que aconteceu, mas ela tinha que aceitar.

O perigo que corria era alto demais para arriscar por causa de seu orgulho ferido.

Poderia parecer arrogância pensar desse jeito, como se ela fosse correr para os meus braços como se nada tivesse mudado, mesmo a tendo machucado tanto. Porém, em meu coração, eu sabia que ela ainda me amava e tudo que fiz foi para garantir que ela ficasse bem. Seria tão difícil assim fazê-la entender?

Perdido em pensamentos, me lembrei do dia em que soube como tudo havia virado de cabeça para baixo, como as coisas tinham saído do meu controle.

Após a saída de Carina do país, seu tio havia ficado ao meu lado, como fez a vida inteira com meu pai. Virou meu braço direito, tomando conta para que tudo andasse da forma que deveria ser. Achava que ele esperava algum ataque da minha parte, por ter sempre sido protegido, e, apesar de conhecer o que me esperava, eu ainda não tinha visto completamente o lado feio de ser um Gazzoni. Bem, ele pensava assim, mas o que Henrique Agnelli não sabia era que eu conhecia até demais o meu legado.

Por isso, presumi que o peguei de surpresa com as minhas ações durante os meses que se seguiram: eu fui implacável com meus "funcionários" e cruel com meus inimigos. Não precisava sentir pena ou rancor de ninguém. Estava apenas vazio.

Considerei até mesmo a hipótese de que ele tenha se assustado quando fomos interrogar um homem da gangue rival, pois não medi esforços até que ele delatasse todo os planos de seu chefe. Foi quando descobrimos o risco que Carina corria.

Com o meu treinamento de anos em luta, ninguém conseguia ficar acordado tanto tempo em um interrogatório, por isso tive que pegar mais leve naquela noite.

O cara já estava com o rosto todo machucado e ensanguentado; eu tinha certeza de que ele não aguentaria nem mesmo que uma pena encostasse em sua pele de tanta porrada que havia levado.

Cheguei bem perto. Sabia que meus olhos carregavam a raiva de meses, e mantinha aqueles sentimentos contidos para libertar na hora oportuna exatamente para que meus inimigos me temessem. Peguei no pescoço dele e levantei sua cabeça, que pendia fraca, para que me encarasse.

— Essa é sua última chance para nos dizer o que estão planejando. Eu não terei mais clemência. Sei que deve ter família e gostaria de vê-los mais uma vez, não é?

Ao mencionar a família, ele ficou ciente do perigo real que corria e se empertigou mais firme. Ele olhou para mim e observou Henrique, que estava no canto da sala escura com os braços cruzados, apenas aguardando ordens.

— Se eu disser, eles vão me matar!

Sorrindo, cheguei mais perto, ficando nariz com nariz com ele.

— Se não disser, eu vou te matar. — O homem arregalou os olhos e soube que eu cumpriria a ameaça. Levantei um dedo e me afastei um passo. — Porém, eu sou muito piedoso para os que são fiéis a mim. Se me contar o que preciso saber, te dou cobertura e um lugar na família.

Percebi Henrique se mexendo desconfortavelmente. Eu não era de fazer promessas, mas, a partir do momento em que o nome dela foi mencionado em escutas, eu não iria desistir e destruiria o mundo inteiro, se fosse preciso, para ter o que queria.

— Sempre soube que os Gazzoni eram letais, mas o senhor consegue ser mais até do que o seu pai. Sempre respeitei muito Luca e posso muito bem ser fiel a você.

O homem era um pouco mais velho do que eu, por volta de trinta anos, porém podia ver que era vivido e estava naquele meio há mais tempo do que poderia contar.

Falar do meu pai era sempre muito difícil, mas eu havia aprendido a esconder minhas emoções, então apenas olhei para o homem e aguardei que concluísse sua barganha.

— Se o senhor prometer segurança para mim e minha família, eu digo tudo que quer saber, inclusive que há um traidor entre vocês.

Aquilo acendeu meus sinais de alerta. Traidor? Pelo jeito, ele tinha mesmo um ás na manga.

Olhei para Henrique, que continuava impassível. Ele assentiu, aprovando que déssemos guarida ao homem, afinal, seria de grande valia tê-lo do nosso lado com tantas informações do inimigo.

— Tem a minha palavra.

O homem respirou com dificuldade e olhou para mim.

— O pai dela. — Olhou para Henrique. — Seu irmão está fazendo jogo duplo, para vocês e outra organização. Foram descobertos milhões de dólares em lavagem de dinheiro, que ele mandou para uma conta no exterior e está jurado de morte.

Percebi a agitação de Henrique, mesmo que quase imperceptível, porque eu o conhecia bem demais. Ele deu de ombros como se não se importasse.

— Nós já sabíamos disso, que morra então, se foi descoberto.

Quando as coisas explodiram na nossa cara, soubemos da ligação de Luciano Agnelli com a outra organização e suas falcatruas, mas, por ser o pai da Carina, foi poupado por nossa família e ficamos em silêncio, fingindo que não sabíamos de nada. Apenas ficamos observando seus passos, aguardando seu próximo erro. Sabíamos de tudo e eu precisei me segurar para não o matar imediatamente. O homem sorriu e balançou a cabeça.

— Lá não funciona assim. Os traidores não perdem a vida, mas a de seus entes queridos. Vocês foram passíveis demais com o maldito, desviar dinheiro não foi a única coisa que ele aprontou. Eu não sei do seu outro erro, mas foi fatal. Os chefes juraram a garota de morte e já a localizaram no Brasil.

Suas palavras foram como uma sentença para mim. Tudo pelo qual havia trabalhado e tudo que tinha perdido para que ela ficasse segura estava indo por água abaixo. Olhei para o homem com atenção.

— Eu vou descobrir tudo e, se estiver mentindo, eu te mato.

O homem engoliu em seco e assentiu.

— Mas vou cumprir a minha palavra. Meus homens vão buscar sua família e você será cuidado. Bem-vindo à família Gazzoni.

Dei a volta e saí da sala sem nem olhar para Henrique. Do lado de fora, abaixei-me e coloquei as mãos nos joelhos. Não estava cansado do interrogatório, mas aquela notícia tinha tirado todas as minhas forças.

— Você vai fazer o quê? — Henrique estava ao meu lado do mesmo jeito taciturno de sempre, com os braços cruzados e olhando sempre para frente.

Minha vontade era de matar Luciano sem pensar duas vezes, mas de nada adiantaria. Carina continuaria correndo perigo.

— *Vou para o Brasil.*

Tudo que havia acontecido depois desse episódio me levou até aquele momento.

Olhei em meu relógio de pulso e percebi que estava na hora de ligar para meu informante, que já deveria estar esperando minha ligação. Aproximei-me de um banco de cimento e sentei, olhando em volta para ver se estava sozinho. Àquela hora da manhã, havia poucas pessoas na orla da praia, o que era bom porque me dava privacidade.

O número dele já estava na discagem rápida, então só apertei o comando do telefone e aguardei. No terceiro toque, ele atendeu.

— *Senhor Gazzoni? Como está sendo sua estadia no Brasil?*

Eu havia dito que estava no país apenas há alguns dias, meu número era sempre restrito e não havia como ele saber de outra forma, mas o idiota precisava compreender que eu estava de olho. Havia quebrado regras e o medo da represália o tinha mantido na linha.

— Quais suas informações?

Ouvi que ele engoliu em seco audivelmente; meu tom de voz áspero e sem nenhuma animosidade deve ter denunciado o meu humor.

— *Sim, senhor! Sobre a sua protegida, notei um indivíduo perto dela outra noite na boate e tentei investigar, mas não consegui nada.*

— Não se preocupe, era eu.

— *Oh!*

— Sim, oh! Prossiga.

— *Pelos alertas da polícia, entraram no país três criminosos de alto escalão.*

Fechei os olhos por um segundo e massageei a testa com dois dedos, tentando obrigar minha mente a pensar e não sair correndo rastreando os marginais em busca de respostas e descobrir se estavam ali atrás dela, como eu achava que sim, ou se por outro motivo.

— Tudo bem, eu tenho meus meios e vou descobrir quem são. Mais alguma coisa?

O informante arranhou a garganta e pareceu pensar por alguns segundos em suas próximas palavras.

— *Parece que terá uma festa da faculdade hoje à noite e sua protegida estará presente.*

Ter sangue italiano nas veias muitas vezes não era fácil, ainda mais sendo quem eu era. Sempre soube o quanto Carina era livre e gostava dela assim, mas a minha compulsão por mantê-la segura fazia com que ficasse tentado a raptá-la sem nem mesmo conversar a respeito.

— Tudo bem! Fique de olho nela, mas à distância, não te quero tão perto.

— *Sim, senhor!*

— Sem falhas, sei onde você mora.

Desliguei o telefone com essa última ameaça e fechei o aplicativo de codificação, que servia para que minhas conversas e mensagens não fossem rastreadas de forma alguma. Ter dinheiro tinha suas vantagens.

Subi na moto e voltei para a casa que havia alugado com outro nome. Eu tinha entrado no país com passaportes falsos. Meu nome era conhecido por muitos traficantes e não arriscaria ter alguém batendo na minha porta. Estava ali escondido para manter Carina segura, não para colocá-la em mais perigo do que já corria.

Seguro em casa, abri mais uma vez o aplicativo e a caixa de e-mail. Rapidamente digitei uma mensagem.

"Já abordei o alvo e logo estaremos de volta."

Não precisava de mais nada, a única coisa que tinha que fazer era convencer aquela mulher teimosa a voltar comigo.

CAPÍTULO NOVE
Carina Agnelli

Tudo que eu não precisava naquele momento era me estressar, mas encontrar com Enzo Gazzoni fez exatamente isso, então decidi dormir um pouco antes da festa.

Todavia, vi que não era uma ideia muito inteligente quando aqueles sonhos voltaram para me assombrar.

Cada vez que eu olhava em seus olhos, sentia como se fosse a última vez que o veria. Era um tormento reviver aquele momento, sentir aquele terror, ter a ameaça da morte sobre a minha cabeça.

— Você realmente pensou que tudo acabaria assim? — Olhei para cima e aquele monstro, David, me encarava, aparentando estar totalmente desequilibrado. — Achou mesmo que seu conto de fadas terminaria com o felizes para sempre?

Engoli em seco e olhei para Enzo. Estávamos só os dois na mesa com o revólver no meio.

— Eu não acredito mais em finais felizes.

— Bom, será mais fácil colocar o ponto final, então. É sua vez, princesa!

A voz daquele homem me assombraria para o resto da minha vida, talvez até mesmo depois dela.

Peguei a arma e encarei Enzo intensamente, transmitindo pelo olhar todo o amor que sentia.

— Você me mandou embora e destruiu meus sonhos.

Seus olhos azuis estavam apagados, sem vida, sem amor, não tinha nada.

— Seu conto de fadas acabou, princesa!

Então apertei o gatilho...

Acordei assustada, suando e com o coração acelerado.

Tinha pesadelos todas as noites, mas nunca chegava ao ápice final, pois suas palavras sempre me acordavam antes de "Fecha os olhos, Carina". Só que, dessa vez, foi diferente. Ele estava feliz por ser eu a apertar o gatilho.

Acreditava que era por causa de sua aparição surpresa e todos os sentimentos que provocou em mim. Sentimentos que eu não queria experimentar novamente.

Levantei devagar e fui até o banheiro, lavei o rosto e, de olhos fechados, joguei a cabeça para trás, tentando relaxar meu corpo tenso do pesadelo tão recente. Uma batida na porta me chamou a atenção e endireitei o corpo, escondendo as emoções da minha visitante.

A porta se abriu e Jill sorriu ao entrar. Ela sentou na tampa do vaso sanitário e pendeu a cabeça de lado.

— Você ficou tão bonita com esse corte de cabelo, andei pensando em cortar também.

Franzi a testa e a observei levar a mão ao rabo de cavalo que prendia suas longas mechas douradas.

— Acho que você tá confusa demais e precisa esfriar a cabeça, ou seja, esquecer tudo de verdade. Pronta para se arrumar?

Eu havia dito para ela que iríamos escolher as roupas juntas, por isso sua visita ao meu quarto. Jill assentiu e se levantou, entrando no quarto.

— Sabe, acho que tá na hora de mudar o foco. Vou me espelhar na Lia, ela é tão pra cima.

Arregalei os olhos e observei Jill pegando um minivestido tubinho vermelho, todo rendado nas costas, que eu não usava fazia tempo.

— Meu Deus, me salve de duas versões de Liane Pinheiro.

Jillian sorriu e correu para o banheiro. De alguma forma, eu sabia que aquela festa mudaria tudo que havíamos construído todos esses meses.

Só não tinha certeza se era uma coisa boa ou não.

Chegamos à festa da universidade duas horas atrasadas porque Lia resolveu fazer um penteado diferente em Jill, já que ela queria se espelhar nela, o que resultou em uma transformação completa de uma menina doce em uma loira fatal. Jill tinha seios fartos que preencheram bem meu vestido, e suas pernas longas ficaram à mostra, chamando atenção com o salto quinze que usava.

Lia, como sempre, estava perfeita em um ousado vestido preto com um decote enorme nas costas.

Eu tentei passar despercebida, mas assim que saí do quarto com minhas incansáveis calça e blusa, as duas me fizeram voltar e só consegui sair de casa depois de estar "bem apresentável".

Usava uma saia de cintura alta branca com desenhos geométricos nas laterais em preto e marrom, muito justa, e um *cropped* que fazia conjunto, com um corte na lateral que deixava minha nova tatuagem um pouco à mostra. Sem contar, é claro, com o enorme salto que me obrigaram a usar. Meus cabelos curtos estavam penteados em um estilo bagunçado e eu usava brincos brilhantes que iam até o final do pescoço e completavam meu visual.

Não estava confortável daquele jeito, me sentia exposta demais, preferia usar meu par de botas e roupas mais simples, mas não podia negar que formávamos um trio e tanto.

Apesar do nosso atraso, a festa havia apenas começado quando chegamos e, enquanto atravessávamos o gramado onde estava acontecendo o evento, cumprimentamos algumas pessoas. Lia apresentou Jill para alguns de seus amigos, que, claro, ficaram impressionados com a beleza dela.

Uma coisa puxou a outra e, quando me dei conta, estava sobrando na conversa, que achei que poderia render algo mais.

Pedi licença e fui andar pelo lugar, que, aliás, era lindo. O gramado era enorme e estava todo iluminado, e havia coretos com fontes onde alguns casais estavam sentados aproveitando a noite.

De longe, vi Marco e decidi ir cumprimentá-lo. Adorava bater papo com ele, não sabia o motivo, mas o cara me entendia muito bem sem que eu precisasse falar nada, contudo, me arrependi ao chegar mais perto. Arthur estava ao seu lado com uma lata de cerveja na mão, e eles conversavam de cabeça baixa.

Ia dar meia-volta quando me viram e acenaram para que eu me aproximasse. Sorrindo sem graça, cheguei ao lado deles e os cumprimentei com dois beijinhos. As coisas ficaram estranhas, um silêncio desconfortável se instalou e eu queria apenas minha cama. Ultimamente, sair não estava sendo uma ideia tão boa.

Marco foi o primeiro a quebrar o clima.

— Uau, você está incrível, Ca!

Arthur me olhava com tanta intensidade que fiquei envergonhada com tamanha atenção direcionada a mim. Olhei para Marco e sorri.

— Coisa da Lia. Por mim, viria de jeans e camiseta, mas você sabe como ela é.

Marco assentiu e revirou os olhos, sorrindo. Conhecedor da personalidade irritante da nossa amiga, sabia que eu não conseguiria sair de casa sem fazer o que ela queria. Arthur continuou me encarando.

— Continuaria incrível de qualquer forma. — Demorou para ele dizer alguma coisa. Sorri em agradecimento e desviei o olhar.

Desde que terminamos nosso pequeno e rápido caso, eu mal falava com ele, na verdade, nem conseguia olhar para o cara direito. Algo totalmente infantil, mas é que não conseguia pensar em deixá-lo ter esperanças quando não havia uma e acabar magoando o coitado.

— Onde estão Lia e sua amiga *gringa*? — Graças a Deus, Marco estava ali e sabia o quanto eu ficava desconfortável na presença do Arthur. Mas percebi certa tensão quando disse o nome de Lia, como se relutasse.

Me virei para onde as tinha deixado e, estreitando os olhos, encontrei as duas ainda conversando com os caras. Apontei para que ele as visse.

— Lia pegou a missão de apresentar uns *crushes* para Jill. — Me virei para Arthur. — Você deveria conhecê-la, é uma menina incrível. — Sim, eu disse de propósito mesmo para que ele percebesse que não iria rolar nada entre nós dois.

Percebi que ele ficou estranho e parecia magoado. Arthur era novo na faculdade e não conhecia todo mundo, por isso andava com o mesmo grupo que eu, o que faria com que nos encontrássemos muito ainda. Quando nos envolvemos, eu estava muito carente, mas não foi nada legal. Desde então, ele ficou na minha cola; era até incômodo, para falar a verdade. Contudo, como seríamos obrigados a conviver, ele tinha que se mancar logo.

— Pode ser.

Ele se virou, dando um gole na cerveja, e Marco me olhou, fazendo uma careta. Dei de ombros, tentando não me importar com seu tom de voz. Ele não era uma criança e tinha que saber quando levava um pé na bunda.

Queria ir dançar e estava prestes a chamar Marco para me acompanhar quando senti um calafrio.

Aquela sensação estranha de estar sendo observada me incomodava mais uma vez, e comecei a olhar para os lados com atenção. Acreditava que, nas semanas anteriores que senti isso, se devia a um certo italiano que me espreitava. Mas não tinha como ele estar ali, a não ser que tenha sido convidado.

Abri a boca para dizer alguma coisa, pedir licença e me afastar da sensação desagradável, quando uma voz conhecida arrepiou todo o meu corpo.

— Não vai me apresentar aos seus amigos, Carina?

Senti meu corpo todo ficar tenso e, quando ele se aproximou, colocando os braços em meus ombros, eu me virei, olhando seu rosto lindo e marcado, e não consegui esboçar nenhuma reação. Enzo vestia uma roupa social — camisa azul e calça preta —, totalmente diferente do bad boy que conheci, e estava de tirar o fôlego.

CAPÍTULO DEZ
Enzo Gazzoni

Não fui idiota de entrar na festa sem um convite, tinha meus contatos e consegui um "amigo" que me levasse, me apresentando como um possível aluno de intercâmbio. Me vesti da melhor maneira, não era muito de roupas sociais, mas algumas ocasiões pediam.

Ao chegar à festa, logo percebi que ali não era o meu ambiente e um *flashback* me fez voltar no tempo. Eu estava acostumado a ir em festas regadas a muita bebida, drogas e mulheres. Ali era o clássico ambiente de playboys filhinhos de papai.

Não era ruim, apenas muito diferente. Fora que eu conseguiria conhecer a vida que Carina levava antes de me conhecer.

Só não imaginei que a primeira coisa que me depararia quando entrei fosse a mulher do meu primo, tão linda, mais ainda do que era, conversando com uns caras e parecendo à vontade e feliz. Meu coração deu um salto e se apertou. Os dois se amaram tanto para serem retirados um do outro da maneira que foi.

Eu não queria esbarrar com ela e pensei que, como Carina estava sabendo que eu estava por ali, Jillian voltaria para Nova York. Ela não era um alvo e seria melhor se não se transformasse em um, mas eu deveria saber que depois de tudo ela teria mudado também. Já não era a garota apaixonada e encantada que conheci anos atrás.

Respirando fundo, conformado com o que a vida nos tinha dado, caminhei pela festa à procura de Carina. Coloquei as mãos nos bolsos da calça preta social e puxei um pouco as mangas da camisa, não acostumado a usar aquele tipo de roupa e numa cidade quente como o inferno.

Percebi algumas garotas me observando e sorri, cumprimentando-as com um gesto educado.

Já estava ficando sem paciência de não encontrar Carina quando a vi em um coreto, e o pior, estava acompanhada. A raiva ferveu dentro de mim e fiquei observando-a de longe, e percebi o quanto ela havia amadurecido. Já não era uma garota, mas uma mulher linda e independente.

Eu sabia que Carina já não usava o dinheiro de seus pais; sozinha conseguiu uma bolsa integral na faculdade e trabalhava nas horas vagas na biblioteca, o que lhe permitia viver sem depender da sujeira que a cercou a vida toda. Sem falar no trabalho voluntário que ela fazia no hospital e que me enchia de orgulho.

A roupa colada em seu corpo me deixou com ciúme, porque ela estava maravilhosa e não era só eu que havia reparado nisso.

Estreitei meus olhos e resolvi me aproximar antes que acontecesse o mesmo que ocorreu em uma festa há mais de um ano.

Ela estava prestes a se afastar, então me apressei em dizer:

— Não vai me apresentar aos seus amigos, Carina?

Vi seu corpo endurecer. Carina olhava para frente, mas eu tinha certeza de que ela não via nada. Cheguei mais perto e a abracei pelos ombros, contando cinco segundos até que ela se virou devagar e me encarou atentamente.

Demorou algum tempo até que ela tivesse uma reação, sua boca linda e pintada de vermelho estava entreaberta como se ela estivesse à procura de ar. A vontade que tinha era de carregá-la para um canto qualquer e tomá-la como fiz em outra época. E, dessa vez, não ficaria arrependido, tinha que marcar um ponto ali.

— O que você está fazendo aqui?

Sorri e pisquei um olho.

— Você tem me perguntado muito isso ultimamente. Um amigo me convidou.

— E você tem amigos aqui?

Dei de ombros e meu sorriso aumentou. Percebi o quanto ela estava ficando irritada, e eu adorava isso. Vê-la assim apenas aumentava o tesão que estava sentindo naquele momento.

— Por incrível que possa parecer, tenho sim. — Me virei, olhando os homens à minha frente com um sorriso no rosto, mas a minha vontade mesmo era de socar a cara dos dois. — Então, não vai me apresentar?

Senti Carina se agitando sob meus braços e sabia que não seria tão fácil ter uma conversa normal com ela. Claro que não ajudei sendo um idiota.

Ela se desvencilhou do meu abraço e logo senti sua falta. Ela olhou para mim e prendeu os lábios em uma linha fina.

— Não, eu não vou te apresentar. Se me dão licença, preciso de uma bebida.

Saiu, me deixando com um sorriso enorme no rosto. Quem me via poderia pensar que eu era um idiota, e era mesmo, mas consegui um primeiro passo. Uma reação, ela ainda ficava mexida comigo, podia ver em seus olhos a vontade que estava de se jogar em meus braços. Vontade essa que lutava bravamente para esconder.

Me virei para os dois e estendi a mão.

— Sou Enzo, um velho amigo da Carina. — Resolvi usar meu primeiro nome para que ela não entrasse em contradição, caso precisasse se explicar para os amigos.

O mais alto, moreno e forte me encarou com desconfiança.

— Eu não acho que ela te considera um amigo.

— Tivemos uns problemas, mas vamos resolver. Se me dão licença, vou procurá-la e me desculpar.

O outro rapaz apenas me encarava muito sério, e eu sabia o que se passava na cabeça do idiota; esperava que ele se mantivesse à distância ou teria problemas bem sérios comigo.

Me afastei, mas, antes que pudesse dar muitos passos, senti que o amigo de Carina me acompanhava.

— Se você é o tal que quebrou o coração dela e acha que vai conseguir alguma coisa tão facilmente, acho melhor esquecer, ela mudou muito.

Parei no meio do caminho e a avistei em uma mesa de bebidas, virei-me para o rapaz e o olhei bem sério. Éramos da mesma altura, o que era bom, não queria intimidar um dos amigos dela que sabia que a havia ajudado quando eu não pude.

— Não tenho ilusões quanto a isso, sei muito bem quem é a mulher que amo. Mas vamos esclarecer uma coisa, Marco. — Ele franziu a testa porque não havia dito seu nome. — Eu nunca a machucaria e por isso estou aqui, não quero ter que tirar ninguém da minha frente, tudo bem? Porque, se precisar, eu atropelo quem quer que esteja em meu caminho.

Ele fez uma cara engraçada e cruzou os braços.

— Por mim tudo bem, desde que não seja um idiota mais uma vez. — Se inclinou e ficou cara a cara comigo. — Porque aí, meu amigo, não me importa quem você seja, vou te achar e encher sua cara de pancada.

Respeitei o cara ainda mais, porque, mesmo sendo sutilmente ameaçado, não deu para trás e defendeu a amiga.

— Justo! Agora me deixa ir que preciso resgatar uma garota de se embebedar.

O rapaz assentiu e se afastou, sorrindo ao passar por Carina, se aproximou e disse alguma coisa em seu ouvido, o que não deve tê-la deixado feliz porque ela o empurrou e lhe mostrou o dedo do meio.

Me aproximei no momento em que ela pegou mais uma dose de tequila. Cheguei bem perto do seu pescoço, que agora ficava exposto por causa dos cabelos curtos, e sussurrei:

— Você fica realmente muito sexy toda selvagem desse jeito. — Me afastei e olhei seu corpo. — Você está maravilhosa, princesa.

Percebi que Carina prendeu a respiração e fechou os olhos por um minuto; algo no que eu disse não foi muito certo. Ela se virou, ficando cara a cara comigo, seus olhos castanhos pegando fogo, e eu achei que ela iria me beijar, mas apenas sorriu maliciosa.

— Eu não sou nenhuma princesa, Gazzoni. Observe o quanto me tornei selvagem.

Ela se afastou rebolando para a pista de dança. Puta que pariu! Alguma coisa me dizia que aquilo seria a maior tortura da minha vida.

CAPÍTULO ONZE
Carina Agnelli

Em toda a minha vida precisei sufocar quem eu era, não queria que meus pais se preocupassem desnecessariamente. E o que eu ganhei? Mentira, uma bela e grande mentira.

Não queria mais ser enganada pela vida nem pelo destino e resolvi tomar o controle de tudo, principalmente dos meus sentimentos. Não iria dar brechas para que eles tomassem conta mais, tudo seria diferente. Bem, isso até ele chegar e fazer tudo ruir.

Percebi que ele olhava para mim intensamente enquanto eu caminhava para a pista de dança. Na verdade, eu não sabia muito bem o que estava fazendo, mas a raiva que corria pelo meu sangue pedia para que o fizesse. Ainda mais depois do que Marco me disse quando passou por mim: "Acho que você terá um problemão aí, Ca. Aproveita a noite!".

Fechei meus olhos e a batida da música *How deep is your love* me fez mover o corpo com intensidade. Todos os sentimentos pulsavam em meu coração, fazendo com que os movimentos fossem fortes, sensuais, libertadores.

Toda a dor, a saudade e a culpa foram demonstradas em cada movimento da dança, meu corpo seguindo sua melodia. A letra falava sobre um amor profundo e questionava a profundidade dele.

Open up my eyes and

(Abra os meus olhos e)

Tell me who I am

(Me diga quem eu sou)

Let me in on all your secrets

(Deixe-me saber todos os seus segredos)

No inhibition, no sin

(Sem inibição, sem pecado)

Era exatamente o que eu sempre procurei: me encontrar, ser livre... Não precisava dele para tumultuar ainda mais a minha vida.

Porém, sentia raiva de mim mesma porque, enquanto eu passava as mãos por meu corpo, queria que as dele estivessem no lugar. Sentir o seu calor novamente, a sua energia sombria percorrer a minha pele, viver a impetuosidade que era ter Enzo Gazzoni.

Eu não via nada do que acontecia ao meu redor, era como se a pista estivesse vazia, e me entreguei de corpo e alma, porque sabia e sentia seu olhar sobre mim. Quando a música terminou e parei de dançar, percebi o quanto estava ofegante e também que eu havia chorado. Meu rosto estava banhado em lágrimas e, quando abri os olhos, Enzo me encarava com tanto amor, com tanta dor e saudade...

Ele se aproximou e com os polegares enxugou as minhas lágrimas. Baixou a cabeça e beijou a minha testa. Fechei os olhos e senti meu coração bater forte demais.

— Eu não queria te fazer sofrer.

Sua voz parecia sincera e até sofrida. Eu poderia ter tido pena, relevado e acreditado em cada letra do que dizia, isso se eu ainda vivesse em um conto de fadas. Agora era tudo diferente, não podia deixar que gestos carinhosos momentâneos apagassem tudo que ele me fez sofrer.

Empurrei-o e o encarei com atenção.

— Então não deveria ter feito o que fez.

Virei e saí da pista de dança, tentando não esbarrar em ninguém conhecido; não queria falar nem ouvir, só sumir, se pudesse.

Cada vez que escutasse aquela música me lembraria de tudo que senti ao ser observada por ele, tudo que passou por minha mente em cada movimento, cada batida. Recordaria de tudo que senti ao olhar em seus olhos azuis, tudo que eu quis e não tive, tudo que perdemos.

Quando percebi, estava correndo, me afastando do que me machucava. Não via nada do que se passava ao meu redor. Quando me dei conta, havia saído da casa onde acontecia a festa. Rodei sem fôlego, vendo que os portões estavam longe, e acabei me deparando com uma rua deserta.

Não queria voltar e me encontrar com ele, mas não podia ficar ali por muito tempo. Era perigoso demais.

Comecei a caminhar devagar, de cabeça baixa, olhando por onde andava. E foi então que ouvi uma voz masculina um pouco afastada e me virei, olhando para trás. Tinha dois homens sorrindo para mim e se aproximando, então comecei a apertar o passo. Aquilo não podia estar acontecendo.

Meu coração batia tão forte que praticamente perdi a audição, só conseguia pensar no que eles poderiam fazer comigo se me arrastassem para um canto onde ninguém ouviria nada.

Aquela sensação horrível de estar sendo perseguida estava me deixando com tanto terror que nem mesmo vi que já tinha chegado ao portão da casa e, quando meu braço foi agarrado, eu gritei alto e de olhos fechados.

— Carina, o que está acontecendo?

Arregalei os olhos e olhei para Enzo, que tinha o cenho franzido enquanto me observava preocupado.

— Eu... Tinha dois homens.

— Quem? Te machucaram? Você sumiu. Te procurei, mas você sumiu no meio daquela gente. Se passaram poucos minutos. O que aconteceu?

Engoli em seco e olhei para trás. Os homens estavam vindo. Meu Deus, eles eram bandidos atrás de Enzo? Mas acredito que, no final de tudo, eu que estava preocupada demais, impressionada, na verdade, porque notei que os caras estavam entrando na festa e passaram por mim com uma expressão de estranheza no rosto. Deviam me achar maluca.

— Carina! — Enzo me sacudiu um pouco, tentando me tirar do torpor.

Levantei a cabeça e olhei para ele, ainda tão lindo mesmo depois de tudo que havia passado. Queria tanto conversar com ele, perguntar o que tinha acontecido nesse tempo todo. Mas não éramos amigos...

— Eu estou bem, pode me soltar. — Olhei suas mãos fortes em meus braços e ele me soltou, dando um passo para trás e passando a mão por seus cabelos escuros e espessos. — Fiquei apenas assustada, vou ficar bem. Tenho que ir.

Engoli em seco e tentei passar por ele, mas Enzo segurou minha mão. Fechei meus olhos e esperei que ele me soltasse, que me deixasse ir, que me libertasse daquele sentimento. Mas não era tão fácil assim.

— Me escuta, Carina, por favor.

Sem olhar para ele, apenas senti sua mão na minha, o polegar acariciando meu pulso, e segurei o nó que se formava em minha garganta.

— E por que eu deveria, Enzo? Da última vez que te escurei, você disse exatamente o que pensava de mim e da minha vida, não preciso mais disso. Sei bem tudo a que minha vida se resume.

Apesar de termos nos conhecido e logo engatado um relacionamento explosivo, eu me apaixonei quase instantaneamente. E, quando ele me mandou embora, foi como uma bomba que explodiu deixando seus estilhaços em minha alma.

— Sinto muito.

A raiva começou a subir dentro do meu peito. Dei um puxão em minha mão e me virei, encarando-o, cruzei os braços sobre o peito para tentar me proteger e o observei com atenção.

O piercing em seus lábios já não estavam mais ali. Enzo tinha endurecido sua expressão. Já não se parecia com um garoto, um jovem sonhador. Era um homem agora, um mafioso, um bandido...

— E pelo que você sente exatamente? Não me disse ainda.

Ele baixou a cabeça e esfregou os olhos com dois dedos. Como ficava lindo com roupa social, sua calça sob medida preta e a camisa de manga comprida azul mascarava completamente o perigo que ele representava. Nem tanto, na verdade, ele era Enzo Gazzoni e isso era perigo suficiente para seu próprio bem.

— Tudo que sempre quis na minha vida foi poder tomar as rédeas dela, poder ter o controle dos meus atos, seguir o que acreditava, mas sempre soube que não podia. Eu não tenho escolha, Carina.

— Você escolheu me machucar, me mandar embora.

Ele sorriu amplamente, mas não chegou aos seus olhos. Eles estavam frios quando Enzo me encarou novamente. Balançou a cabeça e colocou as mãos nos bolsos da calça.

— Você ainda vive em seu mundinho, *cara*. Não é assim que funciona.

— Se vai me insultar mais uma vez, me deixe ir. Tenho que avisar Jill e Lia que vou embora, a festa terminou para mim. Obrigada!

Dei as costas e só me afastei dois passos.

— Espera!

Me virei e esperei. Mais uma vez, eu estava esperando por ele, aguardando que se abrisse, e me lembrei de quando ele se revelou para mim, nu, sem qualquer segredo. Bem, assim eu pensava. Burra que fui em acreditar em suas palavras bonitas e bem-ditas.

— Pode falar.

— Eu vim para o Brasil para te proteger, Carina. Você está jurada de morte.

CAPÍTULO DOZE
Enzo Gazzoni

— O quê? Como assim?

Ela franziu a testa, fazendo uma careta bem engraçadinha. Eu perdia o foco quando estava perto daquela mulher.

— Você precisa voltar comigo para casa, só assim vou conseguir te proteger.

Ela deu um sorriso de lado e assentiu, olhando para seus pés. Seria tão fácil? Achei que iria precisar implorar... Quando Carina levantou os olhos até os meus, percebi que estava enganado.

— Que bela estratégia, não? Eu estou correndo perigo e você me leva de volta para o seu covil.

— Não é isso! Se não tivesse um perigo real pairando sobre a sua cabeça, eu não teria voltado. — Me arrependi do que disse assim que as palavras saíram da minha boca.

Carina parecia ter levado um tapa, ou pior, um tiro bem no coração. Ela descruzou os braços e abriu os lábios, expulsando o ar.

— Você não mudou nada, não é?

A voz dela estava amargurada. Eu sempre soube que tudo que fiz havia afetado Carina, mas não imaginava o quanto, até aquele momento. Baixei a cabeça e tentei procurar as palavras certas para que ela entendesse as coisas sem que eu precisasse sujar ainda mais sua vida.

Era isso que eu sempre seria na vida dela: uma sujeira, uma mancha, um erro.

— Desculpa, não queria dizer isso. Na verdade, não queria te fazer sofrer tanto, Carina. Sinto muito por tudo que te causei, por ter feito você mudar dessa forma.

Esperei qualquer reação: gritos, raiva, xingamentos... o que era normal nela, mas não aquela gargalhada cheia de deboche. Franzi a testa e levantei a cabeça, encarando-a. Carina chegou a se curvar do tanto que ria.

Quando terminou, pareceu querer chorar. Sabe aquelas risadas nervosas que terminam com lágrimas? Acredito que era isso que acontecia, mas ela segurou o choro e não derramou sequer uma lágrima.

— Você acha mesmo que tudo que mudei foi por sua causa? — Seus olhos estavam tão gelados e suas palavras com tanto desprezo que foi como se ela me agredisse fisicamente. — Estou morta por dentro, Enzo. Por toda a mentira que vivi, não vou voltar para o seu mundo. Não suporto mais perder ninguém. Carregar a culpa da morte de um amigo já é o suficiente, muito obrigada.

Então era isso que mais a feria: a perda de Fabrizio. Ela ficou parada no lugar, como se estivesse segurando aquelas palavras, como se elas a intoxicassem, a envenenassem. Fechei os olhos. Ia fazer algo que não pretendia, que não podia.

Mas ela tinha que aceitar voltar comigo, não poderia protegê-la no Brasil. Me aproximei devagar e vi o quanto estava abalada. Com o salto alto, Carina ficava mais alta, mas ainda assim era a minha pequena princesa.

— Você não teve culpa pelo que aconteceu, Carina.

— Não foi isso que você disse — falou tão baixo que quase não escutei, a música ao longe nos atrapalhando um pouco.

Eu me lembrei do momento em que precisei afastá-la, contra a minha vontade, não queria dizer nada daquilo, mas só assim ela iria embora, se eu usasse suas inseguranças e medos contra ela. Carina era teimosa e corajosa demais para me deixar se eu demonstrasse fraqueza, se demonstrasse o quanto a amava. O quanto cada coisa dita estraçalhou meu coração.

Levantei seu queixo com dois dedos e olhei em seus olhos com intensidade, tentando assim fazê-la descobrir tudo que eu sentia sem que precisasse dizer nada.

— Sinto muito, amor. Eu não deveria ter dito nada daquilo. Você não sabe quanto me arrependo.

Ela olhava para mim, os olhos piscando, como se tentasse focar, mas estava perdida.

— Arrependimento não irá apagar nada do que aconteceu, Enzo. — Moveu o rosto para o lado, tirando-o do alcance da minha mão. — Eu sei que tudo que aconteceu com Brizio foi porque ele estava guardando as minhas costas.

Respirei fundo e joguei a cabeça para trás, em busca de alguma força para convencê-la.

— Como seria culpa exclusivamente sua, *cara mia,* sendo que Fabrizio era um bandido e você só foi inserida nesse mundo por minha causa?

— Não esqueça do meu pai. Uma hora ou outra eu seria envolvida.

Sorrindo, voltei a olhar para ela, que tinha os lábios presos em uma linha fina, parecendo a teimosia em pessoa.

— Nunca saberemos, não é mesmo? — Pensei por um segundo e decidi que só assim ela retornaria comigo. — Seu pai andou fazendo besteira, Carina. E foi julgado e condenado, só que a pena quem deve pagar é você.

Ela deu um passo atrás e pareceu chocada, mas não tanto quanto deveria.

— Então por isso a insistência da minha mãe nas mensagens e sobre o dinheiro que não pego mais. Há quanto tempo você sabe disso?

A aceitação em sua voz era estranha até mesmo para a nova versão da mulher que eu tinha à minha frente. Carina não era mulher de aceitar as coisas facilmente, gostava de saber os motivos, e aquilo não se parecia com ela de forma alguma, porém ela parecia cansada, conformada com sua situação.

— Pouco mais de um mês. Assim que me disseram o que ele tinha feito e que tinham te jurado de morte, arrumei tudo para vir te proteger.

— O que ele fez, Enzo? — Seus olhos estavam cravados nos meus, e Carina não desistiria até que eu lhe contasse tudo. Eu sabia disso porque a conhecia bem até demais.

Olhei à nossa volta e, apesar de estarmos afastados de onde acontecia a festa, eu não arriscaria falar aquilo tão exposto assim. Fiz um gesto para que ela me acompanhasse até um coreto arborizado, onde não havia ninguém. Sentei-me em um dos bancos de madeira e esperei que ela se acomodasse ao meu lado, mas Carina ficou à minha frente com os braços cruzados e uma expressão decidida em seu lindo rosto.

— Senta aqui, eu não vou te morder. — Sorri e pisquei um olho. — A não ser que você peça.

Reclamando baixinho, ela sentou ao meu lado, na ponta do banco, bem longe, e cruzou suas lindas pernas. Foi inevitável olhar, seria louco se não o fizesse.

— Desembucha e para de olhar para as minhas pernas.

Sorri de lado e a encarei, a mulher me observava como se pudesse me matar. Acreditava que o faria, se eu demorasse muito para falar.

— Aparentemente, além de o seu pai estar fazendo trabalho duplo, dando não só seu trabalho, mas informações importantes para o inimigo, descobriram que ele estava desviando dinheiro dessa gangue para uma conta no exterior. E eles não são como nós, Carina. Eles não deixariam isso passar como meu pai fez. São cruéis e não é olho por olho, eles querem que você pague o erro do seu pai. — Quando tudo aconteceu, eu não cheguei a falar com ela o motivo de Brizio ter ido nos buscar, e, como ainda não sabia qual seria seu outro erro, decidi não lhe dar mais detalhes.

Percebi o quanto a abalou aquele monte de informações. Desde que Carina soube o quanto seu pai estava envolvido com a máfia e toda a merda que ela trazia, ficou sem saber como agir, inclusive, enquanto moravam no Brasil, ele trabalhava no banco como uma oportunidade de lavar o dinheiro sem grandes explicações. Até que foi descoberto exatamente por querer dinheiro demais e desviar para si próprio. Só que meu pai era até benevolente e lhe ofereceu abrigo desde que ele continuasse a fazer o seu trabalho sem grandes perguntas. E foi onde tudo começou. Carina foi obrigada a se mudar, eu a conheci e sua vida virou um inferno.

— Bom, eu não posso fazer nada por vocês. Já deixei essa vida para trás e tudo que a envolve. Estou construindo algo novo, Enzo. Você não pode vir e achar que vai me levar de volta, porque não será bem assim.

Levantou-se e me olhou uma última vez, se afastando.

— Queria muito não ter que te levar para essa vida de novo, Carina, mas não dá para se desligar assim, eu já tentei.

Observei-a sumindo entre a multidão e me levantei, pegando o celular do bolso. Apertei a discagem rápida e esperei que ele atendesse. Quando o fez, falei sem nem mesmo esperar que dissesse coisa alguma.

— Fica de olho nela, quero ser informado de qualquer passo.

Desliguei o telefone e resolvi ficar de longe, protegendo-a até que ela se desse conta do perigo que corria.

Cada pessoa que passava por mim era um agressor em potencial, e eu estava pronto para eliminar qualquer um que ousasse ameaçar a integridade da minha mulher. O cano frio da arma em meu quadril era a prova disso e eu não teria escrúpulos em ser o executor naquele momento.

CAPÍTULO TREZE
Carina Agnelli

Sentia-me confusa, não conseguia raciocinar direito. A proximidade com Enzo, os sentimentos contraditórios que experimentei, os impulsos que precisei refrear. Em cada segundo que fiquei em sua presença só pensava em me jogar em seus braços.

E não podia ser assim, ele me magoou, me destruiu, me fez perder muito, mas também ganhei muito.

Ter conquistado a minha independência se devia mais ao fato das verdades que ele jogou na minha cara aquela manhã no cemitério do que meu orgulho ferido por meus pais não se importarem comigo.

E agora eu me deparava com mais uma mentira, uma ilusão. Se estava jurada de morte tempo suficiente que permitiu que ele me observasse de longe, que bolasse uma estratégia para se aproximar, por que em nenhum momento meus pais me avisaram do perigo que eu corria? Nenhum alerta ou qualquer coisa. Isso estava sufocando meu peito, sentia como se tivesse com um elefante sentado em meu tórax. Eu inventei todo aquele carinho dos meus pais a vida inteira?

Analisando bem minha vida, se olhasse para o passado com frieza e sem sentimento algum, eu perceberia que parecia tudo uma encenação: minha mãe sempre tão controlada, uma boneca de porcelana, um troféu. E eu era apenas mais um objeto da casa que precisava ser movido para que se ajustasse aos requisitos adequados.

Depois de tantas revelações e sentimentos que não deveria sentir, precisava ir para casa, mas não daria o gostinho de ele perceber o quanto havia me afetado. Avistei as meninas em certo ponto do gramado. Já não estavam acompanhadas dos garotos e conversavam animadamente, bebendo alguma coisa. Esperava que aquilo que Lia segurava fosse forte o suficiente.

Nem mesmo disse uma palavra, peguei seu copo e virei de uma vez, sentindo o líquido queimar minha garganta.

— Ei, ei! Isso não é água não!

Depois que meus olhos pararam de arder, endireitei-me e encarei as duas.

— Ótimo! Quero mais um desse.

Jill arqueou as sobrancelhas.

— O que deu em você? Ou melhor, quem?

Lia olhou para nós duas sem saber do que falávamos e pegou o copo da minha mão.

— De quem estão falando?

— Enzo Gazzoni — dissemos em uníssono.

Lia estreitou os olhos e começou a observar à nossa volta. Achava que, se ela o encontrasse alguma vez, seria capaz de arrancar seus olhos.

— Cadê o italiano gostoso idiota? Traz ele aqui porque tenho umas coisinhas para acertar com ele.

Sorrindo, olhei minha amiga com carinho. Ela seria mesmo capaz disso, sempre pronta para me ajudar, para cuidar de mim. Lia era filha única como eu e acabamos nos adotando como irmãs quando éramos crianças. Seus pais eram uns riquinhos esnobes que não ligavam muito para a filha, então davam quanto dinheiro ela queria para que não precisassem ser incomodados. Por isso esse carinho e protecionismo dela era lindo de ver. Eu a amava como uma irmã.

— Eu não sei. Se foi embora, é melhor assim.

— Duvido que ele vá se safar de me dar umas explicações.

— Eu o vi, Ca. Quando ele chegou.

Assenti e olhei para Jill com pesar, imaginando o tanto de sentimentos que a invadiram quando se deparou com ele, sozinho.

— Eu acho é que devíamos ir no bar tomar umas doses para esquecer esses homens. O que acham? — Lia estava de olhos arregalados como se tivesse acabado de ter uma ideia brilhante, que, naquele momento, realmente era.

— Quem você precisa esquecer, Lia?

Ela deu de ombros e pegou minha mão e a de Jill, nos arrastando pelo gramado até que chegamos ao balcão do bar. Ela sorriu para o garçom e piscou.

— Pode me dar três, gatinho?

O coitadinho do rapaz ficou todo sorridente com a atenção de Lia, mas mal sabia ele que minha amiga era como uma viúva negra — sem matar os homens, claro —, mas o fato era que ela não se envolvia com ninguém nem se importava se partisse um coração.

O barman colocou três copos à nossa frente e Lia me encarou, sorrindo e dando um para cada uma. Pegou o seu, levantou-o no ar e fizemos o mesmo.

— A todos aqueles que não nos merecem, mas mesmo assim a gente quer. Que eles se fodam!

Batemos nossos copos em um brinde e viramos de uma vez a coragem líquida. Isso se repetiu tantas vezes que perdi a conta. Quando percebi, já tínhamos brindado a tantas coisas que Jill já embolava as palavras falando em inglês e português — o pouco que havia aprendido —, sem que conseguíssemos entender nada.

Meus pés já estavam estranhos, pareciam desequilibrados e sem força alguma e foi quando fomos interditadas pelo barman bonitinho. Lia o encarou com aquele olhar mortal de bêbada dela.

— Você está na minha lista, rapaz! — Fez um gesto para ele com dois dedos nos olhos e apontou para o cara novamente.

Rindo sem motivo, fomos para a saída, escoradas umas nas outras, onde pegaríamos um carro que os organizadores da festa sempre deixavam para pessoas como nós.

Eu culpei a bebida quando acabamos indo pelo caminho errado e não a falta de direção de Lia, e, por termos saído pelo portão incorreto, não tinha nenhum carro à nossa espera.

— Ótimo, agora vamos ter que voltar e vocês nem conseguem andar direito. — Eu estava mais firme em minhas pernas, sempre fui mais resistente para bebida, e, mesmo alterada, eu conseguia discernir o que precisávamos fazer.

Lia riu da minha cara e, com dificuldade, se sentou no gramado da calçada e fez uma careta, olhando para baixo.

— Droga, essa grama está molhada e minha bunda ficou ensopada. — Olhou para Jill, que tinha uma cara de assustada, e começaram a rir como duas hienas.

— Meu namorado morreu e eu não sei o que fazer da minha vida! — Jillian soltou, sem mais nem menos. Seus olhos estavam arregalados e ela sorriu com o desabafo. Lia a olhou com pesar e pareceu que todas ficamos sóbrias de repente.

— Eu sou uma riquinha esnobe aos olhos de todos, tipo uma rebelde sem causa que dramatiza demais por ser ignorada pelos pais. Acho que nunca serei amada como gostaria!

Quantas revelações! Nem mesmo perguntei a quem ela se referia porque já desconfiava, e sentia muito por minha amiga.

— Acho que tá na hora de a gente ir embora e dormir! — Peguei o celular na bolsa e disquei para a cooperativa de resgate da faculdade. Já estava no segundo toque quando ouvi vozes masculinas claramente bêbadas às minhas costas.

— Olha, temos três gatas aqui. Acho que podemos fazer uma festinha, hein!

Me virei devagar e vi estudantes do último ano, famosos por serem pegadores. Engoli em seco e percebi que as meninas haviam ficado tensas também. Lia se levantou e ficou do meu lado, de braços cruzados.

— Aqui não tem festa, é lá dentro.

O rapaz que havia falado primeiro olhou para minha amiga de cima a baixo.

— Liane Pinheiro, a viúva negra da faculdade. Acho que podemos fazer uma festinha aqui mesmo. Sei que você não tem coração, mas uma bela bunda tem sim. — Percebi o quanto aquelas palavras a magoaram quando Lia fez uma careta.

Ele se aproximou, sorrindo, e os outros dois permaneceram no lugar, observando. Não sairia coisa boa dali. Estávamos vulneráveis demais.

— Parece que se perderam. Que coisa boa!

O sorriso nojento em seu rosto apenas aumentava cada vez mais e senti quando Lia pegou a minha mão, apertando-a com força. Ela estava assustada, eu sabia do seu histórico com aquele cara: ela o havia rejeitado muitas vezes e na última tinha sido em público. Claro que ele não gostou, era daquele tipo que não sabe ouvir um não.

Engoli em seco e tentei fazer com que meus pensamentos focassem melhor.

— Você precisa ir, vai arranjar problemas se ficar por aqui!

— A rejeitada Agnelli falando? Que coisa estranha, tenho te observado também e você é muito gostosa. — Ele já estava perto demais e estendeu a mão, passando um dedo no meu braço. Puxei-o do seu alcance, o que fez com que ele fechasse a cara. — Acho que vai ser legal brincar com vocês, tem uma pra cada um de nós, e depois que cansarmos podemos trocar. O que acham, rapazes?

Ele se virou e olhei para minhas amigas, que estavam aterrorizadas.

Estava preocupada. O que aconteceria conosco? Aquelas ameaças eram reais? Voltei-me para os três, pronta para fazer alguma coisa, caso fosse preciso, mas, antes que pudesse ter qualquer reação, vi que Enzo havia surgido do nada e apontava uma arma para a cabeça do idiota.

— Vocês deveriam pedir desculpas para as moças e sair daqui sem olhar para trás — ele disse em claro português para que pudesse ser entendido. Mais uma vantagem de ser um Gazzoni, pelo visto, porque eu não tinha ideia de que ele sabia falar a minha língua.

Os rapazes ficaram assustados e não me surpreenderia se nunca mais olhassem em nossa direção. Os três balbuciaram um pedido de desculpas e tentaram sair, mas Enzo não deixou. Puxou com força um pela gola da camisa e falou bem alto em seu ouvido, para que os outros ouvissem, apontando a arma na têmpora do cara.

— Que fique claro, não se aproximem mais delas! Não pensem em sequer dirigir o olhar para as meninas e, se eu souber que estão aterrorizando-as por aí, eu volto e termino o serviço. Vocês não sabem com quem estão lidando.

Os caras assentiram e correram para dar a volta. Enzo abaixou a arma e me encarou intensamente, guardando-a no cós da calça.

— Venham, eu vou levar vocês para casa.

Virou-se sem outra palavra, e nós o seguimos como marionetes, sem conseguirmos falar nada. Percebi que Jill e Lia estavam mesmo muito bêbadas, mas também assustadas com o que aconteceu. Na esquina, tinha um carro preto, com os vidros escuros, típico de alguém como ele.

Enzo abriu a porta traseira e ajudou as meninas a se acomodarem. Quando fui entrar, ele fechou a porta e abriu a do carona, me encarando intensamente e me desafiando a dizer qualquer coisa. Eu não queria conversar, mas estava grata por ele ter nos ajudado. Deus sabia o que aqueles caras poderiam ter feito; estávamos vulneráveis e sozinhas. Fora que as intenções deles estavam claras.

Entrei, coloquei o cinto e fechei os olhos, encostando a cabeça na janela para não ter que olhar para sua expressão de desaprovação, apesar de saber que ele tinha razão em estar bravo, não deveríamos sair assim sozinhas e bêbadas, ainda mais eu sendo jurada de morte. Mas quem ele pensava que era para ficar desse jeito?

Acabei adormecendo e, quando abri os olhos, estávamos parando. Virei para chamar as meninas, porque deduzi que tivessem dormido também, mas elas não estavam mais ali. Olhei para Enzo, que me encarava com as duas mãos no volante, segurando com força enquanto me olhava com os lábios comprimidos em uma linha fina, claramente irritado.

— No que você estava pensando, Carina?

— Onde estamos? — Olhei em volta e não reconheci nada, mas vi que era um condomínio de luxo, muito discreto e estava deserto. — Cadê Lia e Jillian?

— Não muda de assunto! — Ele estava mesmo muito irritado, mas eu também estava, na verdade, permanecia nesse estado constante ultimamente.

Que tom de voz autoritária era aquele? Eu não devia explicações nenhuma para ele. Respirei fundo para me impedir de começar a gritar porque minha cabeça estava doendo.

— Eu não estou mudando de assunto, você que está! O que estou fazendo aqui, que lugar é esse e onde estão minhas amigas?

Enzo respirou fundo como se procurasse paciência ou qualquer outra coisa e se virou para frente.

— Eu as deixei em casa, nós estamos na casa de um amigo meu.

— Amigo? Sei! E como aquelas traidoras me deixaram com você?

Eu estava pensando alto, não era para ele me ouvir, mas Enzo sorriu e saiu do carro, deu a volta e abriu a porta para mim, estendendo a mão.

— Eu usei meu charme italiano. Você sabe que funciona!

Saí do carro, ignorando sua mão, e olhei bem dentro de seus olhos, encarando-o atentamente.

— Não funciona mais comigo, Enzo!

Aquele sorriso de lado e o desafio em seus olhos deveriam ter me alertado do perigo; eu já o tinha visto daquele jeito e sabia o que vinha a seguir.

— É isso que vamos ver, *cara mia*.

CAPÍTULO QUATORZE
Enzo Gazzoni

Ela parecia tão linda dormindo que me arrependi de tudo que havia dito a ela, de tudo que ainda diria.

Deixar as meninas em casa não foi fácil, principalmente Lia. Ela foi irredutível; mesmo embriagada, era protetora e teimosa. Precisei jurar por todos que amava que não faria mal a Carina e que precisávamos conversar em um ambiente mais discreto. Para minha surpresa, quem a convenceu foi Jillian, que disse alguma coisa para a amiga, e me deixaram levar Carina, mas não sem antes ameaçar me capar. E realmente acreditava que ela o faria se eu agisse contra o que prometi.

Jill me encarava com milhões de sentimentos em seus olhos, o que me feriu mais do que eu poderia dizer.

Quando, enfim, consegui sair dali e levar Carina para a casa que eu havia alugado, precisei pensar em tudo que iria dizer a ela. Vê-la tão relaxada encostada na janela do carro me deixou um pouco sem ação. Minha vontade era de tomá-la em meus braços. Precisei me segurar no volante para não fazer exatamente isso, e foi como Carina me viu quando acordou.

Só que a impressão que tinha certeza que ela teve foi que eu estava irritado com ela. Na verdade, estava sim, mas não era isso que me segurava. A única coisa que queria era beijar sua boca, mas ela estava embriagada e eu não tiraria proveito.

Depois de muita discussão, ela entrou na casa comigo e fui logo desabotoando a camisa social. O calor do Rio de Janeiro era realmente muito intenso, e eu não estava acostumado. Coloquei a chave em cima da mesa de centro e percebi Carina ainda parada na porta observando tudo com atenção.

— Entra, vou te levar para o quarto para você descansar, amanhã conversamos.

— Enzo, por favor, me leva pra casa. Eu não quero falar nada com você. — Sua voz estava tão baixa, parecia desgastada, cansada mesmo.

Me aproximei devagar e, quando percebi, Carina estava encostada na porta olhando para mim totalmente assustada. Levantei a mão direita e passei os dedos carinhosamente por seu rosto de porcelana.

— Não tenha medo de nada que possa acontecer, Carina. Eu não vou fazer nada contra a sua vontade, mas precisamos conversar a sós, sem ninguém por perto. Vá descansar, amanhã será outro dia.

Ela ficou olhando meus olhos com atenção; havia tanta coisa passando por eles naquele momento. Sempre a achei muito expressiva, podia ver o que sentia apenas observando seu olhar. Quando a mandei embora, vi cada dor, cada mágoa passando por eles. Se pudesse, tiraria toda aquela angústia que ela sentia.

Carina baixou a cabeça e se afastou, andando até o corredor que eu havia apontado. Fiquei na sala por alguns minutos, olhando pela janela, pensando o que a manhã seguinte nos reservaria.

Acordei ainda de madrugada sentindo uma presença no quarto e já em alerta. Esperei, era assim que eu vivia, sempre alerta mesmo quando dormia. Abri meus olhos apenas um pouco para observar e foi quando eu a vi, parada ali com minha arma nas mãos.

— Como você conseguiu entrar com isso no país?

Sentei-me na cama e olhei-a atentamente. Ela observava o revólver e passava o dedo pelo meu sobrenome gravado nele. Todos os membros da família, de alto escalão, tinham uma *Desert Eagle* com o nome gravado.

— Eu tenho meus meios, já te disse isso.

Ela assentiu, colocou a arma de volta no criado-mudo e virou-se para mim. Seus cabelos estavam desarrumados, já não havia maquiagem em seu rosto e Carina estava descalça. Seus olhos castanhos estavam confusos, ela devia estar em guerra com o que sentia.

— Eu não te agradeci pelo que fez ontem. Não sei se aqueles homens teriam feito alguma coisa, mas tenho certeza de que não vão nem pensar mais em chegar perto de alguém daquela forma de novo.

Sorri com ternura e me levantei. Estava apenas de cueca boxer e percebi que ela ficou me observando enquanto eu vestia uma calça de moletom. Me virei para Carina e cruzei os braços na frente do peito. Ainda não era hora de ela ver a minha nova tatuagem.

— Tenho certeza de que vão ter pesadelos comigo por um bom tempo. São só filhinhos de papai que acham que podem tudo, mas logo eles caem do cavalo.

Carina assentiu e percebi que estava nervosa.

— Como você chegou até lá? Acabamos errando o caminho. Eu não te vi depois que nos encontramos.

— Carina, já te disse que tenho meus meios. Não os questione, você irá se surpreender com o que sou capaz para te proteger.

Ela me olhou nos olhos, prendeu os lábios entre os dentes e assentiu. Respirando fundo, andou até a cama e se sentou.

— Se vamos ter essa conversa, quero estar sentada para não correr riscos. Pode falar, prometo te ouvir até o final.

De onde tinha vindo toda aquela resolução? Ela estava tão decidida a fugir de mim, de nós. Depois de tudo que ela descobriu sobre os pais, eu imaginava como deveria estar seu coração.

Agora ela estava permitindo que eu falasse o que precisava. Mas o que eu diria sem revelar tudo? Ela estava sentada na cama, olhando para a janela, perdida em pensamento. Parecia uma boneca. Percebi que ela estava apenas ganhando tempo, permitindo que eu tivesse o que queria para poder ir embora, dizendo que não me perdoaria. Ela não queria olhar para mim para não perder seu foco.

Bom, eu iria testar se ela não era suscetível ao meu charme italiano.

— Sabe o que eu pensei quando te vi pela primeira vez?

Isso chamou sua atenção e ela se virou para mim com as sobrancelhas arqueadas.

— Pensei que não poderia obedecer à regra nenhuma porque você tinha que ser minha.

— Prepotente!

Sorri, sabendo que havia atingido o alvo.

— Você disse que não iria me interromper.

Ela assentiu e respirou fundo, encostando-se à cabeceira da cama meio de lado com as pernas para fora.

— Tudo que senti no tempo que ficamos juntos foi real, Carina. Eu me encontrei quando você apareceu na minha vida, e não mudaria o que houve entre nós por nada nesse mundo. Eu era um perdido, um cara que não sabia de nada da vida, que não queria assumir responsabilidades, eu queria apenas fugir, mas, quando você apareceu, percebi que, se fugisse, os meus medos iriam comigo. Eu nunca tive escolha na vida e hoje sou grato por isso. Porque tudo me levou até você.

Me lembrei de quando perdi meu pai e me desesperei por tudo, por sua perda, por não o ter mais me protegendo, por ter que assumir um mundo que não queria, e em todos esses momentos eu me lembrava das mãos dela nas minhas, me dando forças, acreditando em mim.

Descruzei os braços e joguei a cabeça para trás, olhando para o teto, buscando coragem para dizer o que precisava.

— Quando tudo saiu do controle e acabamos naquela cabana no meio do mato, orei para que você saísse dali viva. Você não merecia perder os seus sonhos por estar envolvida comigo, mas, se eu morresse, isso não ia acontecer. Então, eu faria o que fosse preciso para te manter a salvo. Quando você foi embora, senti como se meu peito fosse explodir de tanta saudade. — A dor ainda era real, as lembranças da falta que ela me fez ainda eram frescas em meu coração. Bati em meu peito tentando amenizar o fogo que me queimava por dentro. — Descobri que eu não sentia nada se você não estivesse comigo, que era fácil ser o chefe da máfia se meu coração estivesse morto. Porque, Carina, a única coisa que me mantém são e que me faz ter piedade é você. Eu te amo muito mais do que você um dia poderá saber. Sou capaz de tudo por você.

Baixei a cabeça e a olhei. Seus olhos estavam cheios de lágrimas e Carina desviou o olhar, observando a janela. Fiquei esperando que dissesse alguma coisa, mas percebi que ela precisava de tempo para absorver as coisas. Carina se levantou e andou até mim, levantou a mão e passou os dedos por cima da minha tatuagem. Fechei meus olhos. Havia me esquecido disso, não queria que ela visse ainda.

Eu a fiz no dia que ela partiu, precisava de algo que me prendesse à vida. Era a frase do colar que havia lhe dado.

"I feel about you makes my heart lone to be free."

— O que isso quer dizer?

Abri os meus olhos e a encarei.

— Você não sabe?

Ela negou com a cabeça e eu sorri tristemente.

— Eu precisava gravar um pedaço do que vivemos para acreditar que foi real, e não um sonho. Tinha que me manter vivo para quando você voltasse.

— Se você sentiu isso tudo, se me ama como diz, por que me mandou embora? Por que me fez acreditar que me odiava? Por que jogou tudo na minha cara daquela forma?

Eu queria poder lhe contar tudo, dizer o quanto sentia por ter feito aquilo, mas não poderia. Se a mantivesse comigo, Carina correria riscos desnecessários e nada seria como foi.

— Eu não posso te dizer isso, Carina, mas, acredite em mim, se fosse para te manter viva como está agora, eu faria tudo outra vez sem pestanejar.

CAPÍTULO QUINZE
Carina Agnelli

Não foi a primeira vez que despertei em um lugar estranho. Mas, desde que tudo aconteceu, sempre acordei assustada, com medo de estar lá de novo. Isso sem contar os pesadelos, meus companheiros fiéis.

Abri os olhos e vi que estava em um quarto luxuoso e não na cabana escura e fria. Sentei na cama um pouco confusa e lembrei-me de tudo que aconteceu e o que me levou até ali, mas somente uma coisa vinha à minha mente: Enzo.

Levantei e me senti incomodada com a roupa apertada que dormi. Olhei em volta e vi um robe pendurado em um gancho ao lado da porta, então rapidamente me despi e fui até o banheiro, não me atrevendo a olhar no espelho. Deveria estar um desastre, porque dormi do mesmo jeito que cheguei, havia chorado, bebido e estava exausta. O resultado deveria ser catastrófico.

Peguei uma touca que encontrei na pia e prendi meus cabelos. O banheiro era tão lindo quanto tudo da casa, tudo de bom gosto e claramente muito caro. A ducha era daquelas com dois registros para que você regule a temperatura da água. Precisava relaxar, então deixei tão quente quanto possível.

Logo que entrei debaixo da água deliciosa, senti meu corpo relaxando e liberando toda a angústia que andei sufocando desde o instante em que o vi na manhã passada. Aproveitei o momento e pensei em tudo que havia me levado até ali e a necessidade de Enzo de conversar, então decidi ouvi-lo e me livrar logo do passado. Seria como exorcizar os meus fantasmas.

Depois de um banho que eu realmente precisava, me enxuguei devagar e me arrisquei a olhar no espelho. A maquiagem já não estava mais em meu rosto escondendo toda a verdade que eu me recusava a admitir. As olheiras denunciaram a ressaca e a noite mal dormida.

Desviei o olhar e decidi que era hora de enfrentar tudo que ele tinha para me falar. Vesti o robe e caminhei pelo corredor procurando por seu quarto. Assim que o encontrei, precisei respirar fundo antes de entrar. Enzo dormia de barriga para cima, apenas com um lençol cobrindo seus quadris, estava sem camisa e seu rosto sereno não revelava de forma nenhuma o homem que ele era agora.

Como iria despertá-lo? Não podia ficar secando o cara dessa forma por tanto tempo. Desviei o olhar, tentando pensar em alguma coisa, quando algo no criado-mudo me chamou a atenção. Ali repousava a arma dele, a que usou para afugentar os caras da noite passada. Atraída como uma mariposa para a luz, fui até ela, sentindo meu coração batendo forte e meu ouvido zumbindo. O terror que sentia por aquele objeto deveria me fazer correr, mas era o contrário, ele me atraía de uma forma assustadora.

Quando cheguei perto, percebi que estava prendendo a respiração e a soltei devagar. Era um revólver, eu não conhecia muito bem, mas era bem diferente da arma que David usou para a roleta russa. Era dourado, provavelmente banhado a ouro, e tinha o nome Gazzoni gravado no cano. Era lindo e letal!

Sem nem mesmo perceber, estendi a mão e o peguei, analisando como um objeto poderia fazer tanto estrago na vida de alguém.

E foi dessa forma que ele acordou, quando eu segurava sua arma. Tudo que ele disse a partir desse momento, tudo que vi... seus desejos, seus sentimentos, a tatuagem. As coisas não eram tão simples como preto e branco. Meus sentimentos estavam confusos e intensos demais; e ouvir suas palavras junto com a negativa em me contar o que estava acontecendo só confirmava o quanto tudo estava errado.

Aquela veemência em me negar uma simples informação atestava o quanto ele não confiava em mim.

— Você realmente acha que, depois de tudo que me disse, tudo que me fez sofrer, a culpa por não ter feito mais por Fabrizio, pelo tiro que ele levou por minha causa, eu vou voltar com você com uma simples declaração de amor? Palavras que podem ser descartadas tão facilmente como podem ser ditas?

Minha voz estava calma, diferente de como eu estava por dentro. Enzo me encarava com pesar, com saudade... Aquilo estava se tornando insuportável.

— Não é o suficiente? — Ele engoliu em seco e pareceu incomodado. — Meu amor por você não basta?

A voz de Enzo estava rouca, carregada de sentimentos. Fechei os olhos, para não ficar olhando para ele por muito tempo. Eu iria ceder e não era essa a minha intenção quando tinha ido até ali.

— Não é mais! Você estragou a vida de todo mundo, Enzo. — Olhei seu rosto bonito e percebi o quanto aquela declaração o havia atingido. — Você diz que tudo o que fez foi para me proteger. Provavelmente o afastamento de Jillian também foi o melhor para ela. Mas será que foi o certo a ser feito? Será que realmente era necessário se tornar quem você mais abominava? E quem te protegeu de você mesmo, Enzo? Você não vê que todos esses segredos destruíram a vida de todos que amava? — Levantei-me e dei os dois passos que nos separavam. — Eu tive que me reconstruir, conviver com meu passado, com meus sentimentos que foram jogados fora, com a culpa que carrego. Fiz isso tudo sozinha, sem você. Não acho que *agora* precise da sua proteção.

Seus olhos azuis estavam arregalados, repletos de dor e tristeza, mas eu não me importava. Pelo menos, não deveria me importar. Eu sentia aquilo todo dia, sozinha, e havia sobrevivido todos esses meses.

— Sinto muito. — Duas palavras carregadas de milhares de significados.

— Preciso ir. — Baixei a cabeça e tentei desviar dele; não suportava mais ver o quanto estava sofrendo.

E não era uma ilusão de uma garota apaixonada que havia sido dispensada, era real. Quase palpável.

Nem mesmo dei um passo quando senti sua mão segurar a minha levemente. Não me impedia de sair, nem de me soltar. Apenas me tocava.

— Por favor, fique.

Eu estava de costas e podia sentir seu olhar em mim. Era intenso demais para ignorar, tudo que eu disse, tudo que sentia, o que ele me pedia... Era muito!

As coisas se tornaram uma tempestade dentro de mim. Podia ouvir em sua voz a angústia e o desespero, o tormento que o sufocava. O que ele me pedia era demais, porém muito tentador.

Passamos momentos maravilhosos juntos, momentos de felicidade, cumplicidade, desejo e amor. Tivemos momentos de dor e perdas irreparáveis, vivemos um terror inimaginável e o último acontecimento que deveria ter nos unido não teve esse efeito, porque ele escolheu dessa forma.

Eu sofri, chorei, acreditei ter culpa de tanta coisa. Me martirizei por querer voltar mesmo sentindo tanto. Enzo foi como um tornado na minha vida, ele bagunçou tudo e depois foi embora deixando apenas escombros. E agora ele voltava me pedindo para ficar quando me expulsou.

Meu coração o queria de volta; tudo em mim era atraído para ele. Desde que o vi na porta do prédio, senti como se precisasse dele para continuar vivendo, sendo que vivi por meses sozinha.

Eu ainda o amava, porque um sentimento como aquele que se enraizou em minha alma não sumia de uma hora para outra. Mas será que era certo? Será que seria saudável retomar esse relacionamento?

— Carina, fica comigo!

Fechei os olhos e tomei a decisão que seria vital para a minha vida a partir dali.

CAPÍTULO DEZESSEIS
Enzo Gazzoni

Aquele momento ficaria gravado em minha memória por muito tempo, eu tinha certeza.

Do momento em que pedi para que Carina ficasse até quando ela estacou no meio do quarto, com o corpo tenso, as mãos fechadas em punhos ao lado do corpo, a cabeça levemente abaixada, eu praticamente enlouqueci.

A expectativa corria por minhas veias como um elixir intoxicante, fazendo com que ficasse praticamente sem respirar esperando por seu próximo movimento, aguardando sua decisão. Eu ainda tinha esperanças.

Pelo que pareceram horas, Carina pareceu relaxar e se virou, me encarando daquele jeito que só ela fazia. Seus olhos castanhos refletiam tudo o que ela sentia, a confusão e a batalha interna que ela travava naquele momento.

Seus cabelos curtos fizeram com que parecesse mais madura, sexy e, acima de tudo, simbolizava uma rebeldia, a forma que ela tinha de dizer sem ter que falar o quanto havia mudado, que não era mais a garotinha mimada que fora protegida por toda a sua vida, que não precisava seguir modelos, ser a menina perfeita. Eu não a pressionaria, mas não podia evitar de pedir por meu próprio coração. Afinal, eu era um ser humano e talvez um dos mais egoístas que existiam.

— Você acha que tem esse direito? — A voz baixa era praticamente fatal para o meu coração.

— Não.

— E por que me pede algo que sabe que vai me machucar?

Balancei a cabeça em negativa. A resposta para essa pergunta era uma das coisas que mais me assombravam, mesmo sabendo de todo o perigo que ela poderia correr por simplesmente se envolver com alguém como eu.

— Porque eu sou um filho da puta egoísta. Ainda não se deu conta disso?

Descruzei os braços e vi que estava respirando rapidamente. Os sentimentos que mantive cativos dentro de mim todos os meses para que fosse capaz de suportar, para que fosse possível fazer o que precisava ser feito, ameaçavam explodir em meu rosto, e tinha certeza de que seria um belo estrago.

— Pelo que percebo, os seus defeitos apenas se intensificaram, né?

Assenti sem coragem de admitir o quanto ela estava certa, até mais do que imaginava.

— Eu sinto muito por te machucar no meio do caminho de te amar. Pela minha experiência de vida, é um efeito colateral.

Os olhos de Carina lacrimejaram, e ela vacilou, desviou o olhar e se concentrou na janela de vidro.

— Eu não direi o que penso porque você deixou bem claro o quanto estou errada, mas você acha que sabe de tudo porque viveu sua vida ciente de toda a sujeira que te cercava, mas você não sabe de nada. — Olhou para mim, sorrindo amargamente. Continuei parado, não faria nada que pudesse convencê-la de ficar sem que isso fosse sua vontade. Ela andou devagar, como se contasse cada passo. — Mas não importa mais, já é muito tarde para importar, não é?

Engoli em seco e percebi que ela estava chegando perto demais. Seus olhos agora percorriam meu corpo com desejo, nublados; não via mais a confusão e sim a certeza do que queria. Carina tinha um alvo.

— E por que não importa mais?

Ela não respondeu, apenas mordeu o lábio inferior e me encarou intensamente.

— Porque já estamos viciados há mais tempo do que sabemos.

Carina me alcançou e inclinou a cabeça para trás, olhando em meus olhos, a respiração rápida e quente soprando em meu peito. Não resisti e estendi uma mão, passando as costas dos dedos por seu rosto delicado. Deus, como senti falta desse contato tão mais íntimo do que qualquer outra coisa.

Ter a permissão de tocar no rosto de alguém é como um voto de confiança.

— Senti sua falta, princesa.

— Cale a boca, Enzo!

De repente, Carina puxou-me pelo pescoço e cobriu minha boca com a dela, num beijo desesperado, cheio de fome, saudade, raiva, mágoa, agonia. Ela praticamente gritava comigo através daquele beijo.

Recebi tudo que ela tinha para me dar, senti meus lábios sendo castigados pelos dela, podia senti-los formigando da intensidade com que ela me beijava. Tentei me manter da forma que ela queria, quieto, imóvel, mas, quando seu corpo se colou ao meu, não pude mais suportar e me entreguei a todo o sentimento que nos envolvia.

Abracei sua cintura e a impulsionei para cima. Carina pulou e envolveu as pernas em meu quadril, e só assim, quando estávamos olho no olho, ela parou de me beijar e me encarou.

Nossas respirações se misturaram e nossas bocas estavam tão perto, os corações batendo em um só ritmo... Éramos escravos de tudo que nos envolvia: amor, paixão, dor, perda, ódio, desejo...

Abri a boca para dizer qualquer coisa, algo que a fizesse ter certeza do quanto eu a amava, do quanto a queria, mas Carina levantou uma mão e cobriu meus lábios antes que eu dissesse algo.

— Não fale nada.

Ela disse muito mais do que aquelas três palavras, entendi o que queria dizer. Assenti, respeitando sua vontade e andei até a cama, coloquei-a sobre os lençóis e não me afastei como faria em uma situação normal para observar o seu corpo, ver como ficava linda estendida no colchão à minha espera. Aquele era o momento pelo qual esperei todos os meses que ficamos separados. Tê-la ali, tão perto, sentir seu calor, o toque de suas mãos em minhas costas era simplesmente delirante.

Não estive com ninguém depois dela, nem mesmo cogitei essa ideia. Só de pensar em tocar em alguém que não fosse minha princesa me dava vontade de morrer. Sabia que ela havia tentado me esquecer se envolvendo com alguém, eu tinha conhecimento de tudo que Carina fazia. E, quando soube sobre seu caso, foi como se ruísse a minha vida inteira, morri de ciúmes e quase coloquei tudo a perder. Mas eu não a culpava, ela não sabia o quanto eu a amava e o quanto me doeu ter que mandá-la embora. Ela sofria e tentava seguir em frente, e, depois de tudo que passamos separados, tê-la em meus braços afugentava qualquer coisa que pudesse me perturbar. Qualquer dúvida, qualquer receio.

Em silêncio, desamarrei o cordão do robe e baixei os olhos, observando minhas mãos embrenharem-se por dentro do tecido macio. Eu estava tocando-a e, enfim, estávamos pele com pele. Fechei meus olhos, apreciando o contato que tanto sonhei, tanto ansiei. Eu não tinha a intenção de retomar o que tínhamos; receber notícias de que ela estava bem já aplacava a ânsia que praticamente me consumia. Queria, de verdade, lhe dar uma chance de viver sem a sombra do meu legado, mas, agora que eu a tinha em meus braços novamente, não podia enxergar minha vida longe.

— A única coisa que sempre quis você me deu.

Olhei em seus olhos doces, apreciei os lábios cheios e o rosto corado. Carina era a mulher mais linda que eu sabia que não merecia, mas era babaca demais para abrir mão.

— Não me encha de promessas vazias, Enzo.

Suas palavras cravaram em minha pele como brasa quente, e pude provar a dor dela em meus lábios.

— Eu não vou prometer mais nada, Carina, vou te mostrar.

Deixei que meu corpo e coração me guiassem naquele momento, beijei seus olhos delicadamente, suas bochechas, o nariz, os lábios. Com delicadeza, apreciei cada pedacinho do rosto que eu tanto amava. Ela estava de olhos fechados e boca entreaberta, respirando bem devagar, expulsando o ar com cuidado, como se qualquer coisa que fizéssemos pudesse estragar o momento.

Carina virou a cabeça para o lado, me dando mais acesso. Beijei seu maxilar, o pescoço delicado, seus ombros macios. Eu a venerei como deveria ter feito na primeira vez. Não era uma explosão de tesão naquele momento. Ali, entre nós, havia apenas amor e saudade.

Carregávamos um passado doloroso, lembranças que nunca se apagariam de nossas memórias. Sensações desconfortáveis, mágoas imperdoáveis. Mas estávamos ali novamente, juntos. Inteiros ou em partes, não importava. Juntos éramos mais fortes do que separados. Eu só queria ter me dado conta disso antes de ter destruído seu coração.

Seu corpo era como um mapa que eu precisava desvendar; ela tinha se tornado uma mulher inteira, suas curvas mais voluptuosas. Ou era a minha memória que não fazia jus a esta mulher incrível? Não importava. Eu a amaria exatamente como ela merecia, com devoção, demonstrando em cada detalhe o quanto estava sendo sincero, o quanto a amava, o quanto lamentava tudo que a fiz sofrer.

Levantei a cabeça, observando-a, vendo como eu tinha a sorte de ter mais uma chance com a mulher que amava. Tinha mais uma oportunidade de recuperar todo o tempo perdido, de me redimir.

Estava me sentindo oprimido por aquele amor que ameaçava explodir o meu coração. Carina tinha semicerrado os olhos e me encarava daquele jeito que somente ela fazia, com a simplicidade de quem enxerga apenas um homem e não tudo por trás dele.

Engoli em seco pela força de tudo que sentia e não consegui mais me segurar, deslizei minhas mãos por seu corpo, recordando cada detalhe dele, descobrindo novos. Senhor, como eu amava aquela mulher.

Faria tudo que estivesse ao meu alcance e até mais para que me perdoasse pelo que a fiz sofrer.

Me afastei por um segundo e coloquei o preservativo que tinha na gaveta do criado-mudo. Carina me observava atenta, sem dizer uma só palavra. Seu peito subia e descia, ela ainda tinha o robe preso em seus braços, e isso a deixava ainda mais sensual, tentadora.

Voltei para o seu aconchego e colei nossos corpos, beijando sua boca. Assim que entrei em seu corpo, olhei em seus olhos e transmiti todo o amor que sentia.

Enganchei sua perna em meu quadril. Realmente acreditei que teríamos mais uma chance; estar no paraíso novamente apaziguou o tempo que fiquei no inferno.

Não sei bem quanto tempo ficamos abraçados, sentindo apenas nossas respirações, ouvindo o coração bater, mas me pareceu uma eternidade e perdi totalmente a noção do tempo.

Acabei adormecendo, feliz, com ela em meus braços. Ao acordar, ela tinha partido, deixando-me apenas com as lembranças da sensação que foi acreditar que um pecador como eu poderia ter algum tipo de redenção.

CAPÍTULO DEZESSETE

Carina Aznelli

Ter suas mãos em meu corpo novamente, sentir sua respiração tão perto de mim, experimentar aqueles beijos... e então perceber que tudo não passou de um sonho e que terminou assim que abri os olhos.

Sentir o peso de seu corpo no meu foi como relembrar algo maravilhoso que você tinha esquecido sem querer e não conseguia recordar. O braço de Enzo estava rodeando a minha cintura possessivamente. Era como se garantisse que eu não fugiria, mas infelizmente eu não poderia ficar ali.

Quando eu quis ficar com ele, estava consciente do que sentiria quando o sonho acabasse: iria me arrepender e me sentir estúpida porque depois de tudo eu ainda não conseguia resistir.

Comecei a hiperventilar, meu peito parecia comprimido e não podia respirar direito. Tinha que sair dali.

Com cuidado para que ele não acordasse, me desvencilhei do seu abraço, me afastando do seu calor. Assim que coloquei os pés no chão gelado, consegui respirar com mais facilidade.

Meu coração batia completamente acelerado, sentia que poderia surtar a qualquer momento. O que eu tinha feito? Nada de bom sairia desse deslize. Meu Deus, como eu era idiota. Estava me iludindo mais uma vez, achando que tudo que ele sentia era real.

Não seria ingênua de acreditar em suas palavras quando eu não sabia de nada. Ele não podia contar o que havia acontecido, e eu não poderia me satisfazer com promessas ocas mais uma vez.

Você não fere alguém tão profundamente e volta achando que irá recuperar tudo assim, sem mais nem menos. Palavras vazias não cabiam mais.

Fui caminhando devagar pelo quarto, tentando andar nas pontas dos pés e procurando aliviar o aperto que sentia em meu coração; parecia que eu era quem estava errando ao deixá-lo. Antes de sair pela porta, me virei e o observei dormindo serenamente. Uma coisa ficou bem clara em tudo que vivemos naquele quarto: eu nunca deixaria de amar Enzo Gazzoni. Isso era um fato que eu precisava aceitar e conviver, mas não conseguiria esquecer de toda dor que sentimos, que ele me fez sentir e os fantasmas do passado, com certeza, voltariam para nos assombrar. Não dava para viver aquele conto de fadas novamente.

— Cadê as duas amigas *traíras* que me jogaram no mar para o tubarão? Vocês vão me pagar!

Entrei em casa chamando pelas duas e, quando apareceram na porta dos quartos, com a cara mais lavada, amassada e a expressão de pura ressaca, eu sabia muito bem onde deveria atacar. Comecei a falar alto para que soubessem o quanto estava irritada.

Ainda era cedo, apesar de já ter tido uma manhã bem turbulenta. E mesmo se não fosse, depois da bebedeira da noite passada, elas iriam querer dormir até tarde. Isso se eu não tivesse com vontade de torturá-las, e a melhor maneira seria atingir o ponto mais fraco naquele momento.

— Que é isso, Carina? Porra, como você pode não estar de ressaca? Ultimamente tenho te achado muito *fortinha* pra bebida.

Lia fez uma careta e se arrastou até o sofá, sentando e pondo a cabeça no encosto. Jill tinha os olhos arregalados e me encarava sem coragem de se mover, provavelmente com medo da minha reação. Sinceramente, era para ter mesmo, elas sabiam o quanto eu queria distância do Enzo e deixaram que ele me levasse enquanto eu dormia.

— Vocês me entregaram ao lobo.

Lia riu e virou o rosto para mim.

— Como se você não tivesse gostado de ser comida, amiga. Não seja tão dramática, dá para ver na sua cara que transou.

Minha amiga não tinha nenhum filtro mesmo, era impressionante como ela dizia o que queria sem pensar nas consequências. Como se fosse possível, Jill arregalou ainda mais os olhos e sua boca abria e fechava.

— E você, Jill? Como pôde?

Ela respirou fundo e se aproximou com uma careta. Eu imaginava que ela estava com uma puta dor de cabeça, e não me importava nem um pouco. Elas sabiam o quanto eu ficava mexida com Enzo. Ou não, porque eu insistia em não dizer nada para elas. Mas, mesmo assim, como minhas amigas, não poderiam ter deixado ele me levar.

— Ca, sinto muito! Mas ele nos contou que você corria perigo e só ele podia te proteger. O que queria que fizéssemos?

— Não deixar que me levasse seria uma grande coisa.

Revirei os olhos e sentei ao lado de Lia, dando-lhe um empurrão com o ombro.

— E ele soube me manter bem "protegida" mesmo.

Lia olhava para mim, segurando a risada que ameaçava explodir, mas sabia que a mataria se o fizesse. Eu a encarei e só esperei a próxima gracinha que diria, que seria um gatilho para explodir tudo que carregava dentro de mim.

— Proteção italiana, hum? Seeeei!

Estreitei os olhos, avisando-a para ficar quieta.

— O fato é que vocês me traíram, não deviam ter deixado ele me levar. Eu não quero mais nada com o Enzo.

Lia bufou e encostou a cabeça em meu ombro, olhando para mim de lado.

— E como saberíamos disso se nem sabemos o que você sente, Carina? A única coisa que sabemos é que você sofre demais pela falta desse cara. A não ser que a coisa tenha acontecido de outra forma. Ele te machucou? Fez algo contra a sua vontade?

— Claro que não. Enzo nunca faria isso.

— Então pare de drama. Um pouco de sexo não faz mal a ninguém. Não é como se estivesse prometendo ficar ao lado dele para sempre.

— Mas era o que ele queria.

Lia revirou os olhos e deu de ombros, sorrindo.

— Problema dele, você não tem nada a ver com as coisas que as pessoas pensam. Se satisfez, matou a saudade daquele corpo gostoso. E o que é aquele homem armado? Aliás, por que ele tinha uma arma, em primeiro lugar?

Uh, tinha esquecido que Lia tinha visto Enzo afugentando os caras que pretendiam nos fazer mal. Olhei para Jill à procura de ajuda, mas ela parecia muito aérea naquela manhã, provavelmente por causa do excesso de tequila da festa. Engoli em seco e me levantei, dando de ombros.

— Não tenho ideia, talvez tenha medo da violência do Rio e esteja apenas se protegendo.

— Hum, sei! Mas uma coisa preciso dizer: homens armados me deixam excitada. Até demais para minha sanidade, para dizer a verdade. Mas não vamos entrar nesses detalhes, amiga, pare de se martirizar. Você foi lá, ouviu o que ele tinha a dizer?

— Sim.

— Ótimo! Vocês transaram, e daí?

Respirei fundo e fechei os olhos por um segundo. Queria que fosse tão fácil, queria ser forte como ela. Não esquentar muito a cabeça com os problemas, não pensar demais e aproveitar tudo que podia da melhor maneira. Mas, apesar de gostar de viver no limite, eu pensava, achava e sentia demais.

— E daí, Lia, que percebi que nunca vou esquecê-lo; ele acabou com a minha vida. Não consigo odiá-lo, mas não posso viver aquilo tudo de novo e acabar descobrindo que foi mais uma mentira, uma ilusão. — Engoli em seco como se as palavras arranhassem a minha garanta e olhei para minhas amigas. — Ele está marcado em mim mais do que imagina. Um amor desses a gente não esquece.

Lia fez uma careta e assentiu, concordando pela primeira vez comigo. Jill se manteve no mesmo lugar, parecendo incomodada com alguma coisa, como se sofresse o mesmo que eu, o que era bem provável, se contar todo o amor que ela e Fabrizio viveram.

— Então sentimos muito de ter deixado você ir. Vejo que agora com lembranças frescas será mais difícil para você. Desculpa, amiga.

A única coisa que não queria naquele momento era ouvir pedidos de desculpas, precisava só bater a cabeça das duas uma contra a outra para ver se entendiam o que tinham feito. Mas não estava com disposição para mais discussões e explicações, na verdade, o que queria mesmo era não ver o rosto das duas pelas próximas horas.

— Tudo bem, vou tomar um banho e sair. Tenho o voluntariado e depois te vejo na faculdade, ok? Jill, vou deixar um número de um amigo que dirige particular, ele é de confiança e poderá te levar para passear. Sinto muito não estar te dando atenção suficiente, mas prometo que amanhã vamos à praia, ok?

Saí da sala depois dessa torrente, deixando-as sem palavras. Elas não entenderiam a tempestade que se formava em meu coração. Na verdade, nem eu entendia. Só esperava que passar algumas horas fazendo o que eu amava aplacasse tudo que havia em meu peito.

CAPÍTULO DEZOITO

Enzo Gazzoni

Se há uma coisa que aprendi nessa vida é a não confiar em qualquer um. Desde pequeno, meu pai sempre disse isso. Era exatamente por esse motivo que não deixaria ninguém mais proteger a minha mulher; outra pessoa não faria de tudo por ela como eu o fazia. E, mesmo que ela tenha ido embora, não a culpava. Acho que, se estivesse em seu lugar, não daria nem chance para explicações.

Mas, apesar de entendê-la e respeitar sua vontade sobre nós, porque é o que ficou implícito com sua fuga, não poderia aceitar que ela ficasse andando sozinha nesse momento; agora, infelizmente, não era hora de buscar sua liberdade. Ela tinha que sumir por um tempo, sair de cena, ser esquecida... e eu havia aprendido a fazer isso muito bem nos últimos tempos. Me doeu que ela tivesse ido embora, mas não podia ficar remoendo nada naquele momento, precisava colocá-la em segurança o mais rápido possível.

E a primeira coisa que precisava era saber onde ela estava. Carina era imprevisível e, se estivesse tão mexida como eu estava, depois do início da manhã que tivemos, poderia estar em qualquer lugar.

— Não me interessa se você estava dormindo, eu quero saber da Carina agora. É pra isso que te pago, filho da puta! — Desliguei o celular sem dar qualquer chance para que ele se explicasse.

Estava a ponto de fazer alguma merda. Se estivesse em casa, nada disso estaria acontecendo. Meu coração estava apertado por não saber para onde ela tinha ido.

Sentei-me na cama onde havíamos nos amado com tanta saudade e intensidade e apoiei os cotovelos nos joelhos, deixando minha cabeça encostar no ombro.

Apesar de estar focado em sua segurança, meu coração apaixonado insistia em doer e minha cabeça não parava de formular dúvidas, quase me enlouquecendo.

O que aquilo tudo queria dizer? Por que depois de tanta intensidade ela havia ido?

— Droga! Porra!

Levantei e comecei a andar pelo quarto à espera da ligação do idiota do informante que tomava conta da Carina. Fui até a janela, estendi os braços e espalmei as mãos no vidro, encostando a cabeça e fechando os olhos.

E se alguma coisa acontecesse com ela? Eu me culparia, porque prometi a mim mesmo que a protegeria, mas deixei que meus sentimentos falassem mais alto do que minha vontade de cuidar de Carina.

Meu telefone começou a tocar e o peguei rapidamente.

— Fala! — Eu nunca havia ficado tão sem paciência na vida.

— *Ela chegou há pouco tempo no apartamento.*

— Fica aí até eu aparecer e depois some da minha vista.

Rapidamente terminei de me vestir, peguei a arma e o meu telefone, ligando para Henrique a caminho da garagem. Ele atendeu no segundo toque.

— Como estão as coisas por aí?

— *Eles já sabem que você está no Brasil, toma cuidado. Está sendo observado.*

— Droga, tudo bem! Se tudo der certo, estarei embarcando para Nova York no final de semana.

— *Conseguiu convencer minha sobrinha tão rápido assim?*

Podia notar na voz de Henrique que ele não acreditava muito nisso; apesar da pouca convivência, ele a conhecia. Seu sangue era italiano, no final das contas, e o gênio da mulher poderia ser reconhecido a quilômetros de distância.

— Porra, não! Carina é teimosa demais, ela fugiu e estou indo buscá-la.

— *Fugiu? Como isso aconteceu?* — Ele pigarreou e ouvi alguns passos, devia estar no escritório andando de um lado para o outro. — *Ou melhor, não me conte. Só toma cuidado aí, as coisas não são como aqui.*

Ele queria dizer que eu não estava protegido por meu nome ali. Era um território desconhecido e, provavelmente, me tornaria um alvo se soubessem quem eu era.

— Tudo bem, até mais!

Já estava próximo do carro que havia alugado para buscar Carina na festa e percebi que seria melhor usá-lo do que ir de moto.

Corri para o apartamento das meninas orando para que ela não fizesse nenhuma cena e fosse coerente o bastante para analisar o quanto ela e as amigas corriam perigo ao não aceitarem minha proteção. Assim que cheguei, mal fechei o carro e corri para a entrada. O porteiro já me conhecia da outra noite quando as deixei e não tive problemas para entrar. Subi as escadas de dois em dois degraus, parei em frente à porta do apartamento, bati duas vezes e esperei com o coração acelerado.

Não sabia o que diria a ela, como me sentiria olhando em seus olhos, vendo toda a confusão, dúvida e talvez arrependimento.

A porta foi aberta e levantei a cabeça, decidido, pronto para fazê-la entender que tudo que havia dito, que tudo o que vivemos, era real. Eu sabia que o que segurava Carina, além do que sofreu, era o medo de se enganar novamente. E me preparei psicologicamente para lhe dizer o que ela queria saber para que entendesse e aceitasse a verdade.

Mas quem estava ali me encarando como se pudesse me matar não era Carina, mas sua amiga Lia.

— O que você quer aqui, italiano?

Liane Pinheiro era filha de figurões no país, seus pais tinham tanta grana que não sabiam o que fazer com o dinheiro, e a filha somente servia para atrasá-los nos negócios, como eu soube pelas minhas pesquisas. Por isso, quando a menina fez dezoito anos, a deixaram livre para viver sua própria vida e bancavam suas extravagâncias. Mas poucas pessoas sabiam o que eu sabia sobre a família dela.

— Bom dia pra você também, Lia.

— Não vem com essa! Como entrou no prédio?

Ela não era fácil, e percebi que não me ajudaria novamente.

— O porteiro me reconheceu de ontem à noite quando as trouxe pra casa.

Ela estreitou os olhos, me fuzilando.

— Vou ter que dar uma palavrinha com ele. Mas desembucha, o que você quer aqui?

— Quero falar com a Carina.

— Ela não quer falar com você.

Respirei fundo e precisei contar até dez para não entrar sem convite no apartamento.

— Lia, por favor. O caso é sério.

— É, você disse isso ontem e olha o que aconteceu. Vocês transaram e minha amiga está uma bagunça. Parece que cada vez que você se aproxima estraga a vida dela de alguma forma. Não podia contratar um segurança para cuidar dela e continuar lá no seu cantinho?

— Não é tão simples.

— Eu tô sabendo, mas, já que ninguém me fala o que tá acontecendo, preciso fazer suposições. E a minha suposição é que você não é bom para a minha amiga.

Nisso eu tinha que concordar. Se fosse realmente um homem honrado, saberia que me afastar seria o melhor pra ela, porém o problema era que eu não confiava a segurança dela a ninguém.

— Eu a amo mais do que qualquer coisa nesse mundo.

Lia pareceu pensar por alguns segundos, fez uma careta estranha e respirou fundo.

— Olha aqui, você é muito fofo com essa pinta de bad boy bonzinho, esses olhinhos azuis de menino perdido e tudo mais. Eu te deixei levá-la ontem porque percebi tudo o que sente pela minha amiga, e, por mais que tenha vontade de dar na sua cara por ser tão idiota e ter deixado Carina escapar da primeira vez, sei o quanto ela sofreu e sofre por sua causa. Mas eu prometi que não faria isso novamente. Sinto muito.

— Por favor, Lia.

Notei que ela realmente não diria nada, que estava sendo fiel ao pedido da amiga, e fiquei feliz por Carina ter alguém que a protegia assim. Poderia implorar o dia inteiro, mas poderíamos não ter esse tempo todo. Se os executores sabiam que eu estava ali, não demorariam muito para agir.

— Ela não tá aqui, Enzo.

Olhei para dentro da sala, e Jillian estava parada lá, me encarando com diversos sentimentos refletidos em seus olhos. Fomos amigos por tantos anos e agora éramos como desconhecidos. E a culpa era completamente minha, eu sabia disso.

— Jill! — Lia tentou alertar a amiga.

Ela balançou a cabeça e se aproximou, parando ao lado dela.

— Eles não podem perder tanto tempo mais, Lia. A vida não espera, as coisas não são tão simples como você imagina. — Virou-se para mim e sorriu. — Ela foi para o hospital, Enzo.

Por alguns segundos, vi um flash de carinho de Jill e agradeci silenciosamente por sua ajuda. Sentia tanto por tudo que aconteceu e o que ela ainda teria que sofrer.

Me virei para ir embora, mas fui parado por um assovio estridente.

— Ei, italiano. Se for um estúpido mais uma vez, eu vou te caçar.

Sorrindo pelo aviso de Lia, desci as escadas correndo, sem paciência de esperar o elevador; precisava chegar a Carina antes que os executores a alcançassem. Eles poderiam não ser prudentes agora que sabiam da minha presença no país.

CAPÍTULO DEZENOVE
Carina Agnelli

Estar ali sempre me trazia paz. Desde que comecei a trabalhar no hospital como voluntária, tive ainda mais certeza da minha vocação. Levar um pouco de carinho e cuidado para quem precisava era como lavar a minha alma de todo sentimento negativo que poderia ter.

— Bom dia, senhor Mário. Como está essa manhã? — Entrei em seu quarto e sorri ao vê-lo assistindo o mesmo programa de culinária que passava todos os dias e que nunca perdia um.

Ele me olhou com os olhos semicerrados e sonolento, e sorriu, levantando a mão direita em um cumprimento.

— Até que estou em um dia bom, menina. Nenhuma crise importante. E você? Não estou gostando dessa carinha triste. — Apontou para o meu rosto.

Mário Oliveira era um senhor de setenta e seis anos que estava internado no hospital há mais de um mês por causa de uma pneumonia que não curava. Estava sempre muito cansado e abatido, mas nunca deixava de sorrir ou perguntar como eu estava me sentindo. Era muito gentil, mas também solitário demais.

— Estou bem sim, só o mesmo de sempre. — Dei de ombros e me sentei na poltrona ao seu lado. — As coisas tendem a sair do controle para testar a gente, né?

Ele fez uma careta engraçada e sorriu, respirando devagar.

— Acho que tem mais coisa aí. Mas seja o que for, menina, não deixe que a vida te engula. O tempo é algo que não volta.

— Obrigada. Não vou deixar. — Sorri e cobri sua mão com a minha. Não podia fazer muita coisa, pois ainda era apenas uma estudante de Medicina. Meu trabalho ali no hospital se resumia a apenas conversar com os pacientes, ajudar em idas ao banheiro, dar comida. Queria poder fazer mais, mas já era muito gratificante ver a alegria e o carinho em seus olhos pelo pouco que fazia. — Agora me conte, já tem data para alta? Aquela sua vizinha veio te ver?

O senhor Mário Oliveira deveria ter sido um homem muito bonito e charmoso quando jovem. Pelo que soube, era um advogado de sucesso e provavelmente usufruiu muito bem de todas as coisas boas da vida. Era um senhor com uma aparência muito bonita e acho que arrasou corações em sua juventude. Seus olhos eram de uma pessoa experiente, mas um pouco solitária. Ele nunca se casou, nem teve filhos, seus irmãos e irmãs faleceram já fazia algum tempo, os parentes foram se afastando e seus amigos não eram amigos de verdade. Mas havia uma senhora viúva que morava ao lado do apartamento dele, que sempre o visitava e levava algo para ele comer. Certa vez, quando ela chegou, eu estava lá e não pude deixar de ver o brilho nos olhos dos dois.

— Ela teve que viajar essa semana, parece que uma de suas filhas teve um bebê e precisava de ajuda. — Sua voz estava um pouco tristonha, o que foi impossível não notar.

— Não fique triste, logo ela deve voltar.

— Não estou triste por isso, menina, mas por tudo que deixei de viver na minha vida.

Sua voz sempre doce e gentil soou amarga e me deu um aperto no peito pelo que ele devia estar sentindo para ter essa mudança brusca.

— Como assim?

— Ficar aqui me fez refletir. Perdi uma mulher que amava há muito tempo, sabe? Ela tinha me magoado e sumiu da minha vida, deixando meu coração partido. Depois de alguns anos, voltou querendo que retomássemos nosso relacionamento, disse que estava arrependida e que tinha sentido minha falta, mas eu não quis. Por orgulho ferido, eu a deixei ir embora de novo e foi a pior escolha da minha vida. Eu era um cara arrogante. Se errasse comigo uma vez, seria para sempre. Um verdadeiro idiota mesmo!

— E o que aconteceu com ela? Ainda há tempo, o senhor tem muito o que viver.

E era verdade, apesar do seu problema nesse mês com a pneumonia, ele era um homem forte. Não poderia dar como perdido um sentimento assim.

Olha só que hipócrita, Carina!

— Ela foi embora e seguiu com a vida. Se casou, teve filhos e foi muito feliz, pelo que eu soube, mas morreu há dois anos. Não tive chance de nem mesmo falar com ela o quanto sentia por não ter vivido aquela vida ao seu lado.

Sua voz estava tão triste que imediatamente vieram lágrimas aos meus olhos e precisei engolir em seco o nó que se formou em minha garganta. Ele ainda sentia falta da mulher e o arrependimento por não a ter aceitado o acompanharia até o final de seus dias.

— Sinto muito, senhor Mário.

Ele sorriu e fungou, olhando para a televisão. Por alguns segundos, pensei que não diria mais nada, então ele olhou para mim.

— Não sinta, menina, mas tome isso como exemplo. A gente deve viver o máximo que puder enquanto tem a oportunidade. Depois que nosso tempo acabar, poderemos dizer que aproveitamos tudo que a vida tinha para nos dar.

Por mais que ele não soubesse de toda a minha história, senti como se estivesse se referindo exatamente ao que acontecia comigo naquele momento. A volta do Enzo, a minha incapacidade de resistir a ele, o meu coração que insistia em amá-lo... E mesmo eu não querendo pensar mais em tudo que implicava aceitar a proteção de Enzo, alguma coisa me dizia que eu deveria fazer isso e esquecer tudo que havia ficado no passado.

Porém, eu tinha uma teimosia fora do comum. Na verdade, nem era apenas isso, mas sim meu coração, que ainda doía pela rejeição que havia sofrido.

Fiquei com o senhor Mário por mais um tempo, conversamos sobre amenidades e o ajudei a tomar seu café da manhã. Depois, me despedi, precisava ir para meu próximo paciente. Já me sentia mais tranquila e podia pensar mais claramente sobre a minha vida. Estava pronta para fazer o que era preciso, mas, ao sair do quarto, dei de cara com o meu maior arrependimento e também a minha maior dor.

Ele vestia de preto novamente, os olhos azuis estavam frios e me encaravam com tanta mágoa que estaquei no lugar sem conseguir dizer uma palavra. Tudo que vivemos naquela manhã me veio como uma tempestade, enchendo meu coração de dúvidas e recordações: os beijos, os toques, todos os sentimentos me invadiram como uma maldição, tirando completamente a minha capacidade de dizer qualquer coisa.

— Por que você fugiu, Carina?

Tudo bem que essa minha paralisação não durou muito tempo, pois a voz autoritária despertou o pior de mim e precisei me conter para não explodir.

— O que você está fazendo aqui, Enzo? Como entrou?

Ele estreitou os olhos e deu dois passos em minha direção.

— Quando você vai entender que eu tenho meus meios e não tenho nenhum pudor de usá-los? Responda a minha pergunta.

— Você realmente acha que pode ir entrando em um hospital sem mais nem menos? Realmente vejo que se tornou o que mais odiava, é um bandido que não tem respeito pelas regras.

O sorriso no rosto de Enzo deveria ter me alertado, e eu poderia ter gritado pelos seguranças. Ele parecia um leão prestes a me atacar.

— Como se você não se excitasse por eu ser assim. Lembra quando te contei quem eu era? Qualquer outra garota se assustaria, ao menos um pouco. Ainda mais com a moralidade que você tem pelas coisas certas, mas não foi o que aconteceu, não é? Você ficou mais fascinada ainda por estar comigo.

Aquelas palavras ecoaram em minha alma como uma lembrança ruim. Respirei fundo e olhei bem dentro de seus olhos. Podia ver que estava chateado por eu tê-lo deixado depois do início da manhã que tivemos, mas eu estava uma bagunça e precisava de espaço. Era tão difícil de entender?

— Você está dizendo para mim mais uma vez que eu fiquei com você apenas para satisfazer a minha sede de adrenalina? Está confirmando tudo o que me disse no dia do sepultamento do Fabrizio? É isso mesmo, Enzo?

Ele pareceu se assustar com o que eu disse. Não tinha dito claramente, com todas as letras, o que me machucou quando me mandou embora, mas, agora que joguei em sua cara parte do que havia me ferido, ele parecia ter percebido e se afastou um passo. Colocou as mãos nos bolsos da calça e desviou o olhar.

— Desculpa, mas não temos tempo para conversar agora. Você precisa vir comigo, temos que sair do país o mais rápido possível.

Algo que sempre me irritou muito, e eu tentei sufocar essa raiva, era quando mandavam no que eu tinha que fazer, como agir... Há mais de um ano me ordenaram que eu tinha que mudar de país, mas não fariam isso novamente.

— Você não tem esse poder sobre mim, Enzo. *Eu* decido o que fazer da minha vida. Agora, se me der licença.

Nem mesmo esperei que ele tivesse uma reação. Saí andando rapidamente pelo hospital e, ao invés de ir até o outro paciente que esperava pela minha visita, acabei saindo pelos fundos. Percebi que estava fugindo mais uma vez, porém, não me importava. Precisava sair, me afastar dele de uma vez por todas.

Não sabia o que queria naquele momento, estava muito confusa, com os sentimentos bagunçados muito mais do que em qualquer outro momento. Estava fragilizada e nem olhei para onde estava indo.

Quando ouvi meu nome sendo chamado em um tom completamente desesperado foi que notei que estava enlouquecendo, estava andando no meio da rua, sem me importar com nada, e a última coisa que vi antes de tudo se apagar foi Enzo correndo em minha direção com o olhar mais ferido que vi até aquele momento.

CAPÍTULO VINTE

Liane Pinheiro

Conhecer Carina comprovou a teoria de que o coração escolhe em quem deve confiar. Devo dizer que sua amizade salvou a minha vida. Pode parecer que sou mais uma menina mimada e ignorada pelos pais, problemática e propensa a dramas, mas o engraçado é que as mesmas pessoas que costumam me julgar pela aparência ou por atitudes são pessoas que viveram bem, repletas de apoio e carinho. Elas não têm a mínima ideia do que é se sentir um fardo ou apenas mais um item na folha de pagamento.

Nossa amizade era muito mais do que podiam enxergar, havíamos feito um pacto uma vez de que, quando estivéssemos enrascadas, e era certo que estaríamos em algum momento, uma protegeria a outra. Lembrar daquilo me fez sorrir.

Tínhamos doze anos e eu havia levado meu primeiro pé na bunda de um garoto por quem era *apaixonadinha*. Carina, que já era louca de pedra e gostava de correr riscos, então me chamou para uma tirolesa. É isso mesmo, ela queria se pendurar em um cabo de aço. Eu normalmente não entrava nessas loucuras dela, mas estava deprimida e precisava sentir meu sangue pulsar nas veias.

Péssima escolha...

Não deveria ser permitido que fôssemos na tirolesa sozinhas, mas, como dinheiro resolve tudo, ela estava acostumada a subornar o carinha que ficava lá ajustando os equipamentos de segurança. Por isso, lá fomos nós, duas malucas presas por um cinto estranho e com capacetes que ficaram ridículos em nossas cabeças. Olhei para a melhor amiga de todos os tempos: era muito magrinha, tinha os cabelos longos e um sorriso enorme. Ca ficava tão feliz quando estava prestes a arriscar a própria vida, era doida mesmo.

Carina me encarou, estendeu a mão e sorriu.

— Em cada burrada que uma fizer, a outra estará pronta para pular junto, ok?

Aquelas palavras significaram mais para mim do que o sentido literal ao que ela se referia. Ninguém em toda a minha vida esteve ali de mãos dadas comigo pronto para pular onde quer que eu precisasse.

Peguei sua mão na minha e, com um grito, nós pulamos.

Foi a primeira e última vez que eu fui com ela, porque quase morri, mas sempre estive ao seu lado em cada uma de suas loucuras. E ela sempre esteve comigo para comer pizza e encher a barriga de calorias. Carina era minha irmã de alma, a salvação da minha vida.

Por isso fiquei com raiva daquele italiano por ter machucado tanto a minha amiga, e, claro, de Jillian, por ter contado a ele onde ela estava, traindo sua confiança mais uma vez.

Depois que ele correu escada abaixo, vi que Jill ficou incomodada e resolvi não falar nada, mesmo brava por ela ter entregado a localização de Carina. Mas, claro, as pessoas não sabiam o momento de me deixar quieta e também tinha o fato de ela não me conhecer bem.

— Lia, ele precisava saber.

Nossa, eu juro que contei até dez, mas a minha personalidade sempre ganhava de todo e qualquer controle que eu poderia vir a ter.

— Você não tinha o direito de decidir, assim como não tinha o direito de me convencer bêbada a deixá-lo levar a minha amiga — falei sem me virar, colocando o café para coar na cafeteira. Tentei me manter calma e não explodir como uma louca desvairada.

— Eles precisam conversar, Lia. Tem muita coisa que você não sabe.

Ri de sua inocência. Ela e Carina achavam que eu não sabia de nada, mas quem não sabia de nada eram elas.

— Vocês acham que sou idiota, talvez por essa minha pinta de patricinha mimada, mas não sabem de nada mesmo. Vivem na ilusão de que conseguem guardar um segredo, que podem salvar o mundo. Mas aqui vai uma novidade para você: querida, o mundo já apodreceu. Carina sempre será uma pessoa com síndrome de boa samaritana, ela precisa ajudar as pessoas, é como se sente bem. E você, Jillian, está apenas mascarando a sua raiva por tudo que lhe aconteceu, por isso fica se escondendo atrás desse sofrimento sem fim e dessa raiva que teima em esconder. — Virei-me e a encarei. Sabia que poderia machucá-la e, provavelmente, a garota não merecia, mas, naquele momento, eu não me importava. — A vida continua mesmo que a gente perca o que nos mantém em pé, mas você precisa continuar caminhando e não culpar as pessoas erradas por suas desgraças. E ficar alimentando o ódio só te tornará ainda pior.

Sei que fui dura com ela, pude ver em seus olhos. Acho que Jillian havia sido protegida a vida toda e, por mais que eu entendesse sua dor, era hora de encarar a realidade e viver. A vida não espera por você, o tempo passa, e ficar se lamentando não irá fazer com que nada melhore.

Passei por ela e fui para o meu quarto; tinha que me arrumar para a faculdade.

Muitas vezes me perguntava do porquê de estar estudando Medicina, não era algo que eu amava de todo o coração assim, como era o caso de Carina. Mas eu não sabia bem o que queria, talvez, no final de tudo, eu era mesmo a menina mimada que todos me julgavam ser.

Esperava que Carina me perdoasse por termos dito ao idiota onde ela estava. Eu sabia o quanto minha amiga amava aquele italiano e que só conseguiria seguir em frente depois de enfrentar seus fantasmas, mas isso que não queria dizer que eu não poderia bater na cabeça dele, caso a fizesse chorar mais uma vez.

Já havia ficado tempo demais no quarto e era hora de encarar Jill e pedir desculpas por descontar minha raiva e frustração nela. Estava terminando de pegar minhas coisas quando ela apareceu no quarto com uma cara assustada.

— Olha, Jill, se você veio gritar comigo e me xingar, não precisa. Sinto muito por tudo que eu disse. Eu tenho a mania de não passar o que penso pelo filtro e acabo magoando os outros.

Ela parecia não me ouvir, tinha o celular na mão e parecia muito assustada de verdade, o que me fez sentir um arrepio por todo o corpo. Algo ruim havia acontecido.

— Carina foi atropelada!

E, mais uma vez, eu não estava lá para proteger a minha amiga.

CAPÍTULO VINTE E UM
Enzo Gazzoni

Existem coisas que nos aterrorizam de uma forma que não conseguimos nem mesmo nos mexer. Ficamos paralisados apenas esperando que o resultado não te quebre completamente.

Eu fui um idiota, soube disso no momento em que as palavras começaram a sair da minha boca. Percorri o caminho do apartamento até o hospital pensando no que iria falar e o tempo todo prometi a mim mesmo que não seria um babaca. Mas acho que isso deveria ser da minha natureza, não? Simplesmente era quase impossível evitar.

E o resultado? Carina se irritou e não consegui dizer o que precisava e queria que ela soubesse.

Como você conta para a mulher que ama que sente muito por tudo sem poder dizer toda a verdade e o motivo real que fez com que eu quebrasse nós dois? Como você diz que se odeia tanto que preferia que ela não te amasse, para assim ser mais fácil deixá-la ir?

Precisava de algo que a fizesse entender o que eu precisava sem comprometer nada do que havíamos conseguido até o momento. Porém, ao mesmo tempo em que ela precisava se manter distante, não era justo que entrasse em uma furada mais uma vez sem saber de todos os detalhes.

Eu estava pronto para lhe dizer tudo que queria e a levaria para um lugar seguro para que pudéssemos conversar.

Quando vi que ela estava indo para fora do hospital, a segui com a intensão de desfazer toda a burrada, mas, assim que abri a porta e vi o carro que estava parado avançar em sua direção, eu soube que havia perdido a minha chance. Dessa vez, não havia outra pessoa para culpar a não ser eu mesmo.

Apenas gritei seu nome e vi minha alma se ferindo.

Horas de terror me fizeram quase enlouquecer. Quando a socorreram, ela estava desacordada, e eu não sabia a gravidade do que tinha acontecido. A única coisa que pensei foi em pedir para avisarem suas amigas do que tinha acontecido. Achei que eu não seria a primeira pessoa que ela gostaria de ver quando acordasse.

Assim que vi o médico que a atendeu aparecer na sala de espera, meu coração bateu em uma velocidade que parecia impossível.

— Quem está aguardando a senhorita Carina Agnelli?

Me aproximei. Jill e Lia ainda não haviam chegado, então eu teria que servir. Mas, como conhecia um pouco da burocracia de hospitais, optei por mudar algumas verdades.

— Sou o namorado dela.

O homem me olhou e assentiu, e me aproximei mais, com medo do que ele iria falar.

— Carina está bem. Ela bateu a cabeça, por isso perdeu a consciência, mas, fora algumas escoriações, nada grave aconteceu.

— Graças a Deus!

O médico sorriu, simpático.

— Ela teve sorte. Pelo que ouvi, alguma coisa chamou sua atenção e o carro não a pegou direito. Poderia ser pior. Ela está acordada agora, se o senhor quiser ir até lá.

Eu queria, mas sabia que não podia, não ainda.

— Estou esperando duas de suas amigas chegarem, elas devem estar querendo notícias. Mais tarde eu vou até lá.

— Tudo bem, então. O senhor conseguiu anotar a placa, ou algo assim?

— Infelizmente, não. Me preocupei apenas em chegar até ela.

— Tudo bem, vamos ver se conseguimos alguma coisa com as câmeras de segurança. Carina é muito especial para nós. Se conseguirmos, enviaremos para que a polícia procure o motorista. — Claro que não conseguiriam nada. Eu desconfiava de quem havia atentado contra a vida de Carina. Mas assenti mesmo assim, agradecido pela preocupação do hospital em ajudar a pegar o cara. — Bom, vou andando, tenho outros pacientes para atender. Até mais.

— Obrigado, doutor!

Ele fez um sinal e se afastou. Na verdade, se eu tivesse visto a placa do carro, as coisas seriam diferentes. Tinha certeza de que o atropelamento não havia sido um acidente, o carro estava parado até que Carina pisou na rua.

As coisas estavam ficando feias e saindo do controle. Não podia protegê-la enquanto ficássemos no país.

— Para o seu bem, italiano, espero que não tenha nada a ver com essa merda!

Ao som daquele grito estridente, me virei, vendo Lia marchando em minha direção. Eu não era exatamente a causa de Carina ter sido marcada para morrer, mas nada me tirava da cabeça que, se eu não tivesse me envolvido com ela, as coisas seriam menos complicadas. Por isso aguentaria qualquer ameaça.

— Dessa vez não — disse num fio de voz, não muito certo do que declarava.

— E como ela tá? — Jill se aproximou e me olhou com atenção.

Percebi que as duas estavam abaladas. Assim como eu, elas amavam muito Carina.

— O médico acabou de passar e disse que ela teve sorte. Parece que eu ter chamado seu nome na hora certa fez com que se esquivasse um pouco. Está acordada, se quiserem ir vê-la.

Lia engoliu em seco e vi que escondia seus sentimentos. Pelo pouco que sabia dela, a garota era mestre nisso. Apontou o dedo para o meu rosto e estreitou os olhos.

— Ainda não acabei com você!

Lia passou por mim, entrando pela porta por onde antes o médico veio. Olhei para Jill, não sabendo como agir perto dela. Tínhamos tanta intimidade meses atrás e agora só ficou o incômodo e o desconforto.

— Você sabe quem foi?

— Não com certeza, mas imagino a mando de quem foi.

Ela assentiu e respirou fundo, cruzando os braços.

— Cuida dela, por favor?

Não precisava pedir isso, tudo o que fiz desde que a conheci foi para mantê-la em segurança. As duas, na verdade.

— Mais do que a minha própria vida.

Jillian assentiu e respirou fundo, olhando para os lados, tentando se distrair, mas percebi o quanto ela ficava incomodada com a minha presença.

— Estou indo embora, Enzo. Vim para cá achando que conseguiria superar, distrair a cabeça por estar em um lugar novo, mas percebi que não dá para fugir do que nos machuca, não é? Está incrustado dentro de nós como uma erva daninha, nos envenenando, matando nossa força.

Suas palavras magoadas e tristes fizeram com que meu coração se compadecesse com a sua dor. Tudo que ela perdeu poderia tê-la destruído muito mais, porém, Jill era mais forte do que imaginava.

— Sinto muito.

— Eu sei que sim. — Ela olhou em meus olhos e sorriu, deixando que um pouco da menina que eu conhecia aparecesse. — Bom, vou vê-la. Não seja um covarde e não demore a entrar, ok?

Sorri para a minha amiga, irmã e uma das poucas pessoas que me conhecia realmente.

— Com certeza, comandante.

Ela riu do apelido que Brizio deu a ela quando começaram a namorar e se afastou. Fiquei olhando-a se distanciar e percebi que, quando chegasse a hora, talvez o meu maior erro não pudesse ser perdoado.

CAPÍTULO VINTE E DOIS
Jillian Davis

Você sabe o que é viver em uma corda bamba na qual qualquer passo em falso pode ser a sua sentença de morte? Não? Pois é assim que me sentia o tempo todo que fiquei com Fabrizio Gazzoni.

Estava sempre à espera do telefonema que destruiria a minha alma.

Tentei muitas vezes enxergar uma vida longe dele, pensei tanto em me afastar... Sempre soube que não era saudável viver aquele romance. Era doloroso demais estar constantemente me preparando para o pior. Porém, quando o momento chegou, percebi que não estava nem um pouco preparada para ele.

Aquela voz fria e sem vida fez com que meu coração parasse de bater por um segundo.

— Sinto muito, mas Fabrizio foi baleado e não resistiu.

Sinceramente, não me lembro de quem foi o juiz que deu a minha sentença, mas os culpados eu conhecia bem, e o maior dele era o homem que fez a promessa de me amar eternamente e não a cumpriu.

Eu não quis chegar perto do seu corpo no hospital, olhei apenas pelo vidro. Ele estava coberto por um lençol branco com somente o rosto de fora. Com os olhos fechados e os lábios pálidos, nada lembrava o homem alegre e cheio de vida. Por isso, quando Enzo disse que o desejo de Brizio sempre tinha sido um velório com caixão fechado, não hesitei em concordar, pois preferia me lembrar dele vivo.

Não fiquei muito tempo ali, meus sentimentos estavam uma bagunça. E meses depois percebi que estava sufocando, enlouquecendo. Precisava de uma fuga. Ao receber o convite de Carina para visitá-la no Brasil pela milésima vez, vi uma oportunidade de recomeço. Só que não contava com a inveja que se apoderaria de mim ao vê-la tão bem e a culpa que sentiria por me sentir dessa forma.

As coisas pioraram quando Enzo apareceu. Fiquei com ódio por eles terem a chance de se ver novamente, de reatar, mesmo que ela não quisesse mais. Eu nunca mais poderia nem mesmo olhar para o rosto da pessoa que mais amei na vida.

Após a discussão com Lia, sentei no sofá da sala e recordei todos os momentos que vivi desde que perdi Fabrizio, percebendo que precisava me afastar de tudo que o lembrava e já sabendo o que tinha que fazer. Em primeiro lugar, deixaria de culpar Enzo e Carina pelo que aconteceu. Cada pessoa é responsável por suas escolhas.

O maior culpado por sua morte era ele mesmo porque preferiu a máfia a mim.

E eu precisava me conformar com isso, viver e seguir em frente. Tentar esquecer o passado não seria fácil, mas, Deus, eu tentaria.

Acho que tudo acontece de uma forma para que a gente aprenda com os nossos erros. Todos os sentimentos ruins que experimentei naquela semana me fizeram ver que estava me tornando uma pessoa odiosa, invejosa e mesquinha. Eu não era assim e não deixaria que a negatividade tomasse o melhor de mim.

Achava que os telefonemas com notícias ruins me perseguiriam. Quando ligaram dizendo que Carina estava hospitalizada, mas estava bem, vi que era hora de me desculpar e partir.

Quando chegamos ao hospital, com Lia sem falar comigo direito por ter dito onde Carina estava para o Enzo, percebi o quanto ele estava perturbado com o que aconteceu. Sempre havia se culpado por envolver a mulher que amava naquele mundo. Ao contrário de Brizio, ele não tinha muita escolha sobre estar naquele meio ou não. Foi marcado antes mesmo de respirar pela primeira vez. E se culpava por cada coisa ruim que acontecia com os que amava.

Eu o culpei por muito tempo, mas o que eram os Gazzoni no mundo como o que vivíamos?

Percebi, olhando para seu rosto magoado e olhos tristes, que Enzo era uma das maiores vítimas da violência, pois ele tinha que viver naquele mundo e ser um marginal sem ter escolha.

Depois de falar com Enzo, segui Lia até a porta do quarto onde Carina estava. Olhei para a garota que se tornou tão especial em tão pouco tempo e disse:

— Pode entrar, eu falo com ela depois. Será bom para Carina ter um tempo a sós com você.

Lia estava brava por eu ter "traído" a confiança de Carina mais uma vez, mas vi em seus olhos que se sentia mal por termos brigado.

— Olha, Jill, sinto muito por tudo que te disse hoje mais cedo. Eu sou assim mesmo, não tenho filtro. Sei que já te falei lá em casa, mas estou muito chateada por ter falado daquele jeito com você; não é fácil se acostumar comigo. — Sorriu sem graça.

— Não tem problema, você só disse a verdade e me fez enxergar a vida que estou levando. Te agradeço por isso.

Ela fez uma careta, mas percebi que queria ir até a amiga logo. O susto que

Lia tinha levado era a prova cabal de que as duas eram muito mais do que amigas e tinham um laço muito maior do que eu.

— Vai lá, Lia. Eu entro depois que você terminar.

Ela assentiu e achei que iria entrar logo no quarto, mas Lia me abraçou, surpreendendo-me com seu carinho.

— Você vai se encontrar de novo, Jill. Eu sei que sua história ainda nem começou. — Ela não tinha como saber, mas suas palavras me fizeram muito melhor do que qualquer outro consolo.

Lia me soltou e entrou no quarto da amiga. Os minutos que fiquei sentada do lado de fora foram essenciais para que eu traçasse um plano de recomeço, uma via de escape para reconstruir a minha vida.

Quando ela saiu sorrindo e me disse para entrar, eu não estava preparada para a cena. Ver Carina tão parecida com ele, a não ser pelo fato de seus olhos estarem abertos e ela me encarar sorrindo, quebrou o meu coração.

Eu não tinha muito a dizer, apenas minhas desculpas por não ter sido a amiga que ela esperava e por tudo que senti.

A única coisa que precisava dizer a ela era o que escondi de mim mesma.

— Como você está?

Ela arqueou as sobrancelhas e sorriu fazendo uma careta.

— Tirando a sensação de ter sido pisoteada por uma manada de elefantes, estou bem. O médico disse que poderia ter sido pior se algo não tivesse chamado minha atenção.

— E você sabe o que foi?

Ela assentiu e desviou o olhar, prendendo os lábios entre os dentes.

— Uhum.

Percebi que ela não queria falar sobre Enzo. Eu sabia que Carina estava magoada, vi como ela ficou depois que ele a dispensou no sepultamento de Fabrizio, porém, ela não devia nem imaginar todo o peso que ele carregava nas costas. Enzo realmente acreditava que afastá-la foi uma forma de protegê-la e voltou apenas porque não teve opção; não havia alguém melhor para cuidar dela do que quem mais a amava.

— Ca, ele está lá fora.

— Eu sei, o médico disse que ele se apresentou como meu namorado. Como ele ousa, Jill? — Carina me olhou com lágrimas nos olhos. Ela estava sofrendo, tendo uma luta interna entre o orgulho, os sentimentos feridos, o amor e a vontade de estar com ele. Eu conhecia bem esse sentimento de estar lutando consigo mesma.

— Você o ama, Ca? Diga a verdade, não precisa mentir para mim.

Ela respirou fundo e assentiu, baixando a cabeça.

— Mais do que eu gostaria. Eu ouvi a voz dele me chamando no estacionamento e precisei olhar, porque simplesmente não consigo resistir.

— Então não tenho o que falar, não é?

— Como assim?

— Se você o ama tanto, tem que viver esse sentimento.

— Jill, ele me magoou, quebrou a minha confiança, me iludiu...

— E te protegeu. Acha mesmo que viver esses meses ao lado dele enquanto Enzo se tornou o chefe da máfia de Nova York teria sido tão fácil quanto namorar o filho do chefe? Você não teve que vê-lo machucado, ou ensanguentado, não teve que ver o ódio de si mesmo ao voltar de um dia de trabalho. Não teve que aguentar ele chorando de raiva por ter sido obrigado a fazer coisas que não queria. Confia em mim, você não iria querer ver isso.

— Mas eu não quero isso, Jill. Eu vim embora para começar de novo.

Eu me penalizei por ela. Assim como Enzo, ela também estava sem escolhas.

— Infelizmente, minha amiga, não depende mais só de ficar ou não com ele. Você foi marcada mesmo ele tentando te proteger. E sua melhor opção é ficar ao seu lado para que saiam dessa vivos. Vai por mim, você não vai querer perder o homem que ama por causa dessa feiura toda. Isso tende a acabar com o nosso psicológico.

Vi nos olhos de Carina o quanto ela se culpava pelo que aconteceu com Fabrizio e confesso que fiquei feliz por isso, porque também a culpei por muito tempo, mas era hora de tirar esse peso de seus ombros. Me abaixei e a abracei forte — pelo menos o quanto deu para não a machucar.

— Você não tem culpa de nada, Ca. A vida se encarrega de apenas cumprir nossas escolhas. Fabrizio fez a dele ao seguir essa vida, não podemos nos responsabilizar por isso, ok?

Me afastei e olhei em seus solhos castanhos, vendo sua surpresa. Apesar de eu já ter dito isso, não foi com tanta certeza e emoção como agora. Mas eu estava decidida a mudar a minha vida.

— Estou indo embora, vou viajar pelo mundo, espairecer a cabeça. Fabrizio me deixou um dinheiro quando morreu, e não mexi nele até agora por ser uma grana suja que custou a sua vida, mas acho que será necessário. Não estou tão bem quanto pensava, e ele iria gostar de me ver tentando continuar sã. — Dei de ombros. Não queria mesmo mexer no dinheiro, mas agora ele seria útil para alguma coisa, já que perdi o homem que amava. — Será bom mudar de ares.

— Você vai voltar?

— Um dia, quem sabe. Fique bem, minha amiga, e obrigada por me acolher mesmo quando eu estava sendo horrível.

— Jill, o sofrimento faz isso com a gente. Não precisa se desculpar. Para onde você vai?

Sorrindo, me afastei em direção à porta. Dei de ombros e sorri abertamente com o coração cheio de esperanças pela primeira vez em muito tempo.

— Só Deus sabe, minha amiga, vou deixar que a vida se encarregue de fazer as minhas escolhas. — Estava quase na porta quando parei. — E não deixe de viver esse sentimento que está em seu coração, porque a gente nunca sabe quando será tarde demais. Fique segura!

— Você também!

Saí do hospital pelos fundos, sem que ninguém me visse. Não queria me despedir, era hora de recomeçar a minha vida e viver a minha história. Eu tentaria deixar o passado onde ele pertence.

CAPÍTULO VINTE E TRÊS
Carina Agnelli

Sempre me orgulhei de ter um sexto sentido aguçado. Não era paranormal nem nada do tipo, apenas sentia quando algo daria errado. E, desde o momento que precisei sair para esfriar a cabeça, soube que alguma coisa iria acontecer, mas, por estar fugindo do meu passado que queria ser meu futuro novamente, imaginei ser isso o que ativara meu "superpoder".

Porém, as coisas ficaram claras quando ouvi meu nome sendo chamado com desespero e o pneu cantando enquanto o carro preto se dirigia para mim em alta velocidade. Foi algo automático, um reflexo de sobrevivência, não sei dizer. Mas eu consegui dar um passo para o lado, tentando me salvar, até que senti o baque em minhas pernas.

Doeu muito; na verdade, ainda estava me incomodando um pouco. Mas, como o médico disse, eu precisava apenas de alguns dias de repouso e estaria nova em folha. Sofri apenas alguns arranhões e um hematoma se formou onde o carro me atingiu.

Só que, naquele momento, eu não pensava em nada mais do que as coisas que haviam acontecido desde que acordei.

Lia estava enlouquecendo, disse estar temendo pelo meu bem-estar e que eu deveria voltar com Enzo para Nova York, já que ele dizia que podia me proteger. Ela surtou e eu fiquei assustada. Teoricamente, minha amiga não deveria saber de nada e, pelo que pareceu, ela sabia de muita coisa e não queria contar. Antes de ir embora, ela ainda delirou sobre a gente ser mais parecida do que achávamos por só nos apaixonarmos pelo perigo ou por algo impossível de acontecer.

Depois que ela saiu como um furacão sem nem perguntar se eu estava bem, Jill entrou com uma cara estranha, um brilho no olhar que eu não via há muito tempo. Até que começou a despejar no meu colo sua experiência em perder o homem que amava, como era tentar seguir em frente sem ele, e confirmou o que eu já sabia: ela não estava conseguindo superar sozinha. Fiquei surpresa por ela decidir usar o dinheiro que Brizio lhe deixou. Jill odiava tudo que estivesse envolvido com a máfia Gazzoni, mas acreditei que era necessário tentar, pelo menos ela não estava se entregando ou fugindo.

Quando ela se foi, fiquei olhando pela janela alguns galhos de árvores em volta do hospital balançando com o vento, e percebi que, às vezes, somos nós que procuramos as complicações da vida, fazendo delas mais importantes do que viver.

Enzo parecia sincero em querer me proteger e até em suas desculpas e arrependimentos por tudo que me fez sofrer esses meses, parecendo certo demais sobre seus sentimentos. Mas a questão era: eu estava pronta para ouvi-lo e perdoá-lo?

Não saberia lidar com outra rejeição ou perda, mas também não poderia me dar ao luxo de ser teimosa e ficar à mercê de um perigo que nem sabia qual era.

Demorou mais tempo do que imaginei até que a porta foi aberta novamente. O rosto de Enzo estava assustado e receoso, com medo da minha reação ao vê-lo ali. Ah, se as pessoas pudessem adivinhar nossos pensamentos ou, pelo menos, sentir o que sentíamos...

Meu coração disparou quando seus olhos azuis se conectaram com os meus. Milhares de coisas foram ditas sem que pronunciássemos sequer uma palavra.

— Posso entrar? — A voz dele estava cautelosa, assim como toda a expressão do seu corpo. Percebi, então, que Enzo Gazzoni estava com medo de ser rejeitado.

Engoli em seco e assenti, estendi o corpo até pegar o controle da cama e acionei, querendo me sentar um pouco. Sabia que teríamos uma conversa decisiva naquele momento e não queria estar mais vulnerável do que já estava.

— Está tudo bem, Carina? Precisa de alguma coisa?

Levantei os olhos até ele, que havia parado ao lado da cama e tinha as duas mãos enfiadas nos bolsos do jeans.

— Desde quando você fala português?

— Quê?

— Você me entendeu. Desde quando você fala a minha língua e nunca me disse?

Vi o momento exato em que seus olhos foram mudando: de cautelosos, eles ficaram maliciosos e ainda mais azuis do que o normal.

— Eu gostava de te ouvir xingando em português quando fazíamos amor. Não quis estragar isso dizendo que entendia tudo.

Senti minhas bochechas queimarem de vergonha, mesmo que isso fosse inútil e meio tarde para acontecer. Não conseguia evitar, ainda mais com aquele homem que me atormentava até distante, me olhando daquele jeito, provavelmente se lembrando de tudo que fizemos quando eu proferia palavrões em português.

— Precisamos conversar.

Sim, eu estava mudando de assunto, mas quem poderia me culpar? Enzo simplesmente me desestabilizava. E o filho da mãe sabia muito bem disso, dado o sorriso enorme em seu rosto.

Ele assentiu e se aproximou um pouco mais, fazendo com que eu sentisse o calor do seu corpo próximo ao meu.

— Claro. O que precisa falar, Carina *mia*?

— Não me chame assim — falei com a voz baixa demais e com muita dúvida. Tinha certeza de que não fui muito convincente, até porque Enzo arqueou as sobrancelhas e concordou com um aceno.

— Sim. Desculpe. O que você quer saber? Só espero que, depois desse susto, tenha caído em si que o melhor é irmos embora para a proteção da família.

— Falando desse jeito, até dá pra pensar que armou isso para me convencer de ir com você.

Ok, muitas vezes eu dava uma de Lia e o filtro entre meus pensamentos idiotas e minha boca não funcionava. A expressão de espanto e raiva no rosto de Enzo entregou que ele havia ficado chateado com o que eu disse.

— Posso ser tudo que você quiser me acusar, *cara mia*, mas nunca um covarde. Jamais colocaria sua vida em risco para conseguir algo que quero.

Engoli em seco e observei-o enquanto ele se inclinava para perto da cama.

— E eu quero muito você de volta na minha vida, na minha cama. Mas nunca dessa forma. Entenda isso de uma vez por todas e tudo ficará bem!

Me senti uma idiota pelo que disse e merecia a raiva direcionada a mim. Enzo nunca seria capaz de ir contra o que acreditava para conseguir o que queria: a pouca honra que havia lhe sobrado. Quem ele era, o que precisava fazer, não era de sua escolha, e isso o destruía a cada dia que passava. Podia ver em seus olhos que havia mudado.

— Eu vou com você.

Ele pareceu relaxar os ombros, seu corpo tenso ficando mais solto e os olhos maliciosos parecendo aliviados.

— Qual a condição?

Enzo me conhecia bem demais!

— Não teremos nenhum envolvimento amoroso e, quando conseguirem resolver toda a situação, vou voltar para o Brasil e terminar minha faculdade, que já foi atrasada por tempo demais.

Eu podia ver milhares de sentimentos passando por seus olhos. Enzo me encarava com tanta intensidade que senti meu corpo todo se arrepiando. Era como se ele estivesse me desafiando a cumprir o que pedia.

— E mais o quê?

Sua voz rouca denunciava que não estava assim tão calmo.

— Eu quero saber o que meu pai fez.

A fisionomia de Enzo mudou drasticamente e ele me deu as costas, andando até a janela e cruzando os braços sobre o peito. Minha vontade era de gritar com ele, mas precisava manter a calma se queria que me respondesse.

— Pra que você quer saber, Carina? Isso só vai te machucar.

— Eu tenho o direito de saber o porquê de a minha vida estar sendo ameaçada.

— Isso não irá lhe trazer bem algum.

Estreitei meus olhos. Qual era o dele? Por que estava defendendo meu pai agora se nem se davam bem? Pelo menos, da última vez que eu soube, não era o caso.

— Enzo, olha pra mim.

Vi que ele respirou fundo, descruzou os braços e se virou. Seus olhos estavam atormentados, e engoli em seco. Talvez o que ele diria mudasse tudo, ou não. Eu seria capaz de suportar a verdade, qualquer que fosse?

— Tem certeza?

Assenti convicta e ele se aproximou, olhando em meus olhos.

— Como sabe, ele estava fazendo trabalho duplo para outra gangue e acabou se dando mal, por isso levou o tiro, certo?

— Sim.

— Seu pai desviou muito dinheiro da família Gazzoni e também de uma outra máfia italiana, os Millazzo. Eles são diferentes, podemos dizer assim.

Franzi a testa, confusa. Eu não entendia muito sobre como funcionava a máfia e toda a hierarquia que envolvia aquela coisa de rivalidade entre eles, mas dificilmente eram amigáveis.

— Diferente como?

Enzo respirou fundo e fechou os olhos por um instante.

— Eles são cruéis, Carina, inimigos do meu pai desde Verona. E seu pai os traiu. Duas vezes.

— Tem alguma coisa a mais aí, Enzo, que você não está me contando? Não é só pelo dinheiro, não é?

Quando seus olhos se abriram e se conectaram com os meus, eu soube que talvez aquela verdade fosse muito mais do que eu poderia suportar.

CAPÍTULO VINTE E QUATRO

Enzo Gazzoni

Como dizer para a mulher que você ama que um dos responsáveis por um dos momentos mais aterrorizantes de sua vida é o próprio pai? Como dizer isso sem machucá-la?

Olhando nos olhos de Carina Agnelli, percebi que não havia como fugir de lhe contar a verdade. Pelo menos, essa verdade eu teria que contar, mesmo que a machucasse. Carina não aceitaria menos do que isso e eu estava lhe devendo tantas coisas que seria uma a menos na conta.

— O que vou dizer não será nada fácil para você escutar. — Eu estava sendo óbvio, mas não poderia deixar de avisá-la.

— Imagino que não, mas quero saber mesmo assim.

Assenti e respirei fundo, não podia ficar adiando por muito tempo. Talvez fosse melhor retirar o band-aid logo.

— Seu pai nos entregou. Foi ele quem falou onde estávamos quando fomos sequestrados e levados para aquele lugar.

Os olhos dela foram se arregalando à medida que a compreensão de tudo ia se infiltrando em sua mente. Provavelmente ela estava revivendo os momentos de terror que passamos desde que paramos naquela estrada no meio do nada até o fim da linha.

Carina parecia uma estátua. Se não fosse por seu peito subindo e descendo rapidamente, eu poderia imaginar que ela estava em algum estado catatônico. Ela piscou duas, três vezes...

— Como você descobriu isso?

E chegamos a um ponto em que eu não poderia entrar em muitos detalhes.

— Nesse meio, não se pode trabalhar sem saber o que nossos inimigos planejam, por isso temos informantes infiltrados. Descobrimos que seu pai foi responsável por nos delatar. Ele queria me dar uma lição por tê-lo desafiado, mas parece que David foi contra as ordens e levou nós três para o galpão. O resto você já sabe.

Carina assentiu e olhou para o lado, parecendo completamente arrasada. Ela empurrou o lençol que a cobria e, com cuidado, desceu da cama. Não tentei ajudá-la, porque podia ver em sua linguagem corporal o quanto precisava de espaço. Andou até o outro lado do quarto, provavelmente querendo fugir, mas sem ter para onde ir. Às vezes, nós temos essa vontade quase irresistível de escapar de tudo que nos machuca, simplesmente nos livrarmos da agonia que nos sufoca, porém não há lugar em que possamos nos esconder de nossas dores porque elas estão encravadas em nossa carne, entranhadas em nossa alma.

— Como ele pôde? — Carina me olhou com os olhos marejados de lágrimas, e pude ver a dor se entranhando em sua alma. — Como ele pôde querer te machucar por minha causa? Ele foi o responsável por quase morrermos e nem se importou de se desculpar, continuou vivendo sua vida suja como se nada tivesse acontecido. Quem são essas pessoas, Enzo? Eu vivi uma fantasia a vida toda mesmo?

O que eu poderia dizer a ela que amenizasse o sofrimento, que acabasse com a sua dor? Eu senti muito por ela ter se iludido tanto. Por mais que a verdade nos machuque, a mentira nos destrói.

— Carina, eu não conheço muito bem sua família, mas homens como Luciano Agnelli, acostumados a controlar a família e tudo à sua volta, quando encontram certa resistência ou desafios, tendem a não pensar direito, apenas estão preocupados em ter de volta o que lhe é de direito. Ele não contava que, estando no seio da família, seria um subordinado.

— Mas, Deus, eu não sou algo que ele controle, sou filha dele.

— Você viveu a vida toda se escondendo e poupando-os de preocupações e de conhecerem realmente quem você é.

A verdade era que eu não tinha ideia do que poderia acontecer, caso ela tivesse deixado com que eles conhecessem quem ela era ainda tão jovem e "desprotegida". Luciano não era o bom homem de família que muitos pensavam.

— Eu não sei o que pensar, não sei o que fazer. — Levantou a cabeça e olhou para o teto como se procurasse por alguma resposta. — Meu Deus, Fabrizio morreu por minha culpa mesmo, por culpa do meu pai.

E então não consegui mais me manter distante. Em sua voz, estava uma dor tão genuína e triste. Carina sofria demais por tudo, tudo que ela fazia era com intensidade, amava e odiava com todas as suas forças.

Devagar, caminhei até parar ao seu lado, mas não a abracei, não sabia até onde poderia chegar, já que ela disse que não haveria nada entre nós. Mas sentia que ela precisava de um afago, um aconchego, um porto seguro onde se firmar.

Levantei a mão devagar e peguei a dela com delicadeza, passando o polegar por seu pulso. Me lembrei da primeira vez que havia feito isso e meu coração se encheu de saudade.

— Você não tem culpa de nada, Carina. As coisas não são tão simples como parecem, não é só um capricho de um pai contrariado. Eu tenho inimigos, meu nome carrega inimigos junto. As coisas aconteceriam cedo ou tarde. Não pode se martirizar, ok?

Vi que ela tentava se segurar para não desabar e percebi que suas emoções estavam à flor da pele, mas estava se segurando. Ficamos nos olhando por alguns segundos e sempre que ficava tão perto dela me perdia completamente no tempo e em como a amava.

— Foi por isso que me mandou embora? Para não me dizer que meu pai foi o responsável pela morte do seu primo? Por realmente me culpar por isso?

Se fosse apenas isso, seria tão fácil... Mas ainda não poderia lhe contar nada. Qualquer passo em falso colocaria tudo que consegui nos oito meses a perder e nosso sofrimento seria em vão.

Antes que eu pudesse pensar em qualquer desculpa, a porta foi aberta e o médico entrou com a testa franzida, nos encarando com curiosidade.

— Parece que você está melhor. Interrompo alguma coisa?

Imediatamente, soltei seu braço e me afastei para um canto do quarto onde havia um pequeno sofá branco e me sentei. Carina sorriu forçadamente e sacudiu a cabeça.

— De forma alguma. Então, estou pronta para outra?

— Vira essa boca pra lá, menina. Você teve muita sorte, terá apenas grandes hematomas pelo corpo por um tempo, mas dos males o menor, não é? Poderia ser bem pior pela pancada que levou.

— Parece que estava com sorte! — Ela me encarou de um jeito que fez meu coração bater mais rápido e ficar confuso como o inferno. — Posso ir para casa já?

O médico assentiu e anotou algumas coisas em sua prancheta.

— Sim, mas nada de esportes radicais. — Olhou para mim e sorriu. — Posso contar com você para ficar de olho nela?

Eu sabia que sua pergunta não havia sido de forma alguma de duplo sentido ou maliciosa, mas foi inevitável sorrir e imaginar milhares de maneiras que pudesse ficar de olho em Carina.

— Com certeza, doutor. Pode contar comigo para manter essa menina em repouso.

Carina ficou vermelha e engoliu em seco, desviando o olhar. Sorri amplamente. Pelo visto, sua convicção de nada acontecer entre nós não era tão certa assim.

— Muito bem! Quando estiver pronta, Carina, pode ir, é só pegar sua alta na recepção. E se cuida, menina! — Ele se virou para mim e, com um aceno, saiu sorrindo.

Carina ficou parada no meio do quarto, e eu cruzei os braços, me encostando no sofá, esperando que ela olhasse para mim.

— Você vai mesmo ficar me olhando desse jeito?

— De que jeito estou te olhando?

— Você sabe muito bem, Enzo. Quando voltamos?

— O mais rápido possível.

Ela assentiu e pegou a roupa que estava dobrada ao lado da cama.

— Vou tomar um banho, depois quero ligar para os meus pais. Preciso dizer algumas coisas a eles antes de voltar para aquele lugar.

Em sua voz, percebi a convicção de uma mulher madura e segura do que queria. Só esperava que ela não se machucasse ainda mais. Eu a conhecia bem e sabia que qualquer coisa muito intensa poderia abalar toda aquela armadura que havia construído em volta do seu coração.

Peguei o celular e abri o aplicativo de criptografia. Digitei rapidamente uma mensagem dizendo que estávamos voltando e que deixasse tudo preparado. Não esperei a resposta ou poderia ser pego em flagrante e teria que dar muitas explicações sobre algo que ainda não estava pronto.

CAPÍTULO VINTE E CINCO
Carina Agnelli

Mesmo que eu estivesse tentando ser forte diante de toda a verdade sendo exposta à minha frente, não seria tão fácil quando eu ficasse sozinha. No momento em que fechei a porta do banheiro, meu mundo inteiro desabou.

Sabendo de tudo que meus pais foram capazes de esconder de mim, nada deveria me surpreender, mas isso foi além. Foi cruel, desumano e totalmente o oposto do que eu imaginava que eles eram.

As lágrimas tentavam se libertar, mas engoli em seco e me segurei. Ainda iria enfrentá-los, mesmo que por telefone, e precisava de todas elas para depois, pois alguma coisa me dizia que eu não teria pedidos de desculpas.

Tomei um banho rápido, ciente da decisão que havia tomado e do que me esperava do lado de fora, pronto para me levar de volta.

Eu, sinceramente, não sabia o que seria dali para frente, mas estava preparada para enfrentar o que tivesse de ser.

Tudo que eu precisava fazer era continuar caminhando, nada de pensar demais ou remoer meus problemas. Tinha que continuar em frente e tentar sair viva depois de tudo.

Enzo não disse nenhuma palavra quando saí do banheiro e, provavelmente, percebeu o meu estado emocional; ele me conhecia melhor do que eu gostaria e isso queria dizer que não poderia enganá-lo.

Passamos pelo apartamento e não havia nem sinal de Jillian; ela já deveria ter partido. Eu não tinha dito a ele para onde ela foi, não era função minha. Minha amiga precisava se reencontrar. Achei que Lia estivesse na faculdade, mas me surpreendi quando a vi sair do seu quarto quando passei pelo corredor. Ela encostou-se à porta e ficou de braços cruzados, olhando para mim.

Ela tinha uma careta estranha no rosto e aparentava ter chorado. Minha amiga parecia de ferro, mas eu a conhecia melhor do que isso. Sabia o quanto sofria.

— O que foi?

— Você tá bem mesmo?

— Tô sim, só vou ficar um pouco dolorida.

Ela assentiu e baixou a cabeça, fungando.

— Jill foi embora. Disse que precisava espairecer.

— Ela me disse.

Lia olhou para mim e estava chorando de novo. Eu queria abraçá-la, mas sabia que ela precisava de espaço naquele momento.

— E você também vai, não é?

Eu não podia lhe dizer muita coisa, mas Lia merecia alguma explicação.

— Vou, mas acho que não será agora. Quando estiver partindo, eu aviso, ok?

— Eu me apaixonei pelo Marco e ele me deu um chute. — Fez uma careta e sorriu. — Típico, não é?

Nossa, isso era novidade. Eu sentia os olhares dos dois, mas Marco nunca se envolveria com ela dessa forma, ele era muito reservado e seu coração estava machucado.

— Sinto muito, amiga. Por que não me contou?

— Não queria que me olhasse desse jeito, com pena.

— Desculpe.

— Tudo bem, mas o interessante de tudo é que semanas atrás eu conheci um cara, acabei me envolvendo com ele e foi tudo de bom. Sexo delicioso, ele é carinhoso e bruto ao mesmo tempo, conversa muito bem e tem um humor que eu adoro. Só que ele me deu um pé de novo, por mensagem de texto. E agora você vai embora e eu vou ficar aqui me entupindo de comida e me acabando de chorar assistindo aos gostosões de Hollywood.

Lia já estava chorando e falando ao mesmo tempo. Não me importei mais com o espaço que ela precisava e a abracei forte. Eu queria muito que as coisas fossem fáceis como deveriam ser. O coração não deveria doer, mas doía.

— Eu sinto muito, amiga. Mas juro que volto, ok? Não coma muita pizza, senão vou ter que te levar pra correr no calçadão comigo.

Ela riu e se afastou, enxugando o rosto.

— Deus me livre, não tenho essa disposição. O italiano tá te esperando?

— Sim.

— Então não vou te levar lá, senão dou na cara dele, ok? Fica bem, se cuida, por favor?

— Pode deixar, você também.

Lia assentiu e sorriu, virou-se e entrou no quarto novamente. Era bem provável que fosse chorar a tarde toda e eu queria estar ali para ela. Cortou meu coração ter que deixá-la, ainda mais sem poder lhe contar nada. Mas Enzo prometeu que não partiríamos sem que eu tivesse a chance de me despedir.

Juntei algumas poucas peças de roupa e coisas para higiene pessoal. Não sabia o que levar, então resolvi deixar para me preocupar com isso depois.

Assim que chegamos na casa que eu já havia visitado na noite anterior, que parecia muito mais tempo que isso, olhei para a sala e me sentei no sofá, esperando que ele voltasse.

As coisas haviam mudado tanto desde que pisei naquele lugar. Algo que eu não queria nem pensar mostrou-se real: eu não tinha capacidade de resistir a Enzo Gazzoni. Achei, de verdade, que não precisaria sentir aquela coisa toda novamente. O amor, a paixão e a adrenalina que corriam por minhas veias quando eu estava com ele era viciante e irresistível.

Queria que fosse fácil me entregar ao que sentia e esquecer todas as palavras que ele me disse, as acusações de estar com ele apenas para saciar o meu vício, insinuando que havíamos nos aproveitado um do outro e que havia perdido a graça.

Essas lembranças voltavam, infiltrando-se no presente e atrapalhando o meu futuro. Agora a coisa toda havia mudado e eu precisava decidir se deixaria que as dores fossem maiores do que os momentos de felicidade.

— Eu vou estar aqui.

Fiquei tão distraída em meus pensamentos que nem percebi que ele já havia retornado e estava parado ao meu lado com um celular estendido em minha direção. Peguei o aparelho e olhei em seus olhos mais uma vez, insegura do que iria fazer. Mas era preciso. Disquei o número da minha mãe e ela atendeu no terceiro toque.

— *Alô?*

— Mãe!

— *Carina! O que foi? De onde você está ligando? Esse número é restrito.*

Engoli em seco e olhei para Enzo, que tinha as mãos no bolso e olhava para mim com a testa franzida.

— O papai está em casa?

Ignorei sua pergunta de propósito.

— *Sim, por quê?*

— Pode colocar no viva-voz para que eu possa falar com os dois?

— Carina, o que está acontecendo?

— Mãe, faz isso, por favor.

Ela ficou em silêncio por alguns minutos, e cheguei até a afastar o aparelho do ouvido para ver se ainda estava conectado, até que ela finalmente falou:

— Tudo bem.

Ouvi passos, provavelmente dela indo até o escritório do meu pai. Eles falaram baixinho e então ouvi um barulho oco.

— Pode falar, filha, estamos escutando.

Meu coração parecia que ia saltar pela boca a qualquer momento. Senti meu corpo todo se tensionando para o que estava por vir.

— Eu não sei o porquê de tudo que aconteceu, o motivo de terem escondido de mim o que viviam, o motivo de não terem feito como os pais de Lia, me deixando viver minha vida sem que eu me intrometesse. Preferiram me criar em uma mentira, na qual eram pais amorosos, e eu tivesse o peso de estar sempre à procura de aprovação, de não se preocuparem. Até aí estava tudo bem, não é? Mas quando eu quis algo muito mais do que a aprovação de vocês é que se mostraram as verdadeiras pessoas que são. Eu fico imaginando se sou realmente filha de vocês, porque não entra na minha cabeça que um pai entregue o paradeiro do homem que eu amava para que ele recebesse uma lição, podendo ser até morto. Será que não passou por suas cabeças que poderiam me machucar mais do que machucaram? Será que não pensaram que esse mundo não é um colegial onde amiguinhos se vingam um do outro por coisas banais, mas sim de homem cruéis que querem sangue em troca de sangue? Agora, por tudo que aconteceu, a minha cabeça está a prêmio e vocês não se deram ao trabalho de me alertar. O que vocês têm a me dizer sobre isso? Será que há uma explicação?

Se não fosse a estática, o silêncio do outro lado da linha me enlouqueceria. Se não sentisse a presença dele ao meu lado, provavelmente não suportaria dizer tudo tão alto e claro. Pensei que me ignorariam mais uma vez, mas, quando ouvi um pigarreio característico do meu pai, soube que teria alguma resposta.

— O problema é que você deveria nos escutar com mais vontade e obedecer às ordens que lhe são dadas, não se envolver com bandidos. Qualquer pai faria o que eu fiz.

— Você não nega, então, que foi o responsável pelo nosso sequestro?

— Não seja dramática, Carina. Você está bem depois de tudo.

— E o Fabrizio?

— Ele iria morrer cedo ou tarde. Sua morte foi apenas uma consequência das escolhas que ele fez. — Sua voz fria era irreconhecível para mim, o que causou muita dor em minha alma.

— Oh, Deus! Não acredito que sou sua filha. Como pude me enganar tanto a vida inteira?

— *Você somente enxergou o que queria. Agora chega de drama e fica quieta onde está, já estou resolvendo tudo. Entro em contato assim que tudo se acalmar.*

E a linha ficou muda. Eu não ouvi uma palavra da minha mãe, o que queria dizer que ela concordava com tudo. Ele não queria saber se eu estava bem, como e por quem havia recebido tais notícias. Não estava nem se sentindo culpado por eu ter sido jurada de morte. Onde estavam os pais amorosos que eu conheci minha vida inteira?

— Carina?

Levantei a cabeça ao som do meu nome sendo chamado, mas realmente não estava conseguindo assimilar nada direito. Parecia alheia à realidade que havia desabado em minha cabeça. Conseguia apenas visualizar o rosto de Enzo me observando com atenção e cuidado.

Meu coração parecia despedaçado de verdade; não era apenas uma forma de falar. Em minha mente, havia apenas dúvidas e perguntas não respondidas que talvez nunca tivessem uma explicação.

— Por quê? O que eu fiz de errado? Não consigo entender!

Seu rosto bonito estava tão abatido que parecia ele a receber toda a carga em seu emocional. Enzo suspirou e se agachou ao meu lado. Ele pegou o celular da minha mão, que eu nem havia percebido que ainda segurava, e o colocou no chão. Entrelaçou os dedos nos meus e levou-os aos lábios, dando um beijo suave.

— Como você poderia ter feito algo se viveu sua vida tentando agradar a todos? Eu não entendo isso, estou tão confuso quanto você, mas não posso deixar que se culpe e martirize dessa forma.

— Talvez esse tenha sido meu erro. Não há uma pessoa no mundo que consegue agradar a todos, não é?

Ele negou com um aceno e sorriu serenamente. Parecia que estava lidando com uma criança assustada, tamanho o seu cuidado.

— Não, meu amor. Por mais que você tente, nunca será possível agradar a todos. Vai ficar só se machucando no caminho se insistir em ser assim. Tem que ser fiel a quem nasceu para ser. E sobre seus pais: eu realmente não sei o que está acontecendo. A única coisa que posso te dizer com certeza é que os homens da máfia são assim mesmo, acostumados a controlar tudo. Talvez seja isso que está incomodando Luciano.

Era doce a forma como ele tentava explicar a falta de amor do meu pai. Luca, mesmo sendo o chefe de uma organização criminosa, nunca deixou de ser amoroso e o melhor pai. E ainda que em seus últimos anos de vida eles tenham se afastado um pouco por conta da pressão que Enzo vivia diariamente, nunca deixou de se preocupar com o filho. Na verdade, ele morreu para protegê-lo.

— Obrigada. — Percebi, naquele momento, olhando nos olhos do homem que mais amei na vida e também que me machucou tanto, que poucas pessoas no mundo se importavam comigo, e ele era uma dessas pessoas. Havia se arriscado atravessando oceanos para cuidar de mim.

Enzo estendeu a mão e passou os nós dos dedos em meu rosto, o sorriso em seu rosto de pura adoração.

— Tá me agradecendo por quê, princesa?

— Por não ter desistido de mim.

Meu coração acelerou quando ele parou a carícia e deixou sua mão cair no meu colo, os olhos dele, sempre tão intensos, nublados de tantos sentimentos. Prendi a respiração, esperando o que quer que ele diria em seguida, o que pareceu uma eternidade até que sua voz rouca ecoou na sala.

— Eu nunca vou desistir de você, Carina. Não vou desistir de nós.

CAPÍTULO VINTE E SEIS

Enzo Gazzoni

Os olhos dela brilhavam e Carina entreabriu os lábios, expulsando o ar devagar. Eu queria beijá-la, levá-la para o quarto de novo e fazê-la entender de uma vez por todas o quanto significava para mim. Estava pronto para isso. Mesmo que tivesse que estragar tudo que trabalhei durante todos esses meses, seria capaz de qualquer coisa para ter o seu perdão, recomeçar a nossa história, viver o nosso amor.

Mas claro que nada poderia ser tão simples para um amaldiçoado como eu.

Meu celular vibrou, cortando nossa conexão, e foi automático olharmos para a tela que se acendeu. O envelope sem nome precedia coisas ruins. Eu sabia de quem era, recebi mensagens dele por meses com ameaças vazias, mas que, de uns tempos para cá, começaram a ficar sérias demais. Sem pensar direito, peguei o aparelho do sofá e desbloqueei a tela, mas, quando abri, me arrependi imediatamente de tê-lo feito na frente dela.

Na mensagem, havia a foto do corpo de um homem que havia sido torturado e morto, um homem que eu conhecia bem. E Carina também...

— Meu Deus, é o Bryce? Meu primo Bryce? — Ela ofegou e imediatamente seus olhos se conectaram com os meus, desesperados à procura de uma resposta. — Enzo?!

Ela falava alto, mas eu não conseguia me forçar a respondê-la. Aquela imagem era um aviso, um alerta para mostrar quem estava no controle. Muito mais do que uma ameaça, a foto de Bryce era uma promessa.

— Enzo?

Levantei a cabeça e observei Carina, que parecia desolada. Seus olhos estavam arregalados e percebi o medo tomar seu rosto tão bonito. Pigarreei e me forcei a falar, apesar da raiva e do desespero que cresciam dentro de mim.

— Sim, Carina. Sinto muito.

— Mas, por quê? O que aconteceu? Quem te mandou essa foto?

Ela estava angustiada por respostas, mas eu não podia lhe dar todas, mesmo porque não sabia de todas elas. Levantei minhas mãos, pronto para lhe dar o carinho de que precisava. Apesar da cólera que se apossava do meu corpo, com Carina, eu conseguia sufocar o monstro que estava sempre pronto para sair. Envolvi seu rosto em minhas palmas e encostei a testa na dela. De olhos fechados, Carina respirava rapidamente.

— Ainda não sei, amor. Mas vou descobrir, te prometo isso, ok?

Carina abriu os olhos e me encarou um pouco mais calma, ou pelo menos parecia, o que devia ser bem diferente da realidade. Ninguém normal lidaria com aquilo com tranquilidade.

— Precisamos voltar agora!

— Henrique! — A voz dela estava rouca de emoção e também temor pelo tio.

— Sim.

— Ah, meu Deus!

Sabia que estava abalada com o que havia acontecido, e me repreendi por não a ter poupado de ver o primo naquele estado, mas não podia ficar pensando nos "e ses", precisava de sua ajuda. Tínhamos que partir o mais rápido possível, estávamos vulneráveis ali.

— Você consegue se aprontar em duas horas?

Ela olhava para mim, mas não me via realmente. Estava perdida nas emoções sombrias que, mais uma vez, invadiam nossa vida.

— Carina?

Ela levantou os olhos, temerosa, mas pude ver a coragem da mulher pela qual me apaixonei brilhar em seus olhos. Ela estava pronta para enfrentar uma guerra se fosse preciso.

— O que acontece agora, Enzo?

— Não sei, mas te prometo que ninguém vai te machucar. Confia em mim?

Ela assentiu com convicção e pude ver em seu rosto a realidade disso. Não podia evitar de ficar feliz com isso.

— Ótimo! Envie uma mensagem de despedida para seus amigos, mas não se explique muito, por favor.

— Tudo bem. E a faculdade? Preciso trancá-la ou vou acabar sendo reprovada.

Droga, não tinha pensado nisso e ela não podia mais perder nada por minha causa. Seus estudos já haviam sido atrasados demais. Então me lembrei do meu informante, ele poderia tomar conta disso. Afinal, era muito bem pago para fazer o impossível, se fosse preciso.

Peguei meu telefone e, olhando para ela, disquei o número dele. No segundo toque, ele atendeu com a voz um pouco baixa.

— *Senhor Gazzoni?*

— Preciso que tranque a faculdade de Carina.

— *Como assim? Aconteceu alguma coisa? Soube que ela foi atropelada.*

A raiva que eu havia contido desde que soube que ele havia passado dos limites veio à tona e me levantei. Andando até a janela, apoiei a palma da mão na parede e tensionei todo o meu corpo, tentando me controlar.

— Você não faz perguntas, é pago para fazer o que eu mando e ponto final. Quero que tranque a faculdade dela, e espero sua resposta em até três dias, senão terá consequências. Você ultrapassou limites demais.

Desliguei o telefone e o joguei em cima da mesa, mas minha vontade era de quebrá-lo em pedacinhos; isso ou a cara do babaca.

— Enzo, com quem você estava falando?

Eu não poderia respondê-la ainda. Estava irritado demais, enciumado demais para inventar qualquer desculpa que ela pudesse engolir.

— Sua faculdade será trancada, não se preocupe com isso. Agora, por favor, arrume suas coisas para irmos. Vou reservar nosso voo.

— Pode, por favor, olhar para mim?

Eu não queria, porque, se o fizesse, me lembraria das mãos daquele maldito em cima dela e não sei se Carina gostaria de me ver com ciúmes naquele momento. Nem o direito de agir dessa forma eu tinha, porque, afinal, eu a havia afastado, magoando seu coração. Deveria mesmo era estar agradecido por ter seguido com sua vida e não ficar presa a alguém que não poderia lhe dar praticamente nada.

Virei devagar e não consegui esconder dela o que se passava dentro de mim.

— Quem era ao telefone?

— Alguém que fará o que eu mando. — Não pretendia que minha voz saísse tão forte daquele jeito. — Eu vou sair e já volto.

Tinha que me afastar um pouco, tirar aquela imagem da minha cabeça. Só que eu deveria saber que ela não deixaria as coisas como estavam. Assim que passei ao seu lado, Carina segurou meu braço, me impedindo de seguir até a porta.

— Enzo, quem era ao telefone? Não quero mentiras, essa pessoa me conhece e você não está muito feliz com isso. Quem era?

Ela não tinha culpa da minha insensatez, nem do ciúme sem sentido que eu sentia. Mas eu era apenas um homem apaixonado que morria de ódio por saber que outro homem a havia tocado, e um que eu mesmo havia colocado em sua vida.

— Ele é apenas um filho da mãe que, se eu tivesse como pôr as mãos nele agora, não seria nada bonito, *cara mia*.

— Por que esse ódio? O que esse cara fez?

Minha respiração estava rápida demais, meu coração parecia descontrolado e percebi o exato momento em que eu poderia estragar tudo. Desvencilhei meu braço de sua mão delicada e a enlacei pela cintura, colando seu corpo ao meu, fazendo com que assim acalmasse um pouco a minha vontade assassina de ferir o idiota. Carina Agnelli estava em meus braços, ela era minha!

— Ele foi burro o bastante para tocar você, foi estúpido a ponto de achar que poderia encostar em você e que eu deixaria por isso mesmo. Foi idiota demais para perceber com quem estava lidando.

Percebi que ela estava mexida com a nossa aproximação, mas tentava focar no que eu havia dito. Seus olhos foram se arregalando e notei o exato momento que ela se deu conta de tudo.

— Você tá falando do Arthur? Por que você estava falando com Arthur ao telefone? Por que ele trancaria minha faculdade?

Eu sabia que ela não ficaria feliz com a minha resposta e, provavelmente, surtaria, o que complicaria o que já estava certo. Eu e minha mania de deixar os sentimentos tomarem o melhor de mim. Mas ela não aceitaria menos que a verdade.

Respirei fundo e a soltei, me afastando um pouco, porque eu tinha amor à vida. Conhecia Carina o suficiente para saber que a mistura de sangue italiano com brasileiro era quase fatal.

Virei de costas novamente e segurei minha cabeça com as duas mãos, tentando descobrir uma maneira de falar sem que parecesse tão ruim quanto era.

— Enzo?!

Droga! Me virei e a encarei com intensidade em meu olhar.

— É aquele idiota metido a salvador. Ele é meu informante, me manteve a par de tudo que acontecia com você, me mandou fotos, me disse cada passo seu. Era apenas para ele te vigiar para que nada ruim te acontecesse, mas o filho da puta se encantou por você. — Sorri com raiva. — Como não o faria? Eu devia ter previsto. Você é uma mulher incrível e estava ferida. Ele se aproveitou disso para tirar vantagem e eu quero matá-lo por isso.

Eu estava ofegante àquela altura e apenas esperava pela explosão.

— Você colocou Arthur para me vigiar? Você colocou alguém para me espionar todos esses meses em que fiquei sofrendo por sua falta e não teve a coragem de aparecer você mesmo para reparar seus erros?

Em sua voz doce havia muita dor e revolta, e percebi até um pouco de decepção. Sabia que devia a ela toda a verdade que envolvia o que vivemos, e daria se pudesse, mas ainda não era o momento. Ainda mais com o que estava acontecendo em Nova York.

— Eu teria vindo se pudesse, Carina. — Respirei fundo e baixei a cabeça, me virando para não ver mais seu rosto ferido. — Se arrume logo, saímos assim que eu voltar.

Saí antes que as coisas se complicassem ainda mais. Será que um dia eu conseguiria me redimir de tudo que fiz essa mulher sofrer?

CAPÍTULO VINTE E SETE
Carina Agnelli

Fiquei alguns minutos tentando controlar a minha vontade de correr atrás dele e exigir que me desse uma explicação melhor. Porém, além de ter acabado de sair do hospital, eu precisava pensar mais antes de agir. Não podia ser impulsiva e correr riscos, as coisas estavam mais complicadas para ceder aos meus impulsos e extravasar a minha raiva.

Como tudo havia chegado a esse ponto? Como minha vida tinha se resumido a viver vigiada e ter que me esconder para não ser morta?

Respirei fundo, buscando colocar meus sentimentos em ordem e focar no que precisava fazer. Tínhamos pouco tempo e ainda pesava o fato de que meu primo havia sido torturado e assassinado. Pobre tio Henrique, devia estar desolado. Bryce era seu único filho e ele o amava mais do que qualquer coisa. Porém, eu não entendia como um pai deixava que seu filho se envolvesse num mundo como o que eles viviam. Mas, pelo pouco que conheci da família Gazzoni, os meninos não viam uma saída, era como se estivessem condenados a entregar-se a um destino que não escolheram.

Na verdade, eu não sabia de praticamente nada, se fosse pensar na grandiosidade de toda a organização e seus inimigos. Não tinha ideia de qual era a família rival dos Gazzoni, que os odiava tanto a ponto de condenar alguém que não tinha nada a ver com aquele mundo.

O que aconteceria dali por diante? Como viveríamos com a sombra da morte à nossa volta? Eu não sabia no que pensar, como me sentir, havia apenas uma coisa que tinha certeza: nada seria como antes.

Virei em meus calcanhares, peguei minha bolsa e a mochila, e fui até o quarto que ocupei na noite anterior. A lembrança do que havia acontecido há apenas algumas horas fez com que eu pensasse na fragilidade da vida. Poucas horas antes do atropelamento, me entregara ao que sentia sem pensar nas consequências, agora, meu primo havia morrido e meus sentimentos estavam mais confusos do que nunca.

Sentei-me na cama macia e peguei meu celular da bolsa; não queria ligar para Lia, mas precisava dar satisfação da minha partida. Disse que ainda demoraria um pouco e que nos veríamos antes de ir, porque as coisas nem sempre saem como queremos. Se não fosse a minha amiga, não sabia o que teria sido de mim quando meu coração havia sido despedaçado.

Não sabia o que dizer nem o que poderia contar. Então decidi pelo óbvio e no que ela acreditaria.

"Amiga, estou voltando para Nova York com Enzo hoje mesmo. Não sei quando volto. Assim que chegar lá, te mando notícias. Obrigada por tudo que fez por mim, te amo!"

Desliguei o celular porque sabia que assim que ela visse a mensagem me ligaria de volta pedindo explicações. O melhor era dar um tempo para que tudo se acertasse antes de nos falarmos.

Não sabia como as coisas ficariam dali para frente. Não poderia voltar ao apartamento para pegar mais nada, não tinha nem ideia do que poderia levar na viagem e o que tinha na mochila era pouco para o tempo que provavelmente ficaria. Teria que comprar roupas lá em Nova York, mas não gostava muito da ideia de ir sem praticamente nada na viagem. Por curiosidade, resolvi abrir o armário do canto do quarto. Para minha surpresa, estava cheio de roupas bem parecidas com as que eu usava atualmente.

— Pelo jeito, Arthur fez seu trabalho muito bem. — Eu estava com raiva de que até sobre as minhas roupas ele havia relatado ao Enzo, o que explicava aquele monte de coisa.

Eu era uma idiota por confiar nas pessoas, por me sentir mal por ter feito o coitado do Arthur sofrer quando lhe dei o fora, quando, na verdade, ele estava se aproveitando da situação.

— Não foi ele. — Me assustei com a voz de Enzo e me virei, observando-o entrar no quarto. — Quando vi suas fotos que ele me enviava, não pude deixar de reparar que a forma como se vestia havia mudado, sem contar no tempo que venho te observando desde que cheguei ao Brasil, então, fiz algumas compras com a esperança de que, se você não quisesse mesmo voltar comigo, eu a traria para cá para que pudesse cuidar de você melhor, e acabei comprando um guarda-roupa novo.

Ele me olhava com atenção, captando cada reação minha. Eu queria estar com mais raiva, gritar e brigar, mas, para minha frustração, não conseguia. Apenas senti que Enzo estava tão desconfortável quanto eu com a situação.

— Nossa, mas tem muita coisa aqui. É mais do que *eu* tenho.

— Então foi útil a minha ida ao shopping.

Era difícil imaginá-lo escolhendo pessoalmente as roupas e, para o meu constrangimento, ele sabia o tamanho exato que eu vestia. Enzo deu um sorriso de lado, aproximando-se.

— Tem uma mala aqui em cima. Leve o necessário. Se precisar de mais por lá, a gente dá um jeito.

Tirou a mala grande de cima do guarda-roupa e colocou-a em cima da cama, depois, me olhou, esperando por minha resposta, ou quem sabe um surto, mas eu estava cansada de brigar, por enquanto.

— Tudo bem.

Enzo respirou fundo e baixou a cabeça, balançando-a de um lado para o outro.

— Carina, eu sinto muito por tudo. Nunca quis nada disso para você. Ainda sinto como se estivesse apenas atrapalhando a sua vida.

Sorrindo, eu o observei se culpar e carregar as dores do mundo inteiro nas costas.

— Esse é o seu problema. Acha que a escolha foi sua, quando, na verdade, quem te quis fui eu. — Ele nunca entenderia que, se eu não o quisesse, não teria ficado com ele. — Se me der licença, preciso me arrumar logo.

— Tudo bem. Já peguei todos os seus documentos. Usaremos passaportes novos para deixar o país.

— Por que isso?

Enzo tinha aquele olhar estranho e sombrio, o olhar que conheci na noite em que fez de David Harris um saco de pancadas.

— Não quero surpresas no avião. Partiremos em uma hora. — E saiu do quarto sem dizer mais nada.

Já era noite quando embarcamos e chegamos na manhã seguinte. A volta para Nova York foi, no mínimo, estranha. Enzo estava quieto, distante e muito frio. Os documentos que ele tinha eram perfeitos e pareciam originais. Pelo que percebi, já deve ter chegado ao Brasil com identidade e passaporte falsificados para mim.

Eu não sabia o que pensar. Pisar naquela cidade novamente me trazia sentimentos dolorosos e, ao mesmo tempo, memoráveis. Vivi momentos extremos ali e não sabia o que o futuro me reservava.

Havia um carro e um homem que eu não conhecia à nossa espera. Ele evitava me olhar e falava poucas coisas com Enzo.

Assim que chegamos ao bairro que a família Gazzoni comandava, ele ficou mais relaxado, e eu, mais tensa. Quando nos aproximamos da casa dos meus pais, senti meu coração apertar e não percebi que estava me encolhendo no banco até sentir a mão de Enzo sobre a minha. Olhei para ele, que me observava com afeto e conhecedor do que eu estava sentindo.

A rejeição e a frieza das pessoas que eram meu sangue havia me magoado muito mais do que tinha percebido.

— Não precisa se preocupar com nada. Eu vou te proteger. Nem eles seriam capazes de te machucar.

— Você não pode me prometer isso. Não está em seu poder, a prova disso é a morte de Bryce. Você sabe que é um aviso.

Enzo apertou o maxilar e um músculo pulsou em seu rosto bonito. Vi seus olhos escurecerem no espaço de um segundo.

— É aí que você se engana. Tudo que sou e faço é para te proteger.

Tinha a impressão de que ele falava muito mais do que as palavras queriam dizer de verdade. Mas não pude questioná-lo porque o carro já estava parado em frente à sua casa.

Ele saiu e deu a volta, abrindo a porta para mim. Estávamos no meio de novembro e, embora ainda fosse outono, eu sentia como se estivesse novamente no meio do Ártico. Apesar de estar agasalhada, acabei me encolhendo de frio, até que senti o braço forte de Enzo me puxando para seu corpo quente.

— Você nunca vai se acostumar ao clima daqui, né?

— Não.

Ele sorriu e assentiu.

— Vamos lá. Tá pronta?

— Não, mas eu vou mesmo assim.

— Essa é a minha garota.

Enzo me abraçou e percorremos o caminho de pedra que levava até a porta da frente da mansão Gazzoni. Assim que entramos, senti um arrepio em meu corpo como um mau pressentimento, era como estivesse sendo avisada para que não esperasse por coisas boas. E não deu outra, ouvimos alguns murmúrios e, quando chegamos à sala, senti como se meu coração estivesse sendo pisoteado no peito.

Tio Henrique tinha a cabeça baixa, estava sentado no sofá e chorava audivelmente. Frágil, desolado... sozinho.

Um dos rapazes da gangue se aproximou e cumprimentou Enzo com um aperto de mão. Acenou para mim e olhou para Henrique.

— Ele está assim desde que recebeu a mensagem com a foto. Ninguém consegue fazê-lo largar o celular.

— E o corpo? Já entregaram?

— Negativo.

Enzo apertou-me um pouco mais em seu corpo e pude sentir toda a tensão que estava tomando-o.

— Mas agora vão, estavam esperando apenas que eu retornasse. — Enzo olhou para mim e sorriu tristemente. — Vai lá, seu tio precisa de você.

Eu não sabia o que me segurava até então, mas percebi que estava com medo e triste por tudo que aconteceu. Soltei-me dos braços de Enzo e corri para me sentar ao lado de Henrique. Estendi minha mão e envolvi a dele, que segurava o celular com força.

Ele levantou a cabeça e percebi que havia chorado a noite toda, seus olhos escuros estavam inchados e não parecia o homem forte que conheci minha vida inteira.

— Minha menina. — Sua voz estava rouca e embargada.

— Tio, sinto muito. A culpa é minha, se não fosse por meu pai, nada disso teria acontecido.

Ele fez uma careta e apertou minha mão de volta em reconhecimento ao meu apoio.

— Não, Carina. Cedo ou tarde, iria acontecer, só achei que teria mais tempo com o meu filho, mas Bryce era da família. Não temos um seguro de vida muito bom. — Suas palavras amargas só fizeram eu ter certeza de que, por mais que achasse que não havia saída, ou que estando no meio era uma forma de proteção, devíamos fazer o possível para trilhar sempre o caminho certo.

Uma hora nossas dívidas são cobradas.

— Como você está?

— Como se tivessem arrancado meu coração. Eles o fizeram sofrer. — Percebi que saber do sofrimento era o que mais doía nele.

— Foi por causa do que meu pai fez?

Tio Henrique olhou para Enzo, acenou para ele e enxugou as lágrimas com o dorso da mão. Sorriu tristemente e acariciou meu rosto.

— Não sei ao certo, meu amor. Mas não se preocupe com isso, tudo bem? Eu vou superar. Se me der licença, preciso acertar tudo para o enterro. O corpo dele deve chegar logo, agora que o chefe voltou.

Henrique levantou-se e deu a volta, passando por todos os homens que provavelmente o acompanharam a noite toda, e sumiu para dentro da casa. Fiquei sentada esperando que alguma coisa me mostrasse um caminho com luz, mas nada vinha e só conseguia enxergar mais dor e sofrimento.

CAPÍTULO VINTE E OITO
Enzo Gazzoni

Por mais que devesse estar acostumado àquele tipo de coisa, não conseguia lidar com a morte com facilidade. Vivia em um mundo onde a vida não valia muito, e, com o tempo, já não deveria sentir tanto quanto eu sentia, contudo, doía muito cada vez que precisava ver um caixão sendo baixado em uma cova fria.

E estar naquele lugar mais uma vez, enterrando um amigo, apenas aumentava a impotência de não poder fazer nada. A falta de controle me sufocava. Acreditava que nunca conseguiria encarar a morte como algo natural, não vivendo da forma que vivia.

Henrique estava despedaçado, e acho que não se recuperaria tão cedo. Ele disse a Carina não saber o porquê da morte do filho, mas nós dois sabíamos quem estava por trás e o motivo pelo qual havia feito. Não me esqueceria das palavras dele antes de recebermos o corpo de Bryce.

— *Nada fica impune, garoto.* — Em seus olhos, pude ver a promessa de um pai ferido que acabara de perder o único filho. Podia ver o remorso e a culpa, juntamente com a sede de vingança. — *Eu poderia tê-lo impedido de entrar nessa vida, poderia tê-lo deixado morar com a família da mãe dele, mas fui egoísta e quis aproveitar a bênção de ser pai. Acontece que me esqueci de que viver nesse mundo tem consequências. Espero que não cometa o mesmo erro que eu e seu pai. Você tem que quebrar o círculo da morte. Está em suas mãos, porque as minhas irão ser manchadas de sangue pela última vez.*

Um arrepio subiu pela minha espinha com o que ele disse. Henrique sabia muito bem que não poderíamos revidar da forma que ele queria. Nossas mãos estavam atadas, mas seu luto o impedia de ver como o homem sensato que sempre foi. A perda do filho havia lhe tirado toda a cautela pela qual trabalhou a vida toda. Se Henrique Agnelli ainda estava vivo depois de ser o braço direito do chefe da organização Gazzoni, era porque nunca agia com impulsividade ou emoção. Porém, não havia lhe restado mais nada.

Eu, na verdade, estava cansado de viver uma vida que não queria, esgotado de tanta violência e dor, e estar ali, naquele lugar, apenas me trazia lembranças tristes e dolorosas demais para recordar.

Carina se manteve afastada nos dois dias que demorou para que conseguíssemos preparar o corpo do primo, não fez perguntas ou expressou sentimentos. Ficava em seu quarto, lendo um livro, ou ia para o quintal brincar com os cachorros. Mas em nenhum momento ela se pronunciou, ou, quando eu tentava puxar assunto, não se alongava muito na conversa. Naquele dia em especial, ela estava mais reservada ainda, não ficou ao lado do tio ou perto demais da cova. Estava a uns bons metros de distância, vestida com um casaco preto com capuz que ocultava parcialmente seu semblante triste.

Mesmo de longe, eu conseguia decifrá-la, sem contar que a observei todo o trajeto até o cemitério.

Em seus olhos, pude ver o quanto estava sofrendo por seu tio, mas também as lembranças que inevitavelmente retornavam, machucando seu coração.

Me lembrei do dia em que a feri e desejei poder voltar no tempo. Não conseguiria fazer tudo de novo. Não poderia ser obrigado a machucá-la daquela forma. Carina já havia sofrido demais e não merecia nada do que ainda precisaria viver.

Em certo momento do funeral, ela deu as costas e se afastou, não querendo ver o corpo de um ente querido sendo baixado naquele buraco.

Assim que a última pá de terra foi jogada em cima do caixão de Bryce Agnelli, fui à procura dela.

E como imaginei, estava em frente ao túmulo do meu pai e Fabrizio. De cabeça baixa, ela estava de olhos fechados, fazendo uma oração por suas almas. Senti um aperto no peito e me obriguei a não tentar consolá-la. Me contentei em observar o seu perfil, admirando a mulher linda que eu havia tido a sorte de amar.

Demorou alguns minutos até que ela abriu os olhos e virou o rosto para mim.

— Nunca imaginei que teria que enfrentar a morte tantas vezes em um espaço de tempo tão curto. — Ela levantou os olhos até mim e percebi que estava chorando, seu semblante carregado de tristeza e pesar. — Como você consegue viver nesse mundo e conviver com a dor tantas vezes?

Me aproximei devagar e parei ao seu lado, observando as lápides que pouco diziam sobre os homens incríveis que ali eram mencionados.

— A gente não se acostuma com a morte, Carina. Apenas a aceita porque é inevitável, assim como respirar. Um dia, todos nós iremos, de uma forma ou outra. Sei que essa não é a melhor maneira de partir, mas existe alguma maneira de ir que possamos aceitar? Para quem fica sempre será doloroso. Mas não acho que me acostumei com isso.

Ela engoliu em seco e tirou o capuz da cabeça, respirando fundo.

— Acho que nunca vou conseguir aceitar. Seu pai ainda tinha muito o que viver, vocês tinham que reconstruir o relacionamento de vocês. E Fabrizio? Deus, não consigo aceitar de maneira nenhuma. Você sabia que Jill tinha pedido para ele deixar a família e fugir com ela?

Carina me encarava com um sorriso leve nos lábios, como se estivesse se lembrando de algo muito especial. Imaginava que poderia ser qualquer bobagem que meu primo havia dito a ela.

O que revelou era novidade para mim. Não sabia desse pedido e imaginei como seu coração ficou dividido. Sempre fiel à família, não deve ter sido fácil ter que escolher entre o amor da sua vida e a lealdade aos Gazzoni.

— Não sabia.

— Pois é, no dia que tudo aconteceu, ela deu um ultimato a ele. Por isso sua reação quando soube o que tinha acontecido foi tão "conformada". Ela não conseguia acreditar que ele havia partido e que a última coisa que disse para o homem que amava era que, se ele escolhesse a máfia, iria deixá-lo. O pior é que ela nunca saberá o que realmente ele teria escolhido. Não deu tempo de se acertarem.

Sabe quando você sente que poderia passar anos, mas uma dor sempre será uma dor e nunca cessará? Sabe quando se sente culpado por milhares de coisas e não pode consertar nenhuma delas? Era dessa forma que me sentia a respeito de Jillian e Fabrizio, nunca poderia remediar o que perderam.

— Ele teria escolhido Jillian, com certeza. Brizio amava aquela loira esquentadinha.

Carina sorriu e virou o rosto para olhar a lápide de Fabrizio.

— Ela nunca saberá e isso a está deixando louca. Jill foi embora, Enzo.

— Como assim?

— Parece que, antes de morrer, Fabrizio deixou um dinheiro pra ela, que não queria nem saber dele de jeito nenhum, o julgava sujo. Mas, depois do meu atropelamento, percebeu que precisava se distanciar de tudo que a lembrasse do que viveu e perdeu. Então, ela foi viajar, dar a volta ao mundo à procura de um sentido para viver, segundo ela, buscando uma fuga para dor.

Eu a entendia. Desde que Carina tinha ido embora, Jillian havia se distanciado. Claro que estranhei como estava conformada no enterro e até depois. Nunca havia me questionado nada do que tinha acontecido naquele dia. Ela parecia saber, ou até mesmo aceitar. Só que, na verdade, ela se culpava por tê-lo pressionado e o perdido sem que tivessem a chance de se acertar.

— Acho que será bom para ela esquecer um pouco tudo que a atormenta.

Carina olhou para mim com um sorriso triste em seu rosto bonito e balançou a cabeça, como se estivesse conformada com o que a vida havia lhe dado. Eu não a queria assim, ela era lutadora e não deveria aceitar menos do que merecia.

— Seria bom para todos nós. — Respirou fundo e mordeu os lábios, cruzando os braços para se proteger do frio e do futuro incerto que nos aguardava. — Estou com medo, Enzo.

Carina tinha as duas mãos fechadas e apertava os punhos como se tentasse segurar algo entre seus dedos. Estendi a mão direita e afaguei a sua, tentando fazer com que relaxasse.

— Também estou.

— O que será das nossas vidas agora?

Era uma pergunta que eu me fazia cada vez que abria os olhos.

— Não sei. A única coisa que posso prometer é que não vou te deixar sozinha novamente.

Ela sorriu de uma forma que me deixava encantado. Um sorriso de covinha, parecia uma menina, os cabelos curtos a deixando como uma mulher fatal e irresistível sim, mas ainda mais linda do que eu me lembrava.

— Acho que posso viver com isso. — Em sua voz doce, pude perceber a esperança e a confiança que depositava em mim. Ela estava se abrindo novamente e eu faria de tudo para que acreditasse em meus sentimentos novamente.

— Pronta para ir?

— Sim.

Abracei-a e trilhamos o caminho de pedra com esperança de que pudéssemos viver sem ter a sombra da morte à nossa espera.

E eu esperava nunca ter que quebrar esta promessa.

CAPÍTULO VINTE E NOVE
Carina Agnelli

Por mais que eu não quisesse ver meus pais tão cedo, sabia que precisaria enfrentá-los uma hora ou outra.

Não me surpreendi quando não os vi no enterro de Bryce. Pelo que conheci dos meus pais nos últimos meses, percebi o tipo de pessoa que eram. Fiquei quase uma semana pensando se era preciso mesmo confrontá-los, mas não consegui me impedir de ficar pensando sem parar no que eles teriam coragem de dizer sobre tudo que me fizeram sofrer olhando nos meus olhos.

Em algum momento, liguei meu celular e vi que havia poucas mensagens de Lia. Ela não estava surtando, nem mesmo ameaçando matar Enzo. Parecia calma e apática, o que me deixou preocupada.

Em uma de suas mensagens, ela dizia:

"Sinto muito por tudo que você precisou passar, minha amiga. Mas tenho certeza de que tudo irá se acertar. Tenha fé. Te amo muito!"

Em outra, ela parecia distante.

"Como está tudo por aí? Mande notícias!"

Queria perguntar a ela o que achava da minha situação, mas não poderia fazer isso sem lhe contar tudo que estava por trás e não queria envolvê-la.

Enzo havia saído com tio Henrique há algumas horas e ainda não tinha dado nenhum sinal. Nós estávamos nos dando bem, apesar dos olhares intensos que ele dirigia a mim, mas não havia se aproximado e fazia exatamente o que eu pedi. Não sabia como me sentir a respeito disso.

Sentia-me sufocando e, movida por puro impulso, levantei e saí pelos fundos. Sabia que os seguranças me veriam e não tinha ideia se me barrariam. Mas a vizinhança era dominada pelos Gazzoni, por isso era seguro andar pelas ruas.

Percorri a distância que separava a casa dos meus pais da casa de Enzo com milhares de coisas na cabeça. Não sabia como seria recebida, mas com certeza não imaginei que acontecesse da forma que foi.

Assim que pisei na cozinha, vi que minha mãe estava preparando o almoço e fiquei observando-a. Tão bonita, mas apagada. Se parasse para pensar, minha mãe foi se extinguindo ao longo dos anos e eu nem percebi.

Em algum momento, ela me viu parada ali e não soube muito bem como reagir. Percebi em seus olhos que sofria, mas ao mesmo tempo estava assustada.

— O que você está fazendo aqui, Carina?

Senti meu coração descompassar com as palavras frias e estranhas dela. Juro que tentei imaginar uma cena na qual eles se explicavam e eu entendia o motivo de tanta mentira. Que, pelo menos, minha mãe demonstrasse o quanto me amava. Mas suas palavras eram tão acusatórias que imediatamente me arrependi de ter ido até lá.

— Eu vim te ver, mãe.

— O que veio fazer em Nova York? Você precisa sair, não pode ficar aqui. Vá embora!

Seus olhos estavam vidrados e ela parecia que poderia enlouquecer a qualquer momento. Ela olhava para a porta, que dava para a sala, e parecia um pouco agitada.

— Mãe?

— Vá embora! Você não tem que estar aqui. Não era para ter vindo. Por que é tão teimosa, Carina? Por que nunca se satisfez com uma vida confortável e tranquila? Tinha que nos arranjar problemas, não é? Sabia que seu pai levou um tiro antes de você ir por causa daquele seu namorado marginal? E você está com ele, né?

A tristeza e a dor que senti não era tão grandes quanto a raiva que me tomou. Suas palavras não eram da mãe preocupada e amorosa que conheci a minha vida toda.

— Você sabia que foi o meu pai que disse ao David onde estávamos? Você sabe de toda a traição que seu marido cometeu com os Gazzoni? Sabe que ele me condenou à morte quando desviou dinheiro que não devia? — falei alto, cansada de toda aquela nojeira. — E sabe-se lá mais o que o seu marido fez, e você ainda o defende.

Minha mãe tinha um pano de prato nas mãos e o jogou na bancada da pia, se aproximando de mim.

— Ele sempre foi um bom marido e pai, a única coisa que pediu foi para que obedecesse suas ordens. E você nunca foi uma menina fácil. Não sei onde errei ao te criar, Carina. Você é uma decepção!

Eu não reconhecia aquela mulher, não era a mesma, não mesmo. Como pude me enganar tanto?

— Você ouviu que estão querendo me matar por causa do papai? Fui atropelada, mãe. Se não fosse o Enzo ir me buscar, teria morrido no Brasil.

— Você é uma ingrata, Carina Agnelli! Ainda defende aquele marginal. Seu pai estava apenas cuidando do seu futuro. Fez tudo por você todos esses anos e você não pode fazer nada por ele?

Eu não podia acreditar. Será que ouvi direito? Ela não tinha nenhum remorso em dizer aquilo tudo.

— Se Enzo é um marginal, vocês também são!

Minha mãe nunca encostou um dedo em mim. Sempre foi rígida e queria que eu fizesse o que mandava, mas nunca me bateu. Até aquele dia.

Assim que as palavras saíram da minha boca, senti sua mão queimando em meu rosto. Não esperava por aquilo, tinha ido ali com a esperança de que tivesse me enganado e que eles estivessem com medo ou remorso, mas não foi o que encontrei. Eu não os entendia e nunca conseguiria entender.

Eu era apenas um meio de negócio, uma moeda de troca.

Olhei em seus olhos, tão parecidos com os meus, e me perguntei como pude me enganar. Aquele vazio sempre esteve ali. Será que ela sempre tinha sido daquela forma ou era mais um efeito colateral de viver com Luciano Agnelli?

— O que aconteceu com você?

Ela me olhava com desprezo, não parecia nem mesmo que éramos do mesmo sangue.

— Vá embora daqui e não volte até que seu pai mande.

Engoli em seco e senti que meu coração poderia se despedaçar a qualquer momento. Assenti e dei-lhe as costas. Parei, me virei e a encarei novamente.

— Não precisa contar para ele que estive aqui. Não voltarei! Adeus, mãe.

Pensei que ela se arrependeria e me chamaria de volta para que pudéssemos conversar, mas cheguei à casa de Enzo sem que ouvisse nem uma vez meu nome ser chamado. O portão abriu com um clique antes mesmo que eu apertasse o interfone. Entrei e me sentei em um banco no jardim. Coloquei as mãos no colo e senti meu corpo todo duro de dor e mágoa.

Minha vida tinha se partido, meu mundo perfeito, no qual eu tinha pais amorosos e preocupados, não existia. Tudo tinha sido fruto da minha imaginação que não queria aceitar as coisas como eram. Eu tinha sido apenas uma garantia.

— Carina?

Estava tão distraída com meus sentimentos tristes que não ouvi ninguém se aproximar. Levantei a cabeça e vi que Enzo me observava com o cenho franzido. Olhar em seus olhos azuis cheios de amor só me trazia a lembrança da frieza da minha mãe. Não consegui conter a torrente de emoções que ameaçavam explodir dentro de mim e comecei a chorar, sentida, soluçando, sem conseguir dizer uma palavra sequer.

— Deus! — ele exclamou e se sentou ao meu lado, abraçando-me pelos ombros. Sem cerimônia, encostei minha cabeça em seu ombro e deixei que as lágrimas lavassem aqueles sentimentos. — O que aconteceu? Aonde você foi?

A voz dele estava calma e Enzo não me criticava, apenas estava preocupado comigo. Tentei falar qualquer coisa, contar aonde tinha ido, mas as palavras simplesmente não saíam. Era como se algo impedisse que eu formulasse qualquer coisa que não fossem os soluços fortes de tristeza.

Passamos minutos, talvez horas, sentados. Demorou para que tudo se acalmasse dentro de mim, e Enzo não mexeu um músculo, não disse uma palavra. Ficou ao meu lado, me dando o ombro que eu precisava, abraçando-me para que eu não me sentisse sozinha. Ele me amava, eu sabia disso.

Quando minhas emoções acalmaram, senti que ele ainda acariciava meus cabelos com os dedos emaranhados nos fios, fazendo um carinho irresistível em minha nuca. Não sei o que aconteceu, mas acabei adormecendo e, quando abri os olhos, vi que estava em meu quarto, deitada na cama, coberta até o pescoço com o edredom grosso. Enzo estava deitado ao meu lado, todo encolhido, mas estava ali, pronto para o que eu precisasse.

Toda a dor e tristeza que senti ficaram oprimidas diante da grandiosidade que era ser amada por Enzo Gazzoni.

Fechei meus olhos e me entreguei ao sentimento de paz.

Acordei com carícias leves pelo cabelo, pescoço e braço. Não queria abrir os olhos e me dar conta que era apenas um sonho.

Depois de tantas lágrimas, dor e decepção, não podia ser real me sentir tão bem, não é?

Mas, ao abrir os olhos, vi que era real sim. Enzo me olhava com carinho e sorria de forma singela.

— Eu fiquei tentando me lembrar de você todas as noites nessa cama, de como era o toque da sua pele. — Passou a mão por meu braço e pescoço. — O seu perfume doce. — Aproximou-se e respirou em meu pescoço. — O sabor da sua boca.

Ele sorriu quando eu esperei que me beijasse. Engoli em seco quando não o fez e ficou só me observando.

— Um dos meus maiores temores foi que esquecesse de como você era de verdade. Não queria perder nenhum pedacinho seu, esse furinho no queixo. — Levou a mão até meu rosto, passando o polegar por meu queixo. — Fiquei com tanto ódio e também inveja por aquele babaca estar tão perto de você enquanto eu recebia apenas fotos e informações vagas que não aplacavam a minha saudade.

Fiquei tentada a perguntar o porquê de ter se mantido distante se sentiu tanto a minha falta, mas não queria estragar o momento, apenas apreciar seu amor.

— Eu tentei te esquecer.

Ele sorriu e respirou fundo, colocando uma mecha do meu cabelo atrás da orelha.

— Sei disso. Gostaria que tivesse conseguido. Não sou bom pra você.

— Você está dizendo isso, não eu.

Enzo assentiu e me puxou para seus braços de forma protetora, e sentir seu corpo, de forma tão inofensiva, ouvindo as batidas de seu coração, quase me fez chorar. Ele apoiou o queixo na minha cabeça e respirou fundo.

— Sim, e isso me torna ainda mais egoísta.

Ficamos abraçados por um bom tempo até que ele se levantou, dizendo que tinha coisas a fazer, mas que, no dia seguinte, poderíamos preparar o jantar juntos.

Eu mal podia esperar!

CAPÍTULO TRINTA
Carina Agnelli

Seria estranho se eu estivesse tão à vontade ao lado dele depois de sentir tanta dor e saudade? Seria estranho, depois de chorar em seu ombro por horas a fio e dormir ao seu lado, sentir como se nada pudesse me atingir? Seria estranho olhar para seu perfil e só pensar em beijar o seu maxilar e mordiscar aqueles lábios? Eu sentia falta do piercing...

— Por que você tirou o piercing, Enzo?

Ele pareceu se assustar com a minha pergunta, parou de cortar os tomates nos quais estava tão concentrado e arqueou as sobrancelhas, me observando com um sorriso no rosto.

Depois que Enzo deixou meu quarto na noite anterior, não o vi mais até que me convidou para prepararmos o jantar. Até cogitei a ideia de que ele tivesse se esquecido, ou estivesse fugindo, mas ele não é um homem que deixa de cumprir suas promessas.

— Não dava pra levar tanto soco na boca com o piercing, quase perdi um pedaço do lábio uma vez. Por que a pergunta?

Sabia que olhar era aquele, ele estava me desafiando a admitir algo que eu não queria.

— Nada, só fiquei curiosa. Ele parecia parte da sua personalidade, só isso. — Dei de ombros, tentando parecer desinteressada quando, na verdade, era o contrário.

Sabia que estava agindo com certa hipocrisia ao não querer admitir o que sentia quando Enzo era o único que se importava comigo. Porém, se fosse tão fácil aceitar, se fosse simples esquecer de toda a dor... Não poderia prever como conseguiria, mas estava tentada a dar mais uma chance ao meu coração; instigada a deixar que os sentimentos me comandassem.

— Hum... Eu mudei muito, Carina, não sou o mesmo.

Em seus olhos azuis pude ver um mar de sentimentos, um emaranhado de pensamentos e segredos. Ele poderia ter mudado sim, eu também tinha. Mas a química que havia entre nós desde o primeiro momento que nos vimos não mudara, na verdade, tinha sim, mas apenas aumentado, tornando-se algo quase palpável.

Algo que sempre admirei nele era quando me dirigia seu olhar, a forma como parava tudo que estava fazendo para prestar atenção no que eu dizia, por vezes coisas banais, como uma pergunta sem importância. Porém, Enzo estava sempre atento a qualquer coisa que eu precisasse. E tenho que salientar como ele ficava sexy com o avental branco sobre a roupa preta de bad boy.

— Por que você tá me olhando desse jeito, Carina?

Estava tão perdida em pensamentos que não percebi que o encarava sem piscar. Ele já parara de cortar os ingredientes para o molho da pizza e me observava de um jeito sedutor.

Sorri sem graça e balancei a cabeça, voltando a abrir a massa no balcão de mármore.

— Não estava te olhando, Enzo. Fiquei pensando em algumas coisas e você sabe como eu fico quando estou assim. Minha mente viaja.

Me virei, torcendo para que ele engolisse a desculpa esfarrapada da qual até eu duvidaria, e fechei os olhos quando o senti perto. O calor do seu corpo foi o primeiro a chegar e depois a sua respiração em meu pescoço. Ele não me tocou, mas nem precisaria. Meu coração já golpeava meu peito antes mesmo de qualquer coisa acontecer.

— Eu sei como você fica quando está em outro mundo — sussurrou em meu ouvido, e abri meus olhos, encarando-o. Enzo sorria amplamente, fazendo com que parecesse o menino pelo qual me apaixonei. — Já terminou?

— O quê?

— De abrir a massa da pizza.

— Pizza?

O sorriso dele apenas aumentava e então ele mordeu os lábios, olhando diretamente para os meus.

— Sim, *cara mia*. A pizza que estamos preparando para o jantar, lembra? Viajou para tão longe assim?

Droga! Fazia dias que ele não falava em italiano comigo e dei graças a Deus por isso, não conseguia resistir por muito tempo quando ele ativava seu charme cafajeste.

Tentei focar, voltar ao meu normal, se é que isso existia, e assenti, dando um passo para o lado para que ele visse a massa que eu estava abrindo há quase meia hora. Com habilidade, ele pegou um cortador na gaveta do armário e começou a cortar a massa para que ficasse em um círculo quase perfeito.

— Onde você aprendeu a fazer pizza?

Eu queria falar, conversar sobre coisas banais e esquecer a atração que ficava cada dia mais forte desde que chegamos a Nova York.

Distraidamente, Enzo sorriu.

— Minha mãe me ensinou quando fiz sete anos. Disse que eu precisava conhecer minhas origens até mesmo na comida.

— Ela te ensinou muito bem, você parece muito habilidoso e sabe o que está fazendo.

— Sim, eu sei mesmo. Ficamos o dia todo na cozinha, e ela não me deixou desistir até que a pizza ficou do jeito que queria. — Ele parou de enrolar o restante da massa e inclinou a cabeça como se estivesse tentando se lembrar de algo e, quando pareceu recordar, sorriu. — Naquele dia, ela me disse algo que nunca esqueci, mas não me lembrava que tinha sido ela a me falar: "Você nunca desiste do que quer; se errar, é só colocar todos os ingredientes de volta na panela e fazer de novo com mais atenção". Acho que por isso não sou um cara de desistir fácil do que quero, minha mãe não ficaria feliz com isso.

Pude ouvir em sua voz que havia muito mais por trás daquelas palavras do que ele realmente estava dizendo. Senti meu rosto esquentar e meu corpo dar sinais de que concordava com ele, mas meu coração insistia em dar aquela pontadinha quando me lembrava de tudo que passei depois que nos separamos.

— Oito meses não são oito dias, Enzo. O que aconteceu entre a gente não é o mesmo que fazer uma receita da família.

Ele baixou a cabeça e assentiu, terminou de enrolar a massa e a colocou de lado, limpando as mãos no avental, que antes estava impecável. Se aproximou ainda de cabeça baixa e parou à minha frente, porque eu estava encostada no balcão com os braços cruzados.

— Tudo que posso te dizer é que senti cada dia como se estivesse sendo torturado. Senti sua falta como se não pudesse respirar, e saber que você estava sofrendo, assim como eu, era praticamente insuportável. Eu nunca a machucaria por querer.

— Por que fez, então? Por que me disse aquelas coisas se sabia que me magoaria? Você usou minhas fraquezas para me machucar.

— Você nunca acreditaria em mim se eu não o fizesse. Nunca partiria se acreditasse que eu não a amava. Não podia deixar que se machucasse, mesmo que para isso eu precisasse te machucar.

Cada palavra que ele dizia era verdadeira; podia ver em seus olhos azuis a dor e a culpa que sentia pelo que nos causou.

— Por que devo confiar em você agora? Como acreditar que não fará isso de novo para me "proteger"? Eu não suportaria de novo, Enzo.

Ele levantou a mão e passou as pontas dos dedos por meu rosto, num carinho quase torturante, com cuidado e delicadeza. Contornou o meu maxilar e queixo, e então tocou meus lábios.

— Percebi que não posso te deixar ir novamente, não sou capaz de abrir mão de você uma segunda vez. Sou egoísta demais para vê-la partir. Não me importa mais nada, apenas vê-la feliz.

— E se eu decidir que quero ir?

Seus olhos se conectaram com os meus, e havia tanta intensidade em seu olhar, tanto amor e desejo, que imediatamente meu corpo se arrepiou em antecipação pela sua resposta.

— Eu vou deixar que leve o meu coração, mas deixo você partir.

Prometi a mim mesma nunca mais deixar que alguém fosse responsável pelas minhas emoções e sentimentos, por isso não queria vê-lo ou ficar próxima a ele nem por um segundo. Sabia que não poderia resistir por muito tempo, mesmo sabendo que ele quebraria suas promessas mais uma vez.

— Eu não quero ir agora, Enzo.

Ele sorriu abertamente e mordeu os lábios mais uma vez. Aquilo estava se tornando um novo hábito, já que não tinha mais o piercing.

— Acho que posso me contentar com isso por enquanto. Vou conquistar sua confiança novamente, Carina.

Ele escondia segredos, não queria me contar tantas coisas que eu tinha o direito de saber. Havia se tornado um homem diferente, frio, cruel, o chefe de uma organização criminosa. Mas, ali na minha frente, eu via apenas o garoto que sonhava em ser dono de uma academia e lutar profissionalmente, um garoto que vira seus sonhos sendo tirados dele um a um como se não fossem nada de mais.

Vi cada ação de Enzo como um ensaio de uma dança sensual. Suas mãos enlaçando-me pela cintura, os lábios entreabertos, a pulsação rápida em seu pescoço, os olhos semicerrados, tudo em Enzo Gazzoni era sensual e irresistível.

Quando seu corpo se colou ao meu, segurei-me em seus braços em busca de apoio.

— Sei que já transamos e matamos a saudade, mas não foi dessa forma.

— Que forma?

— Com você totalmente entregue ao que sente.

— Eu já te disse que você fala muito antes do sexo? E como pode saber que estou entregue?

Não podia deixar que palavras estragassem o momento.

Enzo riu e foi se aproximando até que nossos lábios estivessem encostados um no outro.

— Posso ver em seus olhos que seus sentimentos estão ganhando a batalha dentro de ti. Posso sentir em minhas palmas o arrepio por sua pele. Consigo ouvir as batidas fortes do seu coração, *cara mia*. Você não precisa resistir tanto, não vou te machucar de novo.

Sem mover um centímetro do corpo, ele apenas mexeu a boca, fazendo com que o beijo fosse muito mais do que a junção de duas bocas: era uma promessa de recomeço.

O beijo começou suave e então estávamos nos devorando, deixando que todos os sentimentos se traduzissem em toques, sussurros e gemidos de prazer.

Deixei que a emoção falasse por si só e recebi tudo que ele tinha para me dar. Cada toque de amor, cada fome de carinho, a saudade que nos sufocava mesmo quando estávamos juntos. Tudo que eu queria era sentir ao máximo e aproveitar cada segundo ao lado dele.

Mesmo que pudéssemos ficar juntos novamente como um casal, nunca recuperaríamos os meses separados, as lágrimas derramadas. Estávamos condenados para sempre a sentir falta do que não vivemos.

Eu não sabia mais como resistir e deixei-me levar, me entreguei ao que o destino havia reservado para nós.

Enzo me pegou pela cintura e colocou-me em cima do balcão de mármore.

Mesmo sabendo que seria uma bagunça daquelas para arrumar depois e que nosso jantar havia sido estragado, não conseguia pensar em nada a não ser nas mãos dele no meu corpo.

Toda a dor, saudade e mágoa foi esquecida, e a plenitude de estar ali novamente, onde eu realmente pertencia, era muito mais do que eu poderia imaginar. Os lábios dele sobre os meus apenas intensificaram a certeza de que ali era onde eu pertencia. E, por mais que o destino não estivesse a nosso favor, juntos poderíamos lutar contra o que quer que se interpusesse em nosso caminho.

— Você tem ideia do quanto sou louco por você? Que faria qualquer coisa para mantê-la feliz e segura? — Ele deslizou os dedos por meu pescoço e começou a massagear minha nuca e fazer com que os fios de cabelos escorregassem por seus dedos. Fechei meus olhos, apreciando o carinho, e inclinei a cabeça para trás. — Eu te amo tanto que chega a me sufocar só de imaginar que algo possa te acontecer.

Engoli em seco ao sentir seus lábios em meu maxilar onde ele mordiscava levemente a pele. Enzo estava me deixando louca de desejo e amor.

— Por favor!

Senti que ele sorria na minha pele. Enzo deslizava as mãos por meu corpo como se assim me marcasse, como se dessa forma ele demonstrasse o quanto me amava e me queria. Era um toque deliciosamente forte, exatamente como o meu italiano.

— O que você quer, minha princesa? Diga que eu te darei.

— Você. Sempre você!

Ele se afastou um centímetro e abri meus olhos, percebendo que os dele estavam nublados de desejo, amor, paixão, medo...

— Sempre! Nasci para ser seu, meu amor!

Nossas roupas foram tiradas em tempo recorde. Com a boca colada na minha, Enzo entrou no meu corpo como se fosse nossa última vez, deixando com que nossos sentimentos falassem por si mesmos, ditando a intensidade com que nos amávamos. Tudo se embolava, e não pensamos em nada mais do que apenas sentir o que nos envolvia. Eu me deixei levar, jurei esquecer o que me assombrava e apenas deixar que ele me amasse como deveria ser.

O sexo na cozinha foi intenso, eletrizante... era como se firmássemos um trato, um pacto de amor, e, por mais que eu não quisesse, podia sentir meu coração se descongelando com o calor daquele italiano.

O ápice foi como estar no paraíso, como se o mundo parasse por nós, como se não tivesse uma falha no tempo... E, mais uma vez, ele me levou à plenitude de ser sua mulher.

Depois de tudo que vivemos, acabamos esgotados e não terminamos a pizza. Estava nos braços dele e era maravilhoso. Porém, alguma coisa se infiltrava em meu sono, um barulho incômodo que não parava de importunar a paz momentânea que experimentava.

— Carina, é o seu telefone. — A voz sonolenta de Enzo estava muito perto do meu ouvido e percebi que estávamos nus, sujos de farinha e abraçados na cama.

Sorri e estendi a mão para pegar o celular. Sem olhar, deslizei o dedo e atendi.

— Espero que seja importante para me ligar a essa hora. — Para importunar àquela hora da noite, só podia ser a Lia querendo explicações, já que antes estava tão estranha.

Pude ouvir uma risada sinistra e masculina do outro lado da linha.

— Ah, sim, é muito importante. Só liguei para avisar que você irá pagar pelos erros dos seus pais e do seu namorado. Não vou tomar seu tempo, pode voltar a dormir, precisa descansar depois de toda a bagunça que fizeram na cozinha. Fique alerta, princesa, seu castelo está prestes a ruir.

CAPÍTULO TRINTA E UM

Enzo Gazzoni

Se um dia me perguntassem qual dia eu gostaria de reviver seria esse, sem dúvida alguma. Desde que acordei, tudo trabalhou a favor para ser tudo perfeito. Nosso encontro no corredor, os olhares que ela direcionava para mim, a saudade e a nostalgia que nos alcançou na hora do almoço, enquanto falávamos amenidades e nos lembrávamos de outro almoço parecido com aquele, em que planejamos um futuro incerto que acabou sendo derrubado pelo destino.

Acho que tudo se intensificou depois da noite passada em que dormimos juntos e abri meu coração completamente, revelando o medo de perder o que tivemos. As coisas simplesmente ficaram grandes demais, sem que eu tivesse essa intenção.

Fiquei muito triste pela forma como Carina estava. Seu choro sentido cortou o meu coração, e, mesmo que ela não tenha me dito nada, sabia que tinha algo a ver com seus pais. Não queria que ela tivesse que passar por nada daquilo, mas era inevitável, mesmo que fosse para dar um ponto final.

Ela não precisava ficar sofrendo por pessoas que nem mesmo se importavam com ela como deveriam. Acho que a maior dor e o que ela não entendia era a forma que haviam mudado. Só que ela nunca tinha contrariado as suas ordens até que me conheceu, e me senti culpado por algum tempo, porém, depois percebi que não dá para viver sendo uma mentira, um fantasma de si mesmo, apenas para ser aceito. Se te amam, tem que ser como você é e não como gostariam que fosse.

Decidi fazer um jantar especial, receita de família, que tinha certeza que agradaria minha princesa. Eu precisava que desse certo. E, quando tudo aconteceu, não sabia se me ajoelhava agradecendo aos céus por tudo que vivemos naquela noite ou se simplesmente vivia a dádiva de tê-la em meus braços novamente depois de tantas lágrimas.

O telefone tocando estava tão irritante que precisei chamar Carina para atender, senão teria deixado tocar ou desligado. Não nego que tive vontade, mas não era meu direito negar contato com quem ela amava. Poderia ser Lia querendo falar com a amiga, ou até Jill, dando notícias.

Só que Carina estava sentada na cama há muito tempo em silêncio. Abri os olhos e a vi de costas, com o lençol cobrindo o corpo e o telefone ainda no ouvido.

Tive um mau pressentimento e meu corpo todo se arrepiou.

— O que foi, Carina?

Ela se virou e era como se não me visse, seus olhos estavam arregalados e ela parecia um fantasma de tão branca. O sangue havia fugido quase completamente de seu rosto.

— Quem era ao telefone?

— Não sei. — Eu conhecia aquele tom de voz, ela estava assustada.

Sentei na cama e me aproximei devagar, tirando o celular de sua mão. Olhei os registros: número restrito. Não era coisa boa.

— O que te disseram?

— Hã? — Ela me olhou com o cenho franzido. Estava começando a me assustar.

— Carina, você está segura aqui comigo. Me diz, o que te disseram?

Seus olhos estavam lacrimejando e tinha certeza de que ela nem percebera que estava chorando. Respirou fundo e balançou a cabeça como se tentasse colocar os pensamentos em ordem.

— Era um homem, ele disse que eu vou pagar pelos seus erros e dos meus pais. — Arregalou os olhos. — Acho que tem alguma câmera na sua casa, ele insinuou ter nos visto na cozinha.

O ódio crescia dentro de mim como uma erva daninha, infectando e me cobrindo de sombras, e eu já não pensava com clareza. Sabia muito bem quem fez a ligação e as coisas estavam saindo completamente do controle. Não podia ficar esperando mais. Se havia uma coisa que aprendi com meu pai era que não se pode confiar em ninguém para que faça um trabalho perfeito, você precisa tomar as rédeas do seu destino ou tudo foge do controle.

— Filho da puta! Se veste, Carina.

Depois de toda a nossa bagunça na cozinha, finalizamos a noite deitados no quarto e não pensei em mais nada. Ainda tinha o perfume dela em meu corpo e cheirava a sexo, mas não poderia perder tempo tomando banho, precisava resolver aquilo logo.

Assim que terminei de vestir a camisa, olhei para ela, que tinha o lençol apertado em seu corpo e parecia realmente muito assustada. Respirei fundo e tentei manter a calma, me aproximei e agachei à sua frente, peguei seu rosto entre minhas mãos e beijei seu nariz ternamente.

— Ca, vai ficar tudo bem. Não fique assim, tome um banho e me espere aqui. Assim que resolver tudo, eu volto, ok?

Carina parecia alheia, era como se tivesse entrado em estado de choque. Ela piscou duas vezes e assentiu, fungando.

— Toma cuidado.

Sorri ternamente e beijei seus lábios com delicadeza.

— Eu não vou sair de casa, estamos seguros.

Por mais que eu quisesse ficar ao lado dela, não podia. Estávamos expostos e eu precisava fazer algo a respeito da ligação. Carina não podia ficar no escuro daquela forma, era mais perigoso não saber de toda a história do que se inteirar dos problemas em que havíamos nos metido.

Levantei e saí do quarto antes que mudasse de ideia. Carina parecia tão perdida.

Estava em alerta, meu corpo já havia se tensionado e podia sentir a adrenalina que ameaçava me viciar quando eu precisava fazer o que devia ser feito. Olhei para as paredes e cantos da sala e da cozinha, mas não encontrei nada que pudesse ser disfarçado em uma câmera.

— Henrique! — Não queria chamá-lo, ele ainda estava de luto pelo filho, mas eu só tinha a ele a quem recorrer, era o único que ainda confiava plenamente.

Sabia que o tio de Carina ainda estava na casa, era quase duas da manhã, mas ele preferia esse horário para fazer seu trabalho burocrático, ou seja, os subornos que tínhamos que pagar quase diariamente.

Ele apareceu vindo do escritório com o rosto ainda abatido, mas podia ver que seus olhos estavam cada vez mais diferentes; quem o conhecia reconheceria o ódio e a cólera tomando conta.

— O que aconteceu aqui?

Ele se referia à bagunça que eu havia feito durante a busca. Almofadas, enfeites, porta-retratos, tudo que pudesse esconder um aparelho eletrônico estava no chão. Sem contar a bagunça na cozinha com farinha por todo lado.

Parei o que estava fazendo e o encarei.

— Carina recebeu um telefonema, não sabe quem foi. Mas a ameaçou.

Henrique arqueou uma sobrancelha e cruzou os braços no peito.

— Nós sabíamos que isso aconteceria, qual o desespero?

Droga, ele não iria gostar do que eu ia falar.

— O homem insinuou que nos viu aqui na cozinha esta noite. Estou procurando por câmeras.

— Você a expôs de novo?

— Não foi intencional.

— Nunca é, né? Mas não acho que possa ser uma câmera, acredito mais em um informante. Não seria difícil, já que temos um em cada canto.

Eu não tinha pensado nisso e logo me veio o homem que acolhemos na família, o tal que me disse do risco que Carina corria e o motivo de tudo estar desandando.

Um membro não se separa assim da sua família, a não ser que precise de proteção ou seja ameaçado de alguma forma. Como fui tão estúpido a ponto de acolher o inimigo?

— Eu deveria ter acabado com ele. Chame-o aqui!

Henrique assentiu e deu meia-volta para solicitar no rádio a presença do homem na casa. Sabia que ele não aprovara minha decisão de proteger a família do cara, mas eu precisava ficar de olho e ter informações do meu inimigo, só que fui tão cegado pelo desespero de proteger a minha mulher que nem pensei nas consequências caso ele estivesse fazendo trabalho duplo, o que não era incomum em nosso meio.

Estava impaciente, andava de um lado para o outro com os punhos fechados, louco para socar alguém, quebrar a cara do filho da puta que teve a coragem de me espionar dentro da minha casa, ver a minha mulher e ainda relatar ao inimigo.

— Por que não vai tomar um banho? Desse jeito você não vai deixar o homem falar nada, sabe disso. Precisa se acalmar.

Parei e me virei para encarar Henrique, que estava encostado na entrada com a cabeça reclinada para trás e de olhos fechados.

— Eu não vou fazer mais aquilo, perdi o controle. Você sabe disso.

— Mas você está agindo pior do que daquela vez.

— Porque o filho da puta teve a audácia de ver a minha mulher nua, porra!

Henrique abriu os olhos e me encarou, sorrindo sarcasticamente.

— Porque você é um idiota e permitiu que vissem. Se a respeitasse como diz, não ficaria expondo-a dessa forma. Você ainda é um garoto mimado que não sabe das coisas, Enzo. Não temos privacidade como uma pessoa normal.

Odiava quando ele estava certo. Minha respiração estava forte e eu podia sentir meu sangue correndo nas veias mais rapidamente. Queria socar a cara do idiota por ter ousado espiar a minha mulher.

— O senhor mandou me chamar?

Me virei e vi Mariano entrando pela porta dos fundos. Vestia-se casualmente, o que significava que estava de folga naquela noite.

— Onde você estava?

— Em casa, senhor Gazzoni. Meu filho não está passando bem e fiquei com minha esposa o dia todo.

— Então, você não trabalhou hoje?

— Não, senhor, mas eu o recompensarei, juro.

Assenti e o observei atentamente. Aprendi a decifrar as expressões das pessoas e ele estava mentindo.

— Há quanto tempo você não fala com seu patrão?

— Como, senhor?

— Não se faça de idiota porque você não é. Há quanto tempo não tem contato com os Millazzo?

O homem engoliu em seco e olhou para Henrique, que apenas o observou, assim como eu. Foi o bastante, ele se entregou quando não respondeu prontamente. Em dois passos, eu estava em cima dele e o derrubei com um soco. Mariano não esperava e perdeu o equilíbrio, caindo no chão com uma mão no nariz.

— Tem uma câmera aqui?

— Senhor, não sei do que está falando.

Grunhi e me aproximei, ficando nariz com nariz com ele.

— Se não disser por bem, eu arranco a resposta de você na porrada, filho da puta!

— Por favor, senhor. Não sei do que está falando.

Como ele não estava dizendo nada e achei que não diria mesmo, pois, se o fizesse, sua família sofreria as consequências, eu o soltei. Deveria ter previsto isso, um membro dos Millazzo não deixa a família e vive para contar a história. Por outro lado, o ódio corria por minhas veias porque ele havia mexido com a única pessoa que eu ainda amava na vida, a única que trazia paz para a minha alma.

Levantei meu punho para lhe dar mais um soco quando ouvi um grito do alto da escada. Carina estava lá, parada, com os cabelos molhados e vestindo um moletom enorme, que era meu. Mas o que mais me chamou a atenção foi que ela me olhava com medo em seus olhos e cobria a boca, assustada.

Aquele olhar não era por causa do homem que a espiou e passou informações para que ela fosse ameaçada, mas sim pelo que eu estava fazendo. Talvez ela ainda não tivesse se dado conta do que eu realmente tive que fazer para me tornar o chefe de uma das maiores organizações criminosas dos Estados Unidos.

CAPÍTULO TRINTA E DOIS
Carina Agnelli

A ameaça deixou-me mais perturbada do que eu gostaria e vi que Enzo ficou incomodado com a minha reação. Precisava ser forte por ele. Tinha que passar por toda aquela pressão sem surtar.

Depois que fiquei sozinha no quarto, pude respirar com mais tranquilidade e me senti segura para pensar com clareza. O que aquele homem queria dizer? Como eu iria pagar? Por que havia tanto ódio em sua voz direcionada a mim?

Entrei no chuveiro e tentei que tudo ficasse mais fácil para que eu entendesse. Porém, minha mente estava a mil, sentia uma miríade de sentimentos, tinha muitos pensamentos correndo rápidos demais em minha cabeça e não conseguia focar em nenhum deles.

Necessitava extravasar a angústia que me atormentava de alguma forma e me lembrei da academia enorme da casa. Talvez um exercício clareasse a minha cabeça.

Desliguei o chuveiro e percebi que tinha ficado muito tempo debaixo d'água e Enzo ainda não voltara.

Tive um flashback de outra vez que ele teve que sair no meio da noite e voltou não só com o rosto e mãos machucadas, mas também sem um pedaço da alma.

Acreditei que estava muito enganada e sendo ingênua ao ficar preocupada com ele. Assim que me vesti e desci as escadas, eu o vi de uma forma que nunca tinha visto. Percebi que Enzo Gazzoni havia sido dividido em dois: o homem que eu amava e o chefe da máfia.

Nunca me esqueceria da expressão do homem caído no chão, aterrorizado pelo que estava prestes a acontecer. Assim como da expressão de Enzo, a quem há poucas horas eu havia entregado não só o meu corpo, mas também algo maior e importante: a minha confiança.

Por mais que eu dissesse que precisávamos esperar, que não podíamos ir rápido demais, sabia que, desde o momento que aceitei voltar com ele, estava pronta para seguir em frente. A forma que isso aconteceria iria depender muito do que eu visse e presenciasse.

E vendo-o tão cruel, pronto para arrancar do homem o que ele precisava saber, me fez pensar se eu poderia amar aquele Enzo também. Se eu podia aceitar tudo que ele havia feito e que ainda teria que fazer como chefe de uma organização criminosa.

Quando ele partiu para cima do homem novamente, eu não pude conter o meu grito de horror. Já havia visto Enzo bater em alguém, mas aquela situação era diferente. Mesmo não conhecendo David, eu sabia que o cara merecia qualquer castigo que pudesse ser infligido. Mas agora ele parecia fora de controle, querendo apenas causar dor.

— Enzo! O que está fazendo?

— Carina, por que está aqui embaixo? Mandei me esperar lá em cima.

Estreitei meus olhos enquanto ele se levantava, ainda encarando o homem caído no chão com ódio em seu olhar.

— Quem é esse?

O homem havia se levantado e dado dois passos para longe de Enzo.

— Ninguém que você precise conhecer. Henrique, leve Carina lá para cima enquanto eu termino aqui.

Ele dava ordens, ignorava minhas perguntas, e eu podia ver que realmente estava pronto para continuar machucando o homem assustado à nossa frente.

Meu tio nem se mexeu, apenas olhou para mim, sorrindo de uma forma irritante.

— Eu não vou me meter, vocês que resolvam isso. — Apontou de mim para Enzo.

Claro que o italiano esquentadinho não gostou de ser contrariado e, por fim, se virou para mim, respirando fortemente. Seus punhos estavam fechados e ele parecia tenso demais para quem gostava de fazer aquele tipo de coisa.

— Carina, lembra quando eu te disse que um dia teria que fazer essas coisas? Esse é o momento. Por favor, colabore e vá quietinha para o quarto.

Que porra era aquela?

Por que o idiota achava que podia falar comigo daquela forma, como se eu fosse uma marionete idiota que seguia comandos sem questionar nada? Já vi meu pai falando assim com minha mãe milhares de vezes e até mesmo comigo, como se não eu importasse nada. Não permitiria mais aquilo.

Prendi a boca em uma linha fina e desci as escadas, pisando forte no piso de madeira, que fazia um barulho muito alto para o silêncio que havia se instalado na sala desde que eu apareci.

Com o dedo em riste, eu me aproximei.

— Se você quer bater nesse homem até que ele te conte mentiras, para que você use a desculpa de que estava apenas tentando nos proteger, faça isso. Não posso te impedir de nada. Quem sou eu para isso, não é?

Enzo me encarava com os olhos semicerrados, parecendo ameaçador, e qualquer outra pessoa poderia ficar com medo. Para o azar dele, eu não ficava com medo com facilidade.

— Mas não venha me dar ordens e achar que vou cumpri-las em silêncio sem questionar, não me trate como um troféu que você move pela casa como e quando bem entende.

Os olhos de Enzo demonstravam exatamente o que ele sentia: raiva.

Que ele a engolisse junto com sua arrogância.

Dei a volta, olhei para o homem e saí pisando duro da sala, indo direto para a academia. Ainda queria extravasar a minha energia. Agora mais do que nunca.

Fazia algum tempo que não sentia tudo que ele me proporcionava. Até mesmo quando eu estava irritada. E era esse o perigo de estar envolvida com aquele italiano. Eu me viciava com facilidade e me tornava dependente.

— Acho que você está sendo muito intolerante. Falei que ficasse no quarto para o seu bem.

Sabia que ele viria atrás de mim.

Não demorou nem um segundo e o idiota italiano estava em meu encalço. Me virei e o encarei. Enzo ainda vestia a roupa preta suja de farinha e seus cabelos estavam bagunçados das minhas mãos.

— Não me interessa o que mandou ou deixou de mandar. Você mentiu para mim.

Ele bufou e cruzou os braços, parecendo o idiota que se mostrou na sala minutos atrás.

— E menti sobre o quê, *princesa*?

E lá estava aquele tom de voz debochado, aquele que usou para quebrar o meu coração. Sabia que voltaria, ele não conseguiria esconder de mim que havia se tornado um homem diferente; eu o conhecia muito bem.

— Disse que tudo que fez foi por mim, mas eu vi em seus olhos que estava gostando de causar dor ao homem. Você realmente se tornou quem não queria, Enzo Gazzoni.

Sua expressão foi mudando como se estivesse em câmera lenta, e vi cada sentimento passar por seu rosto e a tensão deixar seu corpo. Enzo descruzou os braços e baixou a cabeça como se estivesse cansado de tudo.

— Sinto muito, Carina.

— Está se desculpando por quê?

Ele engoliu em seco e sacudiu a cabeça. Parecia derrotado, esgotado e até frustrado demais para me encarar. Andou até o meio da academia onde o saco de areia estava pendurado, o abraçou e encostou a testa no couro áspero.

Sem olhar para mim, Enzo ficou daquele jeito por vários minutos, até que bateu a cabeça no saco duas vezes até sua voz soar dentro do cômodo.

— Porque, por mais que eu tente, nunca poderei ser o cara normal que você deseja. Tenho sangue nas mãos agora e isso não é uma coisa que se lava com água. — Ele se virou e pude ver a dor em seus olhos azuis tomar todo o brilho, roubando qualquer esperança que poderia nascer entre nós. — Tá na hora de você saber algumas coisas.

CAPÍTULO TRINTA E TRÊS

Enzo Gazzoni

Há quem pense que temos tempo de reparar nossos erros, que errar é humano, mas eu acredito que existem erros irreparáveis. Às vezes, parece que estamos tão manchados que nunca conseguiremos nos limpar. É como se estivéssemos marcados, condenados a cumprir uma pena autoimposta.

Eu não podia mais deixá-la tão no escuro como estava. Mesmo que arruinasse a operação, tinha que lhe contar parte do motivo de tudo ter chegado a esse ponto.

— Eu te disse há algum tempo que havia sido condenado antes de nascer e o que vou te contar pode explicar um pouco do porquê dessa certeza. Eu não tive escolha simplesmente por ter um nome marcado. Pode parecer uma história clichê que você já ouviu antes, mas aconteceu de verdade. Paolo Millazzo é um inimigo da família do meu pai há muito tempo; na verdade, as duas famílias nunca se deram muito bem. Os Millazzo comandavam os crimes em Verona sem que ninguém os desafiasse, todos seguiam suas ordens sem nem mesmo questionar. Só que eles eram cruéis demais, matavam por diversão, e Paolo era um deles.

Carina tinha perdido um pouco a tensão e a posição de batalha que assumia quando estava pronta para uma discussão.

— Como eu disse, ninguém havia desafiado essa família até que os Gazzoni começaram a crescer no meio. A família do meu pai era pequena em relação aos Millazzo e ficava mais restrita a uma gangue de bairro. Sei que isso é estranho, que parece loucura, mas eles lidam com o tráfico e os crimes como um trabalho qualquer. Entende?

Carina fez uma careta e se sentou no banco no canto da academia.

— Já percebi isso.

— Pois bem. Olhando por esse ângulo, os Gazzoni eram como uma empresa local e os Millazzo, uma multinacional. Só que cada vez mais os "clientes" tinham medo de lidar com seu principal fornecedor, e me refiro a armas, drogas, equipamentos eletrônicos... Enfim, tudo que se encaixa no perfil de crimes. Claro que os donos do lugar não gostaram e com o tempo o ódio foi crescendo. Paolo ficou sem controle e retaliou seu ódio exterminando toda a família do meu pai, por ousar desafiá-lo. Seu pai, irmãos, tios e primos, todos mortos por homens Millazzo. E foi nessa época que eu nasci. Meu pai resolveu que não podíamos ficar lá, ele queria mandar a mim e a minha mãe para a América e ficaria por lá para impedir que a guerra chegasse até nós, mas ela ficou com medo e pediu que ele fosse conosco.

"Eu não me lembrava de nada, ainda era um bebê. Mas, por tudo que descobri depois de sua morte, imaginei como deve ter sido aterrorizante."

"Pelo que sei, minha mãe queria começar uma vida nova e honesta, mas você deve saber que não é fácil para imigrantes em lugares novos, não é? E, claro, tem o fato de que meu pai cresceu nesse mundo, e o caminho mais fácil foi prático. Meu pai nunca se esqueceu do que Paolo fez e voltou a Verona à procura de vingança. Ele disse que mataria toda a família Millazzo, mas, ao invés disso, roubou o filho do chefe da maior organização da Itália e sumiu no mapa."

Eu vomitei as palavras e explicações vagas e simplesmente aguardei que Carina absorvesse toda a história. Esperei que tudo se encaixasse e soube o momento exato em que isso aconteceu. Ela olhava para mim, e seus olhos foram se arregalando, a boca se abrindo e Carina parecia um meme engraçado.

Aquela história não me surpreendia mais.

— Fabrizio é filho de Paolo Millazzo?

— Sim.

— E seu pai o roubou para se vingar da chacina que a família dele sofreu?

Assenti, concordando, e Carina baixou a cabeça, parecendo extremamente confusa. Eu sabia que viriam muitas outras perguntas, porque ela não era uma pessoa de aceitar apenas o que a outra dizia.

— Pelo que entendi, Paolo soube do paradeiro do meu pai há alguns anos e também que Fabrizio vivia conosco, além da mentira que Luca havia contado. Claro que ele não iria deixar barato. Foi ele quem matou meu pai, Carina. Ele entrou em contato com o pai de David, que você sabe que é corrupto, e armou toda a situação. Ele atraiu meu pai para uma conversa e, quando ele chegou, encontrou seu inimigo o esperando. Depois que o filho morreu, Harris sumiu do mapa; acho que acabou sendo acolhido pelos Millazzo.

— Meu Deus! Isso tudo é uma loucura, Enzo. Você percebe? Por que seu pai roubou Brizio?

Engoli em seco e baixei a cabeça. Quando descobri tudo, fiquei envergonhado pelo que meu pai fez. Não entendia muito bem seus motivos, nem mesmo aceitava, porque, se fosse ao contrário, ele enlouqueceria e mataria cada Millazzo que visse pela frente.

— Paolo era um homem cruel. Estava envolvido com tráfico humano, tanto de trabalho escravo como de prostituição.

— Mas eu não consigo entender.

Sorri tristemente e me sentei ao lado dela, apoiei meus cotovelos nos joelhos e a olhei de lado.

— Nem tente. É coisa demais para absorver em tão pouco tempo. Só te contei porque ele é o responsável por tudo que vem nos acontecendo. O cabeça por trás de David era Paolo. Quem está atrás de você é, provavelmente, o autor daquela ligação.

Carina parecia não acreditar, e vi que estava horrorizada. Provavelmente, quando se inteirasse de toda a sujeira que me cercava, daria o fora enquanto havia tempo.

— Deus, é com ele que meu pai se meteu? Foi para ele que entregou a nossa localização na montanha?

— Sim.

— Mas isso resultou na morte do filho, que ele provavelmente queria de volta.

Sabia que ela encaixaria as peças rapidamente. Carina era inteligente demais até mesmo para sua segurança. Precisava parar por enquanto, tinha coisas que ainda não podiam ser reveladas.

— Sim, e por isso ele está atrás de mim. Paolo não se satisfez com a morte do meu pai, ele quer a destruição de todos os Gazzoni. Depois do que aconteceu, seu ódio apenas aumentou. Eu soube que David estava vivo quando o encontraram e ele o matou por ter envolvido Fabrizio na história. Ele está acostumado a ter o que quer e tem poder para isso, Carina. Por esse motivo, eu precisava saber se tem mesmo uma escuta ou um informante entre nós. Estamos em guerra e, infelizmente, eu tenho escrúpulos demais para fazer o que ele pretende.

— Que é...?

— Matar todos que estão do lado dos Gazzoni.

— Foi ele que matou meu primo?

Concordei com um gesto, não tinha mais nada a dizer. Paolo Millazzo não descansaria enquanto não cumprisse o que prometeu, não se cansasse ou não estivesse farto de sangue derramado. E, pelo que eu sabia, ele nunca se cansava.

Sabia que tudo ficaria pior dali por diante. As coisas que tinham que acontecer para que pudéssemos vencer a guerra custariam alto demais. Talvez eu não vivesse para ver o final, mas não a deixaria mais tão alheia a tudo.

Carina tinha que saber que, naquele meio, eu não podia ser o homem bom que ela queria que eu fosse, assim como minha mãe aceitou que meu pai precisava ser quem era, mas mesmo assim o amou, acreditando que um pecador pudesse ter direito a redenção.

— Enzo.

Eu estava tão perdido em pensamentos, tão conformado com o meu futuro, que nem percebi que ela havia se levantado e estava à minha frente olhando para mim de uma forma que eu conhecia bem. Ela estava sofrendo pelo destino que eu havia sido fadado a viver.

— Não precisa ficar assustada, *caríssima*. Eu vou te proteger, tudo que fiz até agora foi para que você ficasse a salvo.

— Você já disse isso. Eu não entendo completamente ou aceito, mas acredito em você.

Os olhos castanhos mais lindos que já vi na minha vida me observavam com afeto e percebi um pouco de pena ali também.

— Não tenha pena de mim.

— Eu não tenho. — Ela sorriu de lado e inclinou a cabeça.

— Por que está me olhando dessa maneira, então?

Carina se aproximou mais, me obrigando a endireitar o corpo. Ela era tão pequena que em pé ficava só um pouco mais alta do que eu estando sentado. Ela sorriu e estendeu uma mão, colocando-a em meu rosto.

— Você disse que sua mãe queria uma vida normal e que seu pai não quis porque era mais fácil o mundo do crime, certo?

— Infelizmente, sim.

— Eu não vejo assim. Acho que seu pai não pôde sair. Acho que, por mais que ele tenha tentado não ter o poder nas mãos, colocaria você e sua mãe em perigo, então ele precisou fazer uma escolha.

Engoli em seco com tanta verdade em sua voz. Era como se Carina soubesse de tudo, como se ela tivesse vivido aqueles momentos com meus pais. Como se ouvisse as palavras diretamente deles.

— Então ele vendeu a alma ao diabo. — Eu tinha a voz embargada pela emoção.

Pensar em meus pais, todos os erros que eles cometeram, todo o sofrimento que causaram, me deixava quase louco sem saber como me sentir ou pensar. Porém, apesar de tudo, eu o amava. Luca Gazzoni pode ter sido um homem cruel e impiedoso, que cometeu um erro enorme condenando a todos nós, mas eu o amava e sentia sua falta todos os dias.

Senti que uma lágrima escorria por meu rosto, e Carina a capturou com o polegar.

— Te acho um homem tão corajoso, Enzo Gazzoni. Tenho orgulho de dizer que te amo com toda a minha alma. Não importa o que venha bater em nossa porta, conseguiremos atravessar juntos. O que acha disso?

E, mais uma vez, aquela pequena mulher me colocava de joelhos.

CAPÍTULO TRINTA E QUATRO

Carina Agnelli

Eu ainda não tinha admitido nem para mim mesma o que sentia por Enzo Gazzoni. Pode chamar de covardia, mas tive que preservar a minha segurança. Meu coração estava em jogo, e não seria consertado caso fosse quebrado mais uma vez.

Mas, vendo toda a dor que ele carregava, a confusão de sentimentos que o atormentava, não podia mais deixá-lo se sentir assim. Ele amava seu pai, mas ao mesmo tempo o culpava pelo que precisava viver devido às consequências de seus atos no passado.

Não entendi ou concordei com a atitude de Luca em raptar Fabrizio dos braços do pai. Não sabia de seus motivos ou de toda a história, então me privei de julgamentos; não seria mais uma com certezas hipócritas a apontar dedos.

Vendo a dor nos olhos do homem que amava, eu tinha que mostrar-lhe que não estava sozinho, que eu estaria ao seu lado e ainda o amaria quando tudo terminasse. Se ele permitisse e me amasse de volta.

— Acho que você é linda demais e eu sou um filho da puta sortudo por tê-la em minha vida.

Sorrindo, segurei seu rosto entre as mãos e aproximei nossos rostos até que meus lábios estivessem colados nos dele.

— Me leva para o quarto.

Não precisei pedir duas vezes. Enzo se levantou, elevando-se sobre mim como o homem lindo e doce que era, me pegou em seus braços e começou a andar pela casa com os olhos conectados aos meus.

Podia ver refletindo de volta a esperança, a vontade de que saíssemos ilesos de uma encruzilhada que parecia não ter fim.

Quando chegamos ao quarto, Enzo me colocou na cama gentilmente e se afastou um pouco. Olhando em meus olhos, ele retirou a camisa e então a calça, ficando apenas de cueca boxer. Em seu peito forte havia as tatuagens bonitas e a nova com a frase do meu colar. Estendi a mão e a toquei, encantada com os traços perfeitos que marcavam seu corpo. Sorri e pensei na coincidência de pensamentos.

— Por que está sorrindo?

— Somos parecidos até nisso.

Olhei em seus olhos e ele encarou meu dedo que traçava sua pele. Enzo franziu a testa.

— Como assim?

— Você me viu nua e não reparou?

— Perdão, mas, quando te vejo sem roupa, tenho outras coisas em mente. Principalmente depois de sentir tanta saudade.

Assenti, sabendo exatamente do que ele estava falando. Nós tínhamos a mania de ficarmos deitados na cama analisando e conhecendo o corpo um do outro quando estávamos juntos no passado. Conhecíamos cada parte do corpo do outro. Nos meses que ficamos separados, Enzo ficou maior, ganhou peso e estava mais musculoso, seu corpo forte e torneado.

Eu também havia mudado. Minha rotina diária de corrida e o trabalho acabaram me fazendo perder um pouco de peso, mas definiu muito meu corpo. Por isso, quando me levantei na cama, tirei o moletom e ergui o braço direito, mostrando a ele a minha nova tatuagem na costela, Enzo arregalou os olhos, encarando a tinta preta em minha pele.

— Somos mais parecidos do que parece — eu disse, ainda com o braço levantado para que ele visse os traços que tanto significavam em nossa vida.

A tatuagem de Enzo era a frase do meu colar, já a minha, completava a dele. Eram dois círculos entrelaçados com traços grossos, e, por dentro das linhas, havia as palavras que significavam muito mais do que um simples jogo de letras: amor, saudade, dor, sofrimento, escolhas, liberdade, tortura, consequências, paixão, desejo. Parecia ser um infinito, mas não, eram dois indivíduos que não conseguiam ficar separados ou não seriam completos.

— Meu Deus, Carina! Como eu não vi isso?

Sorrindo, baixei meu braço e me virei. Estava apenas de calcinha rosa, e os olhos de Enzo estavam presos nos meus, intensos e calorosos.

— Você estava prestando atenção em outras coisas.

Ele riu sedutor e se aproximou, e tive um *déjà vu* daquela cena. Estávamos despidos de nossas máscaras. Ele não precisava fingir ser um homem cruel, e eu não precisava fingir que não o amava.

— Com certeza, minha atenção estava bem cativa como está agora. Eu te amo, Carina. Sempre vou te amar, não sei como fazer para que entenda o tamanho dos meus sentimentos.

Peguei a mão dele e a coloquei em cima do meu peito, onde meu coração batia forte.

— Esse tipo de sentimento a gente não entende, mas aceita e aproveita o máximo que puder. É tudo frágil demais para que se perca tempo tentando entender. Me beija, Enzo.

E, como um amante experiente, Enzo Gazzoni me puxou pela cintura, jogando-me na cama e pairando acima de mim. Seus lábios entreabertos expulsaram o ar. Quando a boca de Enzo se colou à minha, senti meu corpo responder imediatamente. Era como se não tivéssemos nos beijado até então. Era diferente, doce, faminto, sensual... Maravilhoso!

O corpo dele se encaixava no meu tão perfeitamente que parecíamos talhados do mesmo molde, feitos pelo mesmo artista. Éramos como alma gêmeas, duas partes de uma mesma alma, dois pedaços de um coração.

Enzo deslizou suas mãos fortes por meu corpo e encaixou minha perna direita em seu quadril, de uma forma que ela não escorregaria. Com a mão livre, ele tocava em mim de uma maneira tão familiar, conhecedora tão bem de cada parte sensível, mas também desvendava algumas novas.

Ele me tocava com a mão, me amava com a alma e me venerava com os olhos.

Não consegui conter a emoção que ameaçou me sufocar. Um soluço escapou dos meus lábios e arqueei o corpo de encontro ao dele, buscando mais contato. De repente, estava desesperada por mais. Precisava de mais.

— Enzo, por favor.

Ele se inclinou e prendeu o meu cabelo curto em seus dedos. Arqueei o meu corpo ainda mais e senti sua barba arranhando meu pescoço. Ele sussurrou:

— Fala para mim do que você precisa, *cara mia*.

Não conseguia pensar com clareza e já tinha dito a ele que falava demais durante o sexo, não é? Respirava com dificuldade, mas me obriguei a abrir os olhos e virar a cabeça para que visse o desespero que estava explodindo dentro de mim.

— De você, só de você. — Minha voz estava estrangulada e até emocionada.

Enzo pareceu perceber o que estava acontecendo comigo e então assentiu. Inclinou-se um pouco e afastou a minha calcinha para o lado, baixou a cueca e então ele estava pronto.

Quando entrou em mim, fechamos os olhos simultaneamente e apreciamos a maravilha que era estarmos juntos daquela forma.

— Eu sempre estou aqui. Você é o meu coração inteiro, Carina.

Amanheceu de uma forma tão maravilhosa que foi inevitável desconfiar da sorte. Enzo estava deitado ao meu lado e dormia profundamente. Seu corpo estava relaxado e mesmo assim tão protetor. Ele tinha uma perna enroscada na minha de forma que eu não saísse sem que ele percebesse.

Eu poderia tê-lo acordado e pedido para que me acompanhasse até a cozinha, mas ele estava dormindo tão bem depois de termos feito tanto amor à noite que preferi ir sozinha.

Estava com muita fome e tive a ideia de levar um café da manhã bem brasileiro para ele. Claro que não deveria ter o que eu precisava na casa, então me levantei devagar para não o despertar e me vesti o mais silenciosamente possível.

No quarto que eu estava ocupando peguei minha carteira e decidi ir à padaria comprar pão e fazer um café bem forte para que começássemos uma nova fase de nossas vidas energizados.

Passar pela segurança não foi difícil, já que Enzo não confiava em ninguém para cuidar de mim, então ele não havia deixado nenhuma ordem que me impedisse de sair. Não pensei que pudesse ser perigoso porque o bairro tinha muitos seguranças e homens Gazzoni tomando conta do lugar. Então nem me preocupei com as ameaças de Paolo Millazzo.

Apesar do frio com o qual nunca me acostumaria, estar ali era muito bom. Me sentia tão bem, era como estar em casa, e pensar nisso me lembrou da minha amiga. Como Lia estava lidando com as coisas?

Peguei o celular e digitei rapidamente:

Se você está com raiva de mim, pode ir parando, tá? Ou não tem mais sessão de tarar os gostosões dos filmes com pizza. ☺

Estou com saudades, manda notícias, ok?

Na verdade, a única coisa que faltava ali era Lia e Jill, o restante havia ficado no passado. Onde Enzo estivesse para mim estava bom. Não sabia se conseguiria voltar para o Brasil e terminar a faculdade como planejei. Tinha que ter uma segunda estratégia quando tudo terminasse.

Não sabia o que estava rolando, qual era o plano de Enzo para nos libertar da sombra de Paolo Millazzo, mas esperava que não fosse muito arriscado.

Por mais incrível que fosse, consegui encontrar o que precisava e estava pronta para preparar um bom café para ele, levar na cama e surpreendê-lo.

Na volta da padaria, senti meu celular vibrando e pensei ser Enzo à minha procura, então parei e o tirei do bolso. Quando vi que tinha o nome de Jill, sorri e abri a mensagem.

Era um vídeo dela em Londres. Ela estava encantada com a cidade e disse que se sentia cada dia melhor, que foi a melhor decisão ter partido e que um dia talvez ela conseguisse voltar inteira. Se despediu e mandou um beijo.

Eu estava muito feliz por minha amiga. Com saudades sim, mas sabia que era melhor para ela manter essa distância, e, apesar de tudo, ela estava disposta a superar e seguir em frente. Não sabia se conseguiria continuar vivendo se estivesse em seu lugar.

Bloqueei o celular e continuei a caminhar. A padaria ficava em um lugar oposto à casa dos meus pais e estava feliz por não correr o risco de esbarrar com um deles. Seria inevitável um dia esse confronto, mas não agora que meu coração estava feliz.

— Você deveria ter ficado no castelo, princesa.

A voz fez meu corpo todo se arrepiar e tive um mau pressentimento.

Me virei e o vi sorrindo para mim. Fui uma estúpida mesmo.

— O Senhor Millazzo ficará feliz. Peguei pai e filha para ele. Está na hora de pagar as dívidas.

Senti uma pancada na cabeça e a última coisa que vi foram os pés do homem todo vestido de preto.

Deveria ter prestado mais atenção à ameaça.

CAPÍTULO TRINTA E CINCO
Enzo Gazzoni

Oito meses antes...

A dor que me atormentava não poderia ser comparada com nenhuma outra coisa. Eu a conhecia bem, era uma velha amiga: a culpa.

Sabia que não tinha controle sobre mais nada e isso praticamente me enlouquecia, sem contar que estava preocupado com Carina. Eu sabia que o melhor era deixá-la longe de tudo, mas minha preocupação por seu bem-estar quase me sufocava. Estava a ponto de ligar para ela e perguntar como se sentia quando vi um homem caminhando pelo corredor do hospital vindo em minha direção.

Ele era um sujeito estranho e misterioso, vestia um terno escuro e impecável. Logo fiquei alerta; coincidências não existem no mundo do crime. Aquele cara não estava ali apenas de passagem.

Imediatamente, me empertiguei e levantei a cabeça; não baixaria a guarda. Se ele tinha ido até ali para terminar o serviço, eu morreria como um Gazzoni.

— Pode ficar tranquilo, rapaz. Não vim te machucar.

Claro que não acreditei. Vivia em um mundo de blefes e cartas jogadas, qualquer passo em falso poderia ser a minha última cartada.

— Quem é você e o que quer? — Aumentei o tom de voz de propósito. Por mais que meu coração estivesse dolorido, não demonstraria fraqueza.

O homem era alto, tinha uma expressão presunçosa no rosto e era confiante demais para o meu gosto. Ele sorriu e colocou as mãos nos bolsos da calça.

— Vejo que tem um problema aí dentro, não? — Ele apontou com um gesto para a porta por onde tinham levado meu primo. — Espero que tudo se resolva e não tenha nenhuma baixa na família.

— Você não veio aqui para me dar apoio moral!

O homem sorriu e balançou a cabeça.

— Podem se passar anos, mas ainda não vou me acostumar com a sagacidade dos Gazzoni. Seu pai me alertou sobre você, é um rapaz inteligente.

— Você conheceu meu pai?

— Sim. Por isso estou aqui, as cartas estão nas suas mãos agora, Enzo Gazzoni.

— O cara tirou a mão do bolso da calça e a estendeu em minha direção. — Sou o agente Thomas Campbell, da Interpol, e tenho uma proposta para te fazer.

Dias atuais...

Acordei como há muito tempo não o fazia, em paz e com o coração tranquilo. Era como se uma calmaria tivesse se conectado com a minha alma, e sentia como se tudo fosse se encaixar agora que estávamos realmente acertados. Abri os olhos e sorri, a lembrança da noite que havia passado com Carina ainda viva em meu corpo, marcada em minha alma.

Me virei, esperando vê-la ainda dormindo, mas seu lado da cama estava vazio e frio, o que indicava que tinha levantando há algum tempo.

Alguma coisa estava errada. Senti um arrepio na espinha que me deixou incomodado e me levantei rápido, peguei o celular e disquei seu número, mas caía direto na caixa postal.

— Droga, Carina!

No meio da noite, tínhamos tomamos um banho que tirou toda a farinha do meu corpo, então coloquei qualquer roupa e desci as escadas correndo. Cheguei à sala de segurança e um dos rapazes estava de prontidão. Acho que ele levou um susto tão grande com minha entrada abrupta que caiu da cadeira.

— O senhor me assustou.

— Você viu a Carina?

Ele assentiu e se levantou, arrumando a cadeira no lugar.

— Ela saiu tem um tempinho, disse que ia na padaria, mas ainda não retornou.

— Porra!

— O que houve?

— Ela não atende o celular. Onde está Henrique?

— Na academia, senhor.

Nem me dei ao trabalho de dizer qualquer outra coisa para o rapaz. Na verdade, nem me lembrava de seu nome no momento. Meu coração parecia que explodiria a qualquer minuto. Alguma coisa me dizia que Carina não estava segura.

Assim que entrei na academia, vi Henrique treinando no saco de areia. Nos últimos dias, esse era seu escape: chegar ao limite da exaustão, provavelmente para não pensar no filho ou em tudo que nos cercava.

— O que você fez com o homem do Millazzo?

Quando Carina me encontrou dando uma surra em Mariano, o deixei a cargo de Henrique e fui atrás dela. Não lhe dei ordem alguma, pois confiei que o braço direito do meu pai faria o serviço.

Ele parou e se virou, me encarando com a testa franzida.

— Deixei-o em casa e disse para não sair.

Pelo jeito, ele estava mais de luto do que percebi. Henrique estava alheio a tudo desde que Bryce fora assassinado. Não deveria ter deixado algo tão importante em suas mãos naquele momento.

— Porra! — Levei as duas mãos à cabeça em sinal de desespero e o encarei. — Carina sumiu, chame ele aqui agora.

Henrique se virou e pegou o rádio, dando ordens para que fossem buscar Mariano, e eu fiquei andando pela academia como um animal enjaulado. Em minha mente, rodopiavam vários cenários e nenhum deles era bom. Podia sentir o desespero ameaçando tomar conta de mim e precisei controlar minha respiração para tentar me manter são até que descobrisse o paradeiro dela.

Quando, por fim, Henrique obteve uma resposta, eu parei e aguardei, até que ele se virou com uma expressão sombria no rosto.

— Ele não estava em casa, Enzo. A família toda sumiu.

— Filho da puta, estava infiltrado. Desgraçado!

Antes mesmo que eu pudesse agir, ouvi uma gritaria vinda da sala e pensei que pudesse ser Carina, mas, quando cheguei, vi que era a mãe dela que tinha um machucado na testa e discutia com um segurança enquanto outro tentava contê-la.

— Eu exijo falar com aquele marginal que acabou com a minha família!

Precisava manter a calma e me lembrar que aquela, apesar de não merecer, era a mãe da mulher que eu amava.

— Por acaso esse sou eu?

Senti meu corpo tensionando e percebi que Henrique estava ao meu lado.

— O que está fazendo aqui, Raquel? O que aconteceu?

A mulher parecia enlouquecida e tentava a todo custo se soltar dos braços do segurança. Dei um aceno para ele, que a libertou imediatamente. Pensei que ela partiria para cima de mim, mas pareceu se acalmar um pouco.

— Vocês acabaram com a minha vida, é tudo sua culpa, garoto. Luciano vai morrer e a culpa é sua.

— Como assim? — Ela não estava sendo coerente. O destino do pai de Carina era atrás das grades, não em um caixão.

— Eles o levaram. Entraram em casa e o pegaram. Disseram que era hora de ele pagar, e a culpa é sua.

A cólera corria por meu corpo como se fosse me envenenar. Jurei para mim mesmo que, se ele tivesse levado Carina e ela tivesse qualquer arranhão no corpo, eu o mataria sem pestanejar. Não teria clemência e o babaca saberia o que era se meter com um Gazzoni. Eu fui bom demais poupando-o.

Me virei e encarei Henrique, que parecia mais chocado do que eu. Paolo não tinha marcado Luciano, aquilo estava estranho. Ele estava jogando e o pai de Carina era apenas mais uma peça.

— Leve ela daqui, dê alguma coisa para se acalmar e a mantenha na mansão. Não é mais seguro fora daqui.

Henrique se aproximou e falou com a cunhada em voz baixa. Não foi fácil convencê-la, pois a mulher estava realmente histérica, mas, por fim, ele conseguiu levá-la, mas não antes de ela me fuzilar com o olhar.

E o engraçado de tudo era que ela estava daquela forma apenas pelo marido traidor, não perguntou nem da filha, que, se estivesse em casa com todo o barulho, teria aparecido.

Peguei o telefone e disquei o número que tinha gravado em meu telefone e que usava em casos extremos. Ele atendeu e ficou em silêncio, esperando que eu falasse primeiro.

— Levaram Carina. Não posso mais esperar.

— *Como você sabe que foram eles que a levaram?*

— Porque pegaram Luciano também. Logo entrarão em contato. Você sabe que ele quer a mim.

Ouvi Henrique se aproximando e, mesmo que ele não quisesse saber muito dos contatos que eu tinha, estava sempre preparado para qualquer coisa.

— *Ainda não é a hora, Gazzoni. Paolo está jogando.*

Fechei meus olhos e virei as costas para o homem que foi o melhor amigo do meu pai e que me encarava com ódio no olhar. Henrique estava pronto para fazer o que sabia melhor; estava ali por mim se eu precisasse.

— Não me importo, eu vou me entregar assim que solicitarem. Não deixarei que ela pague por erros que não são dela. Esteja pronto para agir.

Podia sentir o gosto amargo do medo em minha boca e acreditei que tinha chegado a hora de expiar os pecados de todas as gerações Gazzoni. Mas isso não seria à custa de vidas de quem eu amava. Ninguém mais pagaria por isso, eu era o último herdeiro e honraria o nome e o legado do meu pai.

— *Você sabe que é uma via sem volta.*

Henrique estava a alguns metros de distância e eu falava baixo. Ele sabia sobre o trato do meu pai com os policiais, mas não perguntava nada e era inteligente demais, captando na mesma hora com quem eu falava.

— Eu não tenho escolha, nunca tive.

Henrique ficou em silêncio e me fez companhia enquanto eu ficava cada vez mais desesperado à espera de qualquer notícia do paradeiro da minha mulher. Conforme o tempo passava, eu tinha mais certeza de que ele a havia raptado.

O tormento de não saber nada me enlouquecia e, num momento de pura raiva, levantei e comecei a socar o saco de areia. O tempo passava e eu não tinha ideia do que poderia estar acontecendo à Carina.

A minha vontade era de quebrar a cara de qualquer um que estivesse na minha frente. Henrique se manteve à distância e não me impediu quando machuquei a mão de tanto bater no saco de areia sem proteção. A dor amenizava o desespero que sentia percorrer cada parte do meu corpo.

— Você acha que ajuda a Carina se ferindo assim?

Comecei a sentir dor real em meus braços por causa dos impactos tão fortes. Estava com a respiração rápida demais e parei, sentindo meu corpo todo formigar.

— Ajuda a manter as pessoas seguras de mim. — Olhei para Henrique e soube que ele viu em meus olhos o brilho maníaco que sabia que estava ali. Já tinha visto isso acontecer quando recebi o e-mail com as ameaças à Carina e o resultado não foi dos melhores. — Ele vai pagar por ter tocado nela.

Demorou quase o dia todo para que recebesse o primeiro contato de Paolo Millazzo. Era um número restrito, porém eu sabia muito bem que era o maldito começando a destilar o veneno. Ele mandou uma foto de Carina amordaçada e amarrada em um galpão velho, juntamente com um endereço de uma via principal em Manhattan para que me entregasse sozinho e desarmado ou então ele a mataria.

Eu podia ver o medo em seus olhos e fiquei ainda mais desesperado para encontrá-la; ela não merecia passar por aquilo. Tentei tanto e lutei para poupá-la, para protegê-la, mas tudo tinha sido em vão.

Henrique não queria me deixar ir, estava com receio de que fosse uma armadilha. Realmente era, mas eu estava preparado e acreditei que essa era a minha vantagem. Eu sabia por que estava indo e o que queriam comigo.

Já era noite quando saí de casa e, na hora marcada, eu estava no lugar de encontro, onde não poderia agir contra o meu inimigo, porque era público demais. Foi uma boa estratégia do Millazzo, mas ele não pensou que também estaria exposto.

Um carro preto importado parou rente ao meio-fio cinco minutos depois da hora marcada e uma porta se abriu. Não dava para ver o interior do automóvel, estava muito escuro por conta dos vidros, mas, sem pestanejar, entrei e me sentei no banco que ficava virado de costas para a rua.

Olhei para meu inimigo e precisei controlar a minha surpresa ao vê-lo pela primeira vez em carne e osso: era muito grande a semelhança dele com Fabrizio.

— Então, pronto para pagar as dívidas do seu pai?

O sotaque carregado denunciava ser o homem que estava sempre ligando e ameaçando a mim e a minha família. Paolo nos aterrorizou e esperou o momento exato para atacar. Só não entendia o motivo de tanta espera. Podia ter acabado com tudo muito rápido.

— Já não se vingou dele? Foi você quem o matou.

O homem sorriu e estalou a língua, tomando um gole de uísque. Ele estava sentado com uma perna em cima da outra. Era mais velho do que meu pai e pude ver em seus olhos cruéis a malícia que os anos sendo chefe do crime lhe deram.

— Na minha família, é olho por olho, mesmo ele não estando vivo para ver. Prometi acabar com a linhagem Gazzoni e farei isso. Mas antes nós vamos brincar um pouco com aquela sua namorada gostosa.

À menção de Carina, senti meu corpo se preparando para a luta. Tentei avançar nele, mas fui contido por um homem, que do nada se materializou ao meu lado no banco do carro. Ou eu que não estava prestando atenção?

— Não se atreva a tocar na Carina.

— Ou o quê? Você não tem escolha aqui, Gazzoni. É a minha vez de jogar.

Seus olhos eram cruéis demais, e percebi que estava na frente a um psicopata capaz de qualquer coisa.

— Espero que esteja jogando as cartas certas, Millazzo, porque, se eu sobreviver, vou te matar.

Ele sorriu amplamente e acenou para seu capanga, que estava ao meu lado segurando meu braço com força.

— Faça o seu melhor, Gazzoni.

Então senti uma pancada na cabeça, que tirou completamente a minha consciência. Me lembro de pensar que nunca estive jogando naquela roleta russa, estava apenas sobrevivendo.

CAPÍTULO TRINTA E SEIS

Carina Agnelli

Quando eu era criança, tio Henrique me disse que os monstros só existiam em nossa imaginação, que nossa mente era capaz de imaginar mil situações e que somos capazes de acreditar nessa crença se ela for muito forte.

Agora eu achava que meus monstros simplesmente haviam mudado de rosto. Eles se pareciam normais, humanos e reais demais.

Podia sentir as garras da inconsciência fincadas em minha pele, mas a agarrei. A realidade poderia não ser tão boa quanto estar perdida dentro da minha mente. Porém, acreditava que não havia escolha quando os monstros resolviam te assombrar.

Acordei com uma dor de cabeça horrível e percebi que estava deitada em uma cama fria em um lugar muito escuro, exceto por uma luz que entrava pela penumbra da porta entreaberta.

Sentei-me com a mão na cabeça e tentei manter a calma; meu coração batia desesperado e senti a adrenalina correndo por minhas veias. Podia ouvir vozes do lado de fora da porta falando em italiano, mas não conseguia entender o que diziam porque, além da pancada que levara, eles sussurravam.

Precisava sair dali o mais rápido possível. Não tinha ideia de quem eram, mas sabia que eram homens de Paolo.

Levantei da cama que rangia muito o mais cuidadosamente possível, não querendo chamar a atenção de quem quer que estivesse do lado de fora.

Andei pelo cômodo, que não sabia se era um quarto, à procura de uma saída. Conseguia enxergar um pouco por causa da luz e notei poucas coisas ali dentro: não havia janelas e a única saída era a porta de onde vinham as vozes.

Será que eu conseguiria sair por lá sem que me vissem?

Praticamente impossível, mas não custava tentar; não poderia ficar à mercê sem fazer nada.

Porém, quando algo tem que acontecer, não há nada que possa mudar o destino de seu caminho.

No primeiro passo que dei, a porta foi aberta e reconheci o homem que defendi de Enzo dar uma surra olhando para mim com a testa franzida.

— Já acordou? O chefe estava te esperando, mas teve que dar uma saidinha. Precisamos tirar uma foto, querida.

— Como você pôde? Enzo te acolheu na casa dele.

O homem sorriu e entrou no cômodo, acendeu a luz e fechou a porta.

— Eu era apenas um peão, princesa. Apanhei muito até que ele confiasse em mim. Seu namorado não é o salvador que você pensa. Ele já está sujo e gosta do que faz; sua fama o precede. Te agradeço por intervir por mim, mas não posso fazer muito para te ajudar. Minha família está em jogo aqui.

— Ele pode te ajudar. — Tentei apelar para a gratidão que ele dizia sentir.

O homem balançou a cabeça e tirou um celular do bolso.

— Infelizmente, não posso. Eu a peguei como um voto de confiança para que meu chefe me aceitasse de volta. Por isso vim tirar sua foto, prometo não te machucar.

Ele se aproximou e dei um passo para trás automaticamente, não queria que ele me tocasse, mas o cara estava decidido e, quando me alcançou, eu gritei e bati nele, tentando me soltar. Até que entraram mais dois homens e me jogaram na cama de bruços, prendendo meus braços para trás, seguraram-me com força sobre o colchão, amarraram minhas mãos e cobriram minha boca com um pano sujo. A essa altura, eu chorava de pânico pelo que poderiam fazer comigo estando tão vulnerável.

Um dos sujeitos me olhava de uma forma que não gostei, como se me analisasse, e então sorriu com malícia.

— Se não fosse para a diversão do chefe, eu ia brincar um pouco com você, princesa, mas vai ser mais legal te ver sofrendo. — Piscou o olho e me levantou, colocando-me sentada em uma cadeira no meio do quarto.

Eles tiraram uma foto minha daquela forma. Me senti inútil, aterrorizada e completamente à mercê daqueles monstros, que eram reais demais para ser fantasia de criança. Então, me desamarraram, jogando-me em cima da cama, e saíram, fechando a porta. Sentei-me, encostei na parede fria e abracei meus joelhos. Ainda vestia o moletom de Enzo, o que me deu um pouco de conforto. Seu cheiro aliviava o meu desespero e senti minhas lágrimas rolarem silenciosamente. Eu não emitia um ruído, apenas sentia meu coração se despedaçando.

Acreditei que não teria paz enquanto vivesse naquele mundo, mesmo se conseguisse sair. Meu nome também estava marcado.

Não sei dizer quanto tempo passou, mas acabei dormindo sentada, acredito que a exaustão de tanto chorar. Mas, de repente, a porta foi aberta e o mesmo cara que me olhava estranho entrou, pegando meu braço e puxando-me para fora do quarto.

— Pra onde tá me levando? — Podia ouvir o medo em minha voz e me odiei por isso; não deveria mostrar tanta vulnerabilidade.

O cara riu e olhou para mim.

— O chefe quer brincar com você um pouquinho.

— Não, por favor, eu pago o que você quiser, mas não me leva.

— Ah, princesa. Será divertido.

Eu tentei me soltar e endureci o corpo para dificultar o trabalho dele de me levar até o "chefe", que eu nem tinha visto ainda. O cara parou no meio de um corredor escuro e estreitou os olhos.

— Podemos fazer isso do jeito difícil, se quiser.

Eu nada disse, mas a rebeldia estava crescendo dentro do meu peito a cada passo, e senti que esse meu lado adormecido me traria problemas. Contudo, pouco me importei; já que iria morrer mesmo, não adiantava ter medo mais.

— Vá se foder! — Enchi a boca de saliva e cuspi bem no meio da cara do idiota.

— Filha da puta! — O brutamonte levantou a mão e a desceu com toda a força em meu rosto, jogando-me no chão.

Coloquei a mão em minha face ardendo e me virei para encará-lo, sorrindo.

— Você é só um pau-mandado.

O cara queria me matar, tinha certeza. Mas eu não me importava mais, era como se algo tivesse nublado minha mente e eu estava feliz de vê-lo desestabilizado. Ele se inclinou, ficando nariz com nariz comigo. Não vacilei e me mantive firme, esperando o que quer que ele fosse fazer comigo.

— Vou adorar ver o que o chefe fará com você e seu namorado!

Meu coração começou a bater descontrolado no peito e toda a coragem repentina, que tinha me invadido minutos antes, se esvaiu como fumaça. Ele estava se referindo a Enzo, e eu havia pedido a todos os santos para que ele não se envolvesse naquela situação. Não sairíamos vivos dali, não importava o que acontecesse.

Percebi, pelo caminho que fui arrastada, que não estávamos em uma cabana como da outra vez. Ali era uma casa luxuosa e, pelas escadas que subi, deduzi que eu estava em um porão.

Era um lugar sofisticado e sombrio, as luzes estavam baixas e, quando fomos nos aproximando de onde, provavelmente, era o meu destino, tive que segurar a respiração ao ouvir a voz de Enzo:

— Você precisa libertá-la. Por favor.

Ele pediu com tanta dor que imaginei o que já tinha lhe acontecido. Uma voz grossa e com sotaque carregado respondeu cheia de sarcasmo:

— Ah, como eu adoro ver um Gazzoni pedir com educação. Com seu pai foi o mesmo antes de eu exterminar os pais dele. — Estalou a boca. — Mas eu deveria ter matado cada um da linhagem, principalmente você, que ainda estava na barriga da sua mãe.

Não pude ouvir a resposta sussurrada de Enzo, mas, logo que entrei na sala ampla e muito iluminada, precisei conter o grito que nasceu dentro de mim.

No meio da sala, Enzo estava pendurado apenas de calça jeans, seus braços presos em uma corda que pendia do teto, o que o deixava completamente vulnerável. Ele estava suado, com o rosto machucado, escorria sangue de sua cabeça e seu abdome estava todo vermelho, provavelmente de socos e pancadas.

Acho que não fiz muito bem o trabalho de conter o meu choque e terror, pois ambos olharam para mim: o homem que eu amava e o monstro que nos aterrorizava.

— Ora, nossa plateia chegou, agora podemos começar o show!

A impressão que tive ao olhá-lo era que estava encarando Fabrizio em sua versão mais velha e cruel. A semelhança era tanta que eu até mesmo esqueci de onde eu estava e o que ele queria conosco.

— Carina!

Levantei a cabeça e olhei para Enzo, que me encarava com os olhos tristes da mesma forma de meses atrás quando toda a tragédia se abateu em nossas vidas.

— Sinto muito.

Fechei meus olhos e pude ouvir a derrota em sua voz, seu timbre estava rouco e pude ver que ele estava cansado. Quanto tempo já estava pendurado naquele lugar? Quanto já havia sofrido?

— Vamos ficar bem! — tentei animá-lo, mas, àquela altura, já não tinha certeza de nada.

— Na verdade, acho que não. — O pai biológico de Fabrizio sorriu e se aproximou. Perto demais, ele passou os nós dos dedos por meu rosto, descendo até meu pescoço exposto e então prendeu meu pescoço forte, puxando-me para perto e colando a testa na minha. — Entendo o porquê do Gazzoni ficar tão encantado, é muito *bella, cara*. É até uma pena ter que acabar com os dois.

— Por favor!

— Oh, não choramingue. Fica feio para uma mulher tão bonita, prometo que não te farei sofrer muito. — Sorriu e seus olhos escureceram. — Vai ser gostoso.

— Solta ela, maldito!

Paolo sorriu e piscou um olho. Eu podia enxergar a podridão de sua alma, a sujeira com a qual sua vida era cercada. Ele havia se aproveitado do status de criminoso; acho que estava diante de um psicopata.

— Ah, o projeto de bandido está com medo do que vou fazer com a namoradinha. — Ele me puxou pelo pescoço, jogou-me em uma poltrona preta exatamente de frente para Enzo e amarrou uma corda em volta dos meus braços. Se inclinou e sorriu sinistramente. — Mova um dedo e eu mato seu namorado.

— Você vai matar de qualquer jeito.

— Esperta, então se mexa que eu o faço te assistir morrer antes. O que acha?

Ele estava brincando com a gente, não tinha a intenção de nos libertar, iríamos morrer de qualquer forma.

— Desgraçado!

Paolo riu alto e se virou, deslizando os sapatos no chão encerado com os braços abertos como se estivesse em uma peça musical de teatro.

— E aqui estamos, senhores, o último da linhagem suja dos Gazzoni sofrendo por sua amada. Será que eles terão um final feliz? Ou será que estamos em uma tragédia? — Ele sorriu como um louco e se virou para seu capanga, que o observava com fascinação na porta por onde eu havia entrado. — Traga o nosso personagem da vez.

O brutamonte saiu e então olhei para Enzo, aproveitando que o maldito estava distraído. Ele parecia cansado e me observava com os olhos tristes e as sobrancelhas caídas, mas eu podia ver todo o amor que direcionava a mim.

— Seu pai foi um babaca mesmo, te deixou vulnerável. O amor atrapalha o discernimento, é uma distração inútil. — Paolo sorria de braços cruzados, olhando para nós dois, e então eu desviei o olhar, não queria dar mais combustível para o louco machucar Enzo.

O capanga voltou com dois homens: um tinha o rosto escondido por um capuz e o outro era Mariano, que parecia assustado, mas se mostrava firme diante de seu chefe. Ele baixou a cabeça e olhou para seus pés, parecendo totalmente servil.

— Mandou me chamar, senhor?

Enzo o encarava com ódio, acredito que por sua ingenuidade em poupar o homem, mas Paolo o olhava com diversão macabra no rosto.

— O bom filho à casa torna. — Virou-se para Enzo e sorriu. — A ingenuidade dos Gazzoni chega a ser divertida. Você achou mesmo que um homem meu me trairia?

— Contei com o fato de que seus homens não te respeitam, mas o temem.

— Aí é que está, senhoras e senhores, precisamos ser temidos, ou é isso que acontece. — Apontou para mim. — Porém, eu vejo que tem razão em uma coisa: pessoas que traem não são confiáveis, não é mesmo, *cara*? Seu pai está aí para confirmar isso, ele cometeu um grande erro ao envolver o meu filho na brincadeirinha que faríamos com você e seu namorado.

A loucura nos seus olhos era de arrepiar; ele não tinha pena nenhuma, nada de bom viria dele e eu fiquei imaginando o que Fabrizio teria se tornado se fosse criado por sua família de sangue. Não concordava com a atitude de Luca, mas vendo-o ao vivo acreditei ter sido o melhor.

— Eu não tenho nada a ver com as escolhas do meu pai.

— Ah, mas se fosse tão fácil. — Ele se aproximou e vi que Enzo começou a se mexer, puxando as mãos da corda, tentando se soltar. — Nós herdamos tudo de nossa família, até mesmo as consequências dos erros cometidos. Por isso eu não perdoei o seu namoradinho nem a você. Não era para o meu filho ter morrido e a culpa toda é de vocês dois.

A respiração dele soprava em meu rosto, tamanha sua proximidade.

— Eu sinto muito por não ter tido a oportunidade de conhecer seu filho, Fabrizio era um rapaz muito bom.

Vi o semblante dele mudar e seus olhos perderam um pouco do brilho maníaco, ele me encarou meio desconfiado e então sorriu, parecendo o mesmo psicopata que eu sabia que era.

Eu estava tentando ganhar tempo, não sabia o porquê, mas me pareceu certo estar com um pouco de controle nas mãos.

— Oh, você realmente acredita que eu tenho piedade? Se enganou, *caríssima*.

Ele levou a mão ao cós da calça e tirou uma arma, se virou e atirou no peito do homem que se infiltrou na família Gazzoni e que o tinha ajudado no meu sequestro. A sangue frio, ele matou um dos seus. Mariano não teve nem mesmo uma reação, o tiro foi certeiro e ele caiu sem vida no chão.

O barulho foi tão perto que senti meus ouvidos zumbirem e mal conseguia distinguir os sons naquele momento, a única coisa que percebi foi Paolo gargalhando e girando na sala com os braços abertos exatamente como o louco que era.

— Ele não tinha autorização para contar que você estava marcada. Não tenho traidores de estimação. Mas essa peça está maravilhosa não está, Giulio?

O brutamonte sorriu e se afastou do homem jogado no chão.

— Sim, senhor!

— Traga ele pra cá, Giulio. Deixa do ladinho da *signorina* Carina para que ela veja o que vai lhe acontecer se ela se mover daquela poltrona. — Virou-se para Enzo. — Agora vamos para mais uma rodada. Tira o capuz desse daí.

Giulio arrastou o corpo de Mariano até os meus pés e virou-se para o homem que ainda estava de pé na porta, parecendo alheio a tudo. Como alguém não se assustava com aquele barulho todo?

Assim que o fez, senti meu corpo todo se arrepiando; as coisas estavam indo de mal a pior. Meu pai, Luciano Agnelli, tinha o rosto todo ferido e parecia estar alucinando.

— Ele achou que poderia me enganar, usou a minha sede de vingança para trabalhar para mim e me roubou. E ainda fez com que meu filho fosse morto. — Paolo olhou para mim, sorrindo. — Você sabia que seu amado pai foi o responsável por sabermos onde te encontrar no Brasil? Ele mesmo te ofereceu em troca de sua vida para que pagasse as dívidas. Muito paternal, não acha?

Engoli em seco e senti que meu coração havia parado, como se ele tivesse sido esquecido em algum lugar. Todos os meus sonhos de criança, amor e carinho foram por água abaixo com aquela revelação.

Olhei para Enzo, que me encarava com pesar, mas não ficou tão surpreso, ele devia saber disso.

— Mas eu não fiquei satisfeito com a ideia de esse bastardo ficar andando por aí livre e com os bolsos cheios do meu dinheiro. Por isso o enchi de drogas. — Paolo se aproximou e abaixou-se ao meu lado, apontando para o meu pai, que estava de pé, sendo amparado por Giulio, e nos olhava sem conseguir ver nada. — Eu entupi as veias dele de drogas muito fortes e pesadas, ele está delirando, nem sabe o que está acontecendo aqui. Não queria que ele falasse, mas reservei uma morte bem interessante para seu querido pai. Quer ver?

— Não, por favor!

Por mais que soubesse que Luciano não me amava, não se importava comigo, eu não conseguia deixar de amá-lo; era meu pai, afinal de contas.

Paolo sacudiu a cabeça e, olhando em meus olhos, sorriu, dando um sinal para seu capanga. Vi o momento em que Giulio tirou uma seringa do casaco e espetou no meu pai, que não esboçou nenhuma reação até que perdeu as forças, sendo empurrado no chão pelo homem de Millazzo.

— Aquilo é uma substância que, misturada com o que já tem na corrente sanguínea do seu pai, se torna um veneno que o matará instantaneamente, ou quase. — Respirou fundo e levantou-se, colocando as mãos na cintura. — Lindo! Um traidor pagando as suas dívidas é bonito de se ver.

Engoli em seco e precisei conter a ânsia e a tristeza. Meu pai agonizava e tremia no chão. Não parecia o mesmo homem. Seu rosto, já machucado, se contorceu de dor, até que, em uma última convulsão, ele parou, com a boca espumando.

Tentei conter o soluço que nasceu dentro de mim, mas não consegui. Sentia um desespero enorme que poderia parar o meu coração.

— Carina! Olha pra mim.

A voz de Enzo parecia longe e eu não conseguia tirar os olhos do corpo do meu pai, mas com muito esforço eu me virei e ele me encarava com temor. Estava assustado, com medo.

— Vamos ficar bem, ok?

Paolo gargalhou, nos assustando, e dei um pulo na poltrona.

— Acho que vou reservar umas doses dessa para você, *bella*. Assim, antes de te matar, posso aproveitar esse corpo. — Ele virou-se para Enzo, que gritava com ele e tentava forçar as cordas para se soltar. — Agora, nós vamos brincar, Gazzoni.

Senti meu coração batendo rápido, esmurrando meu peito a cada passo que o homem dava em direção ao meu namorado. Me culpei por estarmos naquela situação. Se eu não tivesse saído à procura de café da manhã para nós, não estaríamos ali. Se tivesse deixado Enzo arrancar as informações do Mariano como ele queria, nada disso teria acontecido.

Podia ver nos olhos dele o quanto estava com medo. Lembrei de outra vez que estávamos dessa forma e percebi que não poderíamos sair inteiros depois disso. Como um amor resiste a esse tipo de coisa? O terror nos acompanharia até mesmo depois da morte.

Giulio deixou o corpo do meu pai aos meus pés também e sorriu sinistramente para mim, como se prometesse coisas horrendas com esse simples gesto, então se afastou um pouco de lado, observando o chefe.

Paolo se dirigiu a uma mesa um pouco afastada de onde Enzo estava preso, pegou um bisturi e o colocou na frente do rosto, olhando-o como se fosse algo incrível a se desvendar.

— Sabe, sempre tive asco da sua família. Gente pobre, marginais do gueto. Quando começaram a crescer, nem mesmo me importei, apesar dos avisos do meu tio. E, quando sua mãe nos traiu, renunciando ao nosso nome, eu a culpei e simplesmente pensei que estava morta. Naquela época, eu tinha coração. Só que me esqueci de que seu pai era um filho da mãe ganancioso e, quando sentiu o poder nas mãos, começou a tomar território, crescendo dentro do meu domínio. Não tive escolha a não ser lhe dar uma lição. — Enzo engolia em seco cada vez que ele se aproximava. — Ainda ouço os gritos dos seus avós e tios enquanto os matava. Deveria ter exterminado todos vocês.

— Desgraçado!

Ele deu de ombros e sorriu.

— Sem elogios, por favor, ainda estou contando a minha história. Enfim, quando seu pai fugiu com o rabinho entre as pernas com você ainda bebê e sua mãe a tiracolo, eu o teria deixado em paz, mas ele resolveu ser o bastardo que nasceu para ser e roubou o meu filho, o meu único herdeiro de sangue puro, e, não satisfeito, o fez virar um capacho seu.

Podia ouvir o ódio de Paolo em cada palavra, cada ato e atenção em seu corpo quando abaixou o bisturi ao lado do corpo.

— Fabrizio era meu irmão, nunca foi um capacho. Ele viveu melhor conosco do que com você.

— Besteira!

Enzo sorriu. Vi que ele estava cansado de resistir, então deu asas à única coisa que o manteria são no meio daquela loucura: sua gana por violência.

— Ele teria odiado você, meu pai te fez um favor.

Droga! Todo o humor doentio de Paolo sumiu do seu rosto e ele bufava como um touro enjaulado. Sem aviso, ele desferiu um golpe com o bisturi, cortando o braço de Enzo, que gritou de dor.

— Oh, meu Deus!

Paolo se virou, sorrindo, e notei que ele estava cada vez mais louco. Seus olhos brilhavam.

— Ele não vai te ajudar. Espero que aprecie o show, querida. Em breve, será a sua vez — prometeu. Virou-se para Enzo e sorriu ao vê-lo tentando conter a dor. — Você é forte, tenho certeza de que ficou chocado quando descobriu que tem sangue Millazzo correndo por suas veias. Mas falta uma coisa.

Senti minha respiração se acelerando quando o desgraçado se aproximou de Enzo com o bisturi em riste. Meu amor olhava para mim, da mesma forma que o fez meses atrás. Em seus olhos azuis, pude ver carinho e um pedido de desculpas. E era assim que ele estava quando o pai de Fabrizio o cortou pela primeira vez na barriga.

— Você não tem o nome da família, mas agora terá. Vou apagar qualquer vestígio dos Gazzoni da face da Terra e você morrerá sendo um Millazzo.

Ele estava esculpindo na pele de Enzo seu próprio sobrenome. Fazia lentamente, como se de propósito para torturar e provocar muita dor.

Enzo se manteve firme até certo ponto. Ele me encarava, tentando mostrar que estava bem, mas não aguentou e começou a gemer, então ficou mais alto. Parecia fundo e o sangue escorria pela ferida aberta. Paolo tinha feito apenas o M, então parou, sorrindo para mim, e voltou para seu serviço

— Essa é a consequência das escolhas do seu pai!

Em cada escolha que fazemos na vida devemos arcar com as consequências; para cada ação há uma reação. Você precisa saber distinguir o certo e o errado para não haver arrependimentos depois.

O barulho estraçalhava a minha alma. Seu grito de dor ecoava em meu coração como se fosse um soneto fúnebre que precedia o desastre, enterrando qualquer esperança de salvação.

— Você precisa parar, por favor!

Ele se virou e sorriu de lado, mostrando o verdadeiro monstro que nasceu para ser.

— Parar por quê? A diversão está apenas começando.

Pude sentir a dor, a angústia, o terror, o desespero. Se eu pudesse voltar no tempo, tudo seria diferente: não faria as mesmas escolhas, não cometeria os mesmos erros e, acima de tudo, confiaria nas pessoas certas.

Tudo o que você faz reflete de volta; às vezes, em quem você mais ama.

Dizem que a morte vem nos buscar quando estamos prestes a partir. Eu nunca quis acreditar nisso e pensava ser apenas uma história para nos assustar, mas, naquele momento, senti sua sombra me rondando, e eu queria me agarrar a ela como se fosse minha última salvação. Como se fosse a saída para aquele tormento, como se fosse uma redenção.

Qualquer coisa era melhor do que aquela dor. Não podia mais viver aquilo, não conseguia mais sentir angústia.

Seu grito ecoava em minha alma, fazendo com que meu coração praticamente parasse de bater.

O que eu havia feito, meu Deus?

CAPÍTULO TRINTA E SETE

Enzo Gazzoni

A dor cortava a minha alma, e meu coração se despedaçava ao ouvir o choro sentido de Carina. Eu não queria que ela soubesse o quanto estava doendo; eu teria suportado qualquer tortura. Se pudesse, morreria em silêncio para que ela ficasse em paz. Porém, eu era fraco e não resisti.

Paolo tentava tirar o nome Gazzoni de mim e marcar o Millazzo. Mas o que ele não sabia era que nossa família ia muito além de laços sanguíneos, éramos irmãos porque confiávamos um no outro. Não seria um nome rasgado em minha pele que mudaria a forma como me sentia.

— Por favor, você precisa parar. — A voz dela estava fraca, e levantei meus olhos, tentando focar em alguma coisa. Sentia minhas forças se esvaindo, e acreditei que o corte estava maior do que o próprio Paolo pretendia.

Ela implorava por clemência, por mim, para que parasse, e tentou levantar. Carina se retorcia, tentando se soltar das cordas que a prendiam na poltrona.

— Tá querendo apressar as coisas, *cara*? Vai chegar a sua vez, já vou terminar aqui e te pego.

Levantei a cabeça e olhei para o homem que sempre havia sido inimigo da minha família e que agora tinha a vida da pessoa que mais amei nas mãos.

— Deixa ela em paz!

Ele sorriu e se aproximou com o bisturi, forçando a ferida aberta. Segurei o grito de dor ao sentir a lâmina afiada machucando ainda mais a carne. A adrenalina corria pelo meu sangue e o olhei com ódio, prendendo os lábios com força para não urrar.

— Você não tem ideia do que vou fazer com ela quando acabar com você. Uma pena ter que te matar antes e você não conseguir assistir. — Estalou a boca, parecendo realmente chateado.

Eu respirava rapidamente, tentando não pensar na dor e focar no tempo que precisava ganhar, tinha que ficar vivo e manter Carina em segurança.

— Acho que o erro do meu pai foi não ter te matado quando teve a chance e só ter roubado o seu filho. Você merece muito mais dor que sentiu por tê-lo perdido.

Os Millazzo tinham fama de serem cruéis e sem piedade por suas vítimas, eles se vangloriavam de seus feitos e fizeram seu nome à custa de muito sangue. Sua gente não os respeitava, os temia. Eu não esperava que ele nos deixasse vivos. Pelo que soube, depois do meu pai, ele nunca mais deixou qualquer inimigo respirando para não correr o risco de retaliação.

Em meio à dor e ao desespero, lembrei-me de uma conversa de oito meses atrás.

— *Você vai precisar da minha ajuda para o que vem pela frente, Gazzoni.*

Fechei a cara e coloquei as mãos nos bolsos da calça. Estava cansado e queria ir embora. Fabrizio tinha entrado na cirurgia e eu não queria conversar sobre nada naquele momento. Muito menos com um agente.

— *Não quero nada de você!*

O agente sorriu, cruzou os braços e inclinou a cabeça de lado.

— *Eu acho que você não tem escolha. Na verdade, se não quiser me ouvir, você vai daqui para a cadeia sem chance de ver sua Carina de novo.*

— *Você não tem nada contra mim.*

— *Tráfico de drogas, armas, indução ao crime, agressão... A lista é bastante extensa. Você se tornou o cabeça da organização depois que seu pai morreu.* — Engoli em seco, sabendo que ele estava certo. Esse sempre foi o medo do meu pai, caso eu decidisse ir embora: meu nome me perseguiria. — *Podemos conversar agora?*

Seus olhos estavam fixos em cada movimento meu. O cara era esperto e sabia que eu contornava a situação.

— *O que quer?*

Ele assentiu e se aproximou, encostando-se na parede ao meu lado. Olhou para frente e fingiu falar sobre amenidades. Era como se ele estivesse ali comigo aguardando alguém que estava no hospital também.

— *Já ouviu falar em Paolo Millazzo?*

Franzi a testa e me forcei a lembrar se já tinha ouvido o nome, pois não me era estranho.

— *Não me é estranho, por quê?*

Ele olhou para os lados e pareceu um pouco tenso.

— *Esse não é o melhor lugar para falarmos sobre isso, mas Paolo Millazzo é um criminoso internacional que está sendo procurado há anos. Seu pai estava me ajudando a capturá-lo em troca de sua liberdade. A proposta continua de pé, se quiser, e estarei em meu carro no estacionamento por mais meia hora.*

Observei-o se afastando e fiquei pensando no que disse, a curiosidade em saber do que se tratava era maior do que minha autopreservação. Poderia deixar tudo, pegar Carina e sumir no mundo. Meu pai havia feito uma conta para mim em um paraíso fiscal, para uma emergência. E, se ele realmente estava envolvido com o agente da Interpol, se preparou com antecedência para o caso de as coisas saírem do controle.

Após dizer à enfermeira que daria uma volta, pois estava nervoso por não ter notícias de Fabrizio, fui até o estacionamento para saber qual era a tal proposta que o agente Thomas Campbell tinha para mim.

Ele não me disse qual era seu carro, mas nem precisou. Àquela hora da noite, havia poucas pessoas no hospital e o único carro preto com os vidros escuros era o dele. Me aproximei e bati na janela do carona. A porta foi aberta e entrei, sentando-me e encarando o cara misterioso que aparentemente tinha minha liberdade nas mãos.

— Então?

O homem sorriu e assentiu, se inclinou e abriu o porta-luvas, retirando uma pasta de dentro e a jogando em meu colo. Olhei para ele com a testa franzida e então abri-a. Dentro, tinha fotos de um homem ao longe, na Itália provavelmente, e alguns relatórios de seus crimes, coisas com as quais, infelizmente, eu estava habituado, mas tinha algo mais. Vi uma foto do homem mais de perto e quase a joguei longe, parecia me queimar.

— O que é isso?

O agente tinha um braço no apoio do banco e seu queixo estava no punho fechado.

— Paolo Millazzo é o pai biológico de Fabrizio. Seu pai o roubou quando ainda era pequeno da casa dele.

— O quê? Como assim?

— Isso é história pra outra hora, o que importa agora é que Millazzo é mais do que apenas um inimigo do seu pai. Ele é procurado pela Interpol por tráfico humano para escravidão e prostituição. Seu pai estava me ajudando a capturá-lo. Mesmo eu tendo todos esses dados e uma condenação certa, não consigo pegá-lo porque ele escorrega mais do que um molusco. Tínhamos tudo em ordem até o pai da Carina começar a fazer besteira no Brasil. Seu pai achou melhor tê-lo aqui para que ficasse de olho e talvez pudesse atrair a atenção de Millazzo, que observa vocês há anos, só esperando a hora de atacar. O pai de David trabalhava para o crime, isso você sabe, mas a parte que não tem conhecimento é que Harris atraiu seu pai para o encontro com Paolo, para assim ele dar o primeiro passo para a vingança que planeja há tempos. Ele está surtando, perdendo o senso, e com isso está errando, prova disso é o que aconteceu com vocês. Tem uma grande chance de Fabrizio não resistir ao ferimento e você sabe disso. Se isso acontecer, as coisas vão ficar piores do que já estão.

Era informação demais e minha mente estava com dificuldade para processar tudo. Meu pai não era melhor do que qualquer criminoso. Drogas e armas matavam sim e muito, mas ele nunca foi um homem cruel. Recebeu proposta para agenciar tráfico de mulheres no Estados Unidos, mas negou veementemente. Ele dizia que não se envolveria nesse lado do crime.

Pode parecer hipocrisia, mas ele achava que assim conseguia expurgar seus pecados. Eu nunca concordei com nada relacionado ao crime, mas aprendi a diferenciar os psicopatas dos homens "comuns", e Paolo Millazzo fazia o que fazia por puro prazer de ver a dor dos outros.

— E onde eu entro nessa história?

O agente olhou para frente e, sem se virar para mim, respirou fundo.

— Conhece a teoria do caos?

— Sim.

— Quando Millazzo mexeu seus pauzinhos para que David usasse você para que perturbasse a sua paz, ele foi atingido, tendo seu único herdeiro que ele pretendia reconquistar ferido. Na cabeça louca de Paolo, ele colocaria toda a culpa na família Gazzoni e levaria Fabrizio para a Itália para continuar o legado. Mas tudo saiu do controle. — Virou-se para mim com os olhos sombrios. — Ele vai culpar você e Carina e, acredite em mim, irá se vingar.

Isso eu percebi enquanto ele contava quem realmente era o pai do meu irmão de coração. Eles não se pareciam em nada, fora a parte física, mas enquanto Fabrizio era um bom homem, Paolo era mau.

— Não era para o seu pai ter morrido; as coisas saíram do controle. Luca estava nessa somente porque te amava. Agora fica a pergunta: você é capaz de fazer tudo que ele fez e talvez muito mais para salvar quem ama?

A teoria do caos diz o seguinte: "O bater de asas de uma simples borboleta poderia influenciar o curso natural das coisas e, assim, talvez provocar um tufão do outro lado do mundo".

Para cada ato há uma consequência. Eu fiz minha escolha oito meses atrás: proteger a mulher que amava a qualquer custo. Por isso fiz tudo que precisava para que ela acreditasse em cada palavra que eu dizia e tinha que afastá-la da mira de Paolo, porém não previ que a loucura do homem havia alcançado níveis tão altos até que foi tarde demais.

Olhei para os olhos dele e vi apenas loucura e ódio. Ele não pararia, então tinha que ser detido. Sorri de lado, libertando qualquer sentimento de preservação.

— O erro do meu pai foi não ter colocado uma bala na sua cabeça, desgraçado! Mas isso você já sabe. Fabrizio não sabia que tínhamos o mesmo sangue, mas ele te odiaria se o conhecesse. Teria vergonha de ser seu filho. Pode me marcar inteiro, mas nunca deixarei de ser aquele que meu pai criou para ser: um Gazzoni.

Podia ver sua raiva crescendo, e Paolo sorriu com loucura, mordeu a boca e estreitou os olhos, balançando a cabeça. Até então, sussurrávamos, mas o homem surtou e deu um grito misturado com gargalhadas histéricas.

— Vou adorar te matar, filho da puta! Devia ter acabado com você ainda bebê.

— Você já disse isso, mas quero ver fazer. Vem, desgraçado, tô pronto pra você.

Não sei se falei demais, mas o que aconteceu a seguir quase conseguiu tirar a minha força. Ele me apunhalou na cintura com o bisturi, rasgando minha carne de um lado a outro. Olhei em seus olhos e sorri abertamente. Naquele estado, eu já não enxergava nada nem ouvia. Provocar um louco com sua loucura era a melhor forma de ganhar tempo... ou morrer mais rápido.

— É só isso que você tem? Estou decepcionado!

CAPÍTULO TRINTA E OITO

Carina Agnelli

O coração humano aguenta até certa intensidade de dor, por isso sedamos os pacientes para que durmam em procedimentos cirúrgicos. Ele simplesmente pode parar, é verdadeiro como na expressão "morrer de dor".

Paolo estava empenhado em cortar cada parte do corpo de Enzo, marcar seu nome na pele e, depois de muito sofrimento, matá-lo, mas ele não pretendia fazer isso rapidamente. As partes do corpo nas qual ele o feria eram lugares estratégicos, onde ele não morreria facilmente nem atingiria um órgão vital. Ele queria que Enzo sangrasse até a morte como um animal para o abate.

Eu podia ver a loucura nos olhos do homem. Ela o dominava cada vez que Enzo gemia, deixava escapar um urro de dor ou apenas se segurava tentando não dar a ele o que desejava, que era seu sofrimento.

O ódio o tomava cada vez mais e ele se divertia com o tormento que estava causando, tanto físico em Enzo quanto psicológico em mim. Cada vez que Enzo demonstrava dor e eu reclamava, me agitando naquela poltrona inútil, ele sorria e olhava para mim, piscando um olho como se estivesse se vangloriando do seu feito.

Para ele, era como um show, uma peça importante da Broadway. Ele tinha sua plateia que o aplaudia, os personagens que feria, e ele era o protagonista: o psicopata, o vilão perfeito.

Eu já não tinha lágrimas para chorar àquela altura e me sentia fraca. Era como se meu coração estivesse falhando de dor assim como, provavelmente, o de Enzo estava enfraquecendo. Não ouvi nem metade do que eles sussurravam, mas vi o momento em que Enzo sorriu com um brilho nos olhos parecidos com o que vi muitas vezes quando ele precisou ser o menino mau da história. Paolo tinha parado de encenar, de brincar com nossos sentimentos e sensações, havia encarnado o monstro que realmente era.

Ele estava perdendo o controle!

Em dado momento, Millazzo enlouqueceu, gritou e riu ao mesmo tempo; ele parecia ter surtado de vez e começou a retalhar o lado esquerdo da cintura de Enzo diversas vezes seguidas e apertar a ferida com o dedo. Enzo, por sua vez, não conseguiu mais segurar a dor que sentia. Ele olhou para mim quando perdeu as forças e começou a gritar, então fechou os olhos para que não me visse em desespero.

Alguma coisa aconteceu dentro de mim que eu tirei força de algum lugar e comecei a me agitar na poltrona. O homem de Paolo não olhava para mim, apenas observava seu chefe esquartejar meu namorado, por isso não viu quando me soltei das cordas dos meus braços. De tanto me debater pedindo que parasse, elas começaram a se afrouxar.

Tinha que fazer alguma coisa, mesmo que nós morrêssemos no processo; não suportava mais ver a dor nos olhos de Enzo.

Parecia que as coisas estavam virando a nosso favor. Por algum motivo que nunca entenderia, resolvi olhar para Mariano morto à minha frente e a coronha de uma arma era visível no cós da calça.

Movida por puro instinto, estendi os braços e consegui pegar a arma com as pontas dos dedos.

— Você precisa parar, por favor — pedi com um fio de voz. Quase não saía o som das minhas palavras, mas tive certeza de que foram ouvidas, contudo ignoradas.

Paolo continuou concentrado em seu trabalho e Giulio estava tão hipnotizado com o que seu chefe fazia que também não se virou.

— Logo chegará a sua vez, *bella*. Não se preocupe, mas antes quero ver o porco Gazzoni gritar mais — falou como se estivesse se divertindo muito.

Eu não queria ferir ninguém, nem mesmo o homem que fazia Enzo sofrer; era totalmente o contrário do que eu acreditava. Mas era questão de viver ou morrer, e, naquele momento, não havia escolha.

Sem pensar, atirei direto nas costas do homem que deveria ser o pior pesadelo de todos que o cercavam. Nem mesmo cogitei a possibilidade de a bala atravessar seu corpo e pegar em Enzo. Apenas ouvi o estrondo alto dentro da sala, e tudo aconteceu em câmera lenta.

Os gritos de Enzo cessaram, juntamente com a gargalhada histérica de Paolo. Ele se virou e olhou para mim, parecendo surpreso, e, então, sorriu com os lábios sangrando. Deu dois passos em minha direção com o bisturi levantado e todo ensanguentado. As mangas de seu antes impecável terno branco estavam todas sujas do sangue Gazzoni e ele olhou para mim com admiração deturpada.

— Ninguém te falou? — disse, um pouco rouco, afogando-se em seu próprio sangue.

Lembrei-me da forma que Luca morreu, pelas mãos de Paolo, com um tiro nas costas que atingiu o pulmão, e ele se afogou em seu próprio sangue. O destino é uma cadela, certo? O que vai, volta.

— O quê? — Eu ainda tinha a arma levantada e apontada para ele, mas minhas mãos tremiam de nervoso, e sentia meus ouvidos zumbindo com o medo que explodia em meu coração.

Estavam todos congelados. O brutamonte havia corrido para seu patrão, mas foi parado por uma mão levantada de Paolo, ordenando que não se movesse.

— Cada morte fica na sua memória para sempre, *cara*. Poderá lidar com isso?

Estreitei os olhos e vi que ele sentia dor e lutava para respirar, de suas narinas saindo riscos de sangue. Devia estar doendo muito cada puxada de ar; não sei como não morreu imediatamente, mas vaso ruim não quebra fácil, não é? Corria o risco de ainda sobreviver se ficasse só com esse ferimento. Eu não daria espaço para o azar.

— Acho que posso conviver com isso.

Apertei o gatilho mais uma vez direto em seu coração e então me virei e atirei em seu capanga. Não vi onde acertou, mas ele caiu. Olhei para Paolo, que caiu no chão sorrindo e piscou antes de perder a consciência.

A adrenalina é algo engraçado, ela nos dá uma carga elétrica que nos impulsiona a tentar o impossível, como aconteceu. Eu, como uma viciada nessa reação química, sabia muito bem como ela funcionava. Era como uma onda. Quando ela chega, sai arrastando tudo que tem pela frente, e, quando se vai, deixa tudo na areia da praia. Sentia toda a energia deixando meu corpo e só enxerguei Enzo à minha frente, tentando manter a cabeça erguida, me observando com cuidado.

— Amor! — Sua voz estava baixa, como se ele estivesse fazendo um esforço enorme para falar qualquer coisa. — Larga essa arma e vem aqui.

Não tinha notado que ainda estava com a arma apontada para frente, não a sentia em minhas mãos, mas, quando me dei conta do que havia feito, senti um enorme peso em minhas costas. Sabia que as palavras de Paolo Millazzo ficariam na minha memória para sempre, seus olhos brilhando loucos enquanto caía no chão, aquele sorriso conhecedor do que faria comigo. Eu, provavelmente, iria reviver aquele momento para sempre; era mais um fantasma para me assombrar. Deveria ter me acostumado.

Joguei o revólver no chão e tentei soltar-me. As cordas ainda prendiam minha cintura, então precisei espremer-me e tirar as pernas por cima. Saltei da poltrona e pulei o corpo de Mariano, tentando não olhar para o meu pai, Paolo e seu capanga caídos no chão.

Me aproximei de Enzo e precisei de forças para aguentar olhar para seu corpo machucado.

— Deus, Enzo!

Ele tentou sorrir. Eu sabia que estava se aguentando por mim, mas a qualquer momento perderia as forças, por causa da grande perda de sangue.

— Carina, pega uma faca em cima da mesa e solta meus braços. Precisamos sair daqui, pode haver mais capangas e não será bom se nos virem aqui com seu chefe morto.

Respirei fundo umas três vezes e precisei reunir forças. Minhas mãos tremiam quando peguei uma espécie de canivete e, nas pontas dos pés, tentei cortar as cordas.

Não foi fácil, já que ele era muito alto e seus braços estavam estendidos para cima, mas, quando o libertei, Enzo caiu em cima de mim. Tentou se manter em seus pés, mas estava muito fraco.

— Obrigado, amor. Sinto muito por tudo isso.

— Do que está falando? Você não tem culpa de nada, Enzo. Pare com isso. Mas, amor, você precisa me ajudar, não consigo te carregar.

Ele era pesado e grande demais enquanto eu era pequena. Eu estava mais forte, porém era muito peso, ainda mais se ele perdesse a consciência.

— Você tem uma boa mira, hein? — Ele tentava sorrir, mas seu rosto bonito estava contorcido de dor. Quando o abracei, ele reclamou um pouco. Tentei apoiá-lo pelo lado direito, pois o esquerdo estava muito ferido.

Percebi que ele precisava daquela distração para que conseguisse se manter de pé. Eu precisava estancar o sangue ou ele não conseguiria chegar à porta da casa.

— Acho que posso ser uma atiradora de elite.

— Aí você estará do outro lado da força. — Ele riu e reclamou de dor.

— Vem cá, vou ter que estancar o sangue. Vai doer, mas é preciso, ok?

Ele assentiu e caminhamos devagar até a poltrona que eu estava sentada e o coloquei apoiado no braço dela para que não ficasse tão difícil de se levantar depois. Enzo não conseguia ficar com a cabeça erguida por muito tempo, então procurei por alguma coisa que pudesse enrolar em seu tronco. Estava vestida com seu moletom, que agora estava manchado de sangue, e por baixo usava apenas uma camiseta.

— Parece que estou sempre tirando minha roupa para te remendar.

— É seu destino ficar nua na minha presença. — Olhou para mim com pesar. — Sinto muito pelo seu pai.

Engoli em seco e tentei conter o choro que ameaçava me sufocar.

— Tá tudo bem. — Tirei a blusa e olhei em seus olhos, respirei fundo e tentei manter o foco. Se me entregasse aos sentimentos que estavam me invadindo como um tsunami, não conseguiria levá-lo dali. Passei a maior parte pelas feridas maiores e amarrei forte as mangas do outro lado. Enzo gemeu, mas aguentou firme. — Acho que agora conseguimos segurar um pouco esse sangue dentro de você. Vamos?

Ele assentiu e coloquei seu braço em meu ombro, tentando levantá-lo.

Então tudo aconteceu com num filme ou um sonho. Pelo canto do olho, vi que o capanga de Paolo estava ajoelhado no chão e tinha uma arma apontada para nós, e sorria como se estivesse dando nossa punição final por termos matado seu chefe, ou talvez fosse alguma felicidade mórbida que o acometia, assim como todos da gangue.

Senti Enzo tenso ao meu lado e arregalei os olhos. No final, não teríamos chance nem mesmo de sair daquela sala.

Um barulho alto foi ouvido e o corpo de Giulio caiu sem vida, de cara no chão. Na entrada da sala estava alguém que imaginei que nunca mais veria na vida. Ele estava sério e nos encarava com atenção.

Senti o corpo de Enzo se sacudir ao meu lado enquanto ele ria, parecendo feliz.

— Porra, Fabrizio! Você demorou demais, cara! Estou um caco, irmão.

CAPÍTULO TRINTA E NOVE
Fabrizio Gazzoni

— Você não pode ir!

Estreitei meus olhos e encarei o agente Thomas, meu carcereiro por vários meses. Ele queria me convencer a aguardar no quarto como se fosse uma donzela em perigo. Tentou me dobrar com vários motivos reais e embasados, mas só estávamos perdendo tempo com aquela ladainha toda.

— Tenta me impedir para ver. É do meu irmão que estamos falando.

— Você pode pôr tudo a perder se te virem lá.

Sorrindo, dei de ombros e andei até onde ele estava parado ao lado da porta, peguei minha arma de dentro da cômoda, verifiquei se estava carregada, travei e coloquei no cós da calça jeans.

— Só se voltarem do além para me delatar, vou matar todos que encontrar pela frente, não vai sobrar um. — Dei-lhe as costas e, antes de sair, me virei e o encarei. — Você vem?

O agente bufou e descruzou os braços, me acompanhando para o lado de fora do hotel de beira de estrada.

— Maldita hora que fui pensar que vocês seriam úteis nessa operação. — Thomas passou por mim, andando de uma forma que eu sabia que ele estava irritado. O cara era simplesmente muito previsível para um agente que deveria se manter discreto.

— Sem a gente, você estaria perdido, Campbell.

Ele apenas me encarou com a cara fechada e foi marchando em direção ao carro. Sorri, sabendo que ele me dava razão. Nossa operação era um sucesso pelo trabalho perfeito que vínhamos fazendo.

Recebemos a mensagem de Enzo há algum tempo e estávamos discutindo como seria nossa abordagem, e ainda tinha o fato de que precisávamos rastreá-lo. Não podia demorar ou perderíamos os dois.

Campbell não me queria na cena, tínhamos todo um plano em andamento que, se me vissem, as coisas sairiam de ordem e seriam oito meses de operação perdidos.

Estava empenhado em fazer o que fosse preciso para salvar a vida de Enzo e

Carina. Não queria ter que bater de frente com Paolo, mas o faria se fosse necessário.

Eu, sinceramente, não sabia como me sentiria ao encará-lo pela primeira vez, mas, se ele tivesse machucado meu irmão, não teria piedade da minha parte. Acreditei que nisso nós éramos iguais. Porém, a semelhança se resumia ao rancor que não esquecíamos tão fácil. Paolo moveu céus e terras para se vingar de algo que não tinha direito. Infelizmente para mim, fisicamente também éramos semelhantes, pelo que vi no dossiê que Thomas, quando acordei depois de dias quase em coma por ter perdido tanto sangue.

O homem era como o diabo encarnado e eu ficava envergonhado de ter seu sangue.

A única coisa boa nisso tudo era saber que eu e Enzo, apesar de já sermos irmãos de coração, éramos sim parentes de sangue.

Demoramos muito tempo até localizar onde possivelmente Enzo e Carina estavam sendo mantidos. Não era certeza de que era o local correto, mas eu estava enlouquecendo com a espera; cada segundo contava quando a vida dos meus amigos estava em risco.

Já era noite quando chegamos ao complexo bem afastado da parte urbana da cidade. Era exatamente o que um chefe do crime precisa para fazer o trabalho sujo: uma enorme mansão abandonada, cara e sombria demais para que pessoas comuns comprassem, fora que ela era em um ponto estratégico para o mundo da máfia, com facilidade para uma fuga rápida.

Provavelmente havia um porão que usavam para esconder os seus segredinhos sujos. E era ali que começaríamos a procurar.

O agente Thomas parou o carro e ficamos olhando para a casa. Estávamos sozinhos, não tínhamos uma equipe, pois era totalmente contra as regras que estivéssemos ali. O serviço de proteção à testemunha era claro: se saísse do programa, estaria fora.

— Ainda acho um erro você estar aqui.

— Erro ou não, eu estou e vou entrar.

O agente balançou a cabeça e sacou a arma do coldre, estreitou os olhos e sorriu. Apesar de na maior parte do tempo ele não entrar em campo, sabia que sentia falta da adrenalina.

— Eu nunca estive aqui.

— Como quiser.

Saímos do carro e, já habituados às ações evasivas, entramos atentos a cada movimentação. Em nossas armas havia silenciadores e o primeiro tiro foi logo no portão de entrada, já que em cada pilar havia um capanga dos Millazzo.

Em cada esquina encontramos um homem e o eliminamos. Eu não podia ser visto dentro do complexo; nossa operação ainda estava no começo e não poderíamos correr riscos. É como dizem, certo? No amor e na guerra vale tudo.

Quanto mais cômodos da casa limpávamos, mais eu ficava mais desesperado; o tempo estava correndo e não os encontrávamos. Eles não estavam no porão como imaginei, mas vi que alguém havia sido mantido lá, por causa de certos objetos, como a cadeira na qual tiraram a foto de Carina. Como Thomas tinha acesso a tudo que Enzo recebia, a cópia da mensagem chegou a nós antes mesmo que ele ligasse.

Saímos do porão e percebi que já não havia nenhum homem tomando conta daquela ala da mansão, o que era estranho, mas vai entender como a cabeça daquele maníaco funcionava.

Mesmo não encontrando ninguém, entramos sorrateiros, tentando passar despercebidos. Porém, quando ouvi um tiro vindo de dentro da casa, corri como um louco, deixando Thomas para trás, temendo com o que iria me deparar. Mas o choque da cena, quando parei na porta de uma ampla sala, foi grande e não pensei duas vezes antes de atirar no homem de joelhos que tinha uma arma apontada para Enzo e Carina, que tentavam sair abraçados.

Parecia um filme de terror: havia muito sangue no chão, vários corpos pelo tapete, cordas e instrumentos de tortura, que confirmavam o horror que tinha sido infligido, e, no centro de tudo, os melhores amigos que uma pessoa poderia ter.

Enzo sorriu e, mesmo com dor, percebi sua felicidade por me ver.

— Porra, Fabrizio! Você demorou demais, cara! Estou um caco, irmão.

Carina me encarava como se visse um fantasma e não abaixei a arma até que Thomas chegou por trás de mim. Então, eu a guardei em minha calça e me aproximei com as mãos levantadas; eu sabia que a reação dela não seria das melhores quando me visse vivo.

Não depois de tudo que ela passou.

— Sinto muito, tivemos alguns problemas pelo caminho, mas todos foram eliminados. — Pisquei um olho, atento a cada reação que ela poderia ter.

— Tudo bem, minha princesa cuidou de mim. — Ele sorriu e tentou virar a cabeça para olhar Carina. Enzo estava muito pálido e tinha olheiras muito marcadas, prova de tudo que havia sofrido naquele lugar.

— Você tá vivo! Como assim? O que está acontecendo aqui?

Ela precisava de mais do que isso, merecia uma explicação.

— Calma, Carina, eu vou te explicar tudo. Mas temos que levar Enzo para o hospital. Tudo bem?

Ela parecia em choque, sem saber se acreditava no que estava acontecendo ou se não passava de um sonho maluco. A realidade era muito mais complicada do que ela imaginava, mas concordou comigo e se afastou um pouco, me dando o lugar para carregar a tonelada que era Enzo Gazzoni, que já estava quase perdendo as forças. Não tinha ideia se Carina conseguiria levá-lo dali, mas, assim que o peguei, seu peso veio todo para cima de mim.

— Parece que estamos com os papéis trocados dessa vez — falei, tentando distraí-lo.

Enzo sorriu e fez uma careta quando sentiu dor em cada parte do corpo, como imaginei, pela quantidade de hematomas se formando por seu rosto e tórax.

— Eu tô bem, você que é fraco e desmaiou muito rápido.

— Não estou vendo ninguém bem aqui e, seu filho da puta, corri com uma bala na barriga por vários minutos.

— É verdade, você é o melhor.

Olhei para Thomas. Depois de tantos meses de convivência e muita discussão, ele sabia o que eu queria sem ter o que falar. Então assentiu e se aproximou de Carina para se apresentar. Ele cuidaria dela e a tiraria dali.

— Matou todo mundo?

— Com certeza!

— Típico! — Ele tentou sorrir, mas acabou fazendo uma careta.

— Sem julgamentos, eu vim te salvar.

Enzo assentiu e andamos devagar todo o percurso, já que o teimoso não queria ser carregado. Chegar ao carro estacionado do lado de fora foi difícil para ele, mas por pura força do orgulho conseguiu.

Assim que entramos no carro, ele se sentou e olhou Carina sendo amparada por Thomas. Ela parecia muito abalada e era visível o quanto tremia.

— Se acontecer algo comigo, cuida dela.

— Não vai acontecer nada com você. — Não gostava que ele pensasse assim, mas o entendia e sabia o que deveria estar sentindo. — Mas, de qualquer forma, você sabe que ela estará segura.

— Obrigado.

Acenei e nos encaramos como irmãos. Esperei que Carina se acomodasse do outro lado do banco traseiro e o deitei em seu colo. Ela não olhava para mim e percebi que o fazia de propósito; estava magoada e preocupada. Eu não sabia se ela aceitaria ou entenderia os motivos que nos levaram a mentir por tanto tempo. Causamos dores demais em tanta gente, mas naquele momento não importava. Tínhamos que levar Enzo em segurança para o hospital.

No caminho, Enzo tentou se manter consciente no colo de Carina, enquanto ela falava com ele e o encorajava a ficar consciente. O amor dos dois estava mais forte e fiquei feliz que, apesar de tudo, ela ainda o queria bem, mas, em dado momento, meu primo não conseguiu se manter acordado. Quando entramos na emergência, ele foi imediatamente encaminhado para o centro cirúrgico.

Thomas não saiu do carro, apenas eu e Carina ficamos parados no corredor frio sem saber como ele sairia daquilo. Enzo tinha perdido muito sangue e alguns de seus ferimentos estavam fundos demais, empapando o moletom que em volta de seu tronco, provavelmente trabalho de Carina, já que seus primeiros socorros, quando levei uma bala na barriga, foram o que me deu chance de sobreviver.

Olhei para ela, que tinha lágrimas nos olhos e encarava a porta como se fosse a única coisa que a mantinha de pé.

Sem me olhar, ela respirou fundo e sua voz rouca demonstrava a quantidade de sentimentos que tinha em seu coração.

— Agora pode começar a falar o motivo de você ter destruído os corações de todos nós?

Baixei a cabeça e assenti, era hora de lhe contar toda a verdade.

CAPÍTULO QUARENTA
Carina Agnelli

Existem coisas na vida que nunca em milhares de anos você adivinharia, peças que são pregadas em nós que são capazes de nos tirar do rumo.

Tudo que explodiu dentro de mim depois que Fabrizio apareceu era algo que eu nunca conseguiria explicar: ódio, rancor, alívio, saudade, mágoa, tristeza e, acima de tudo, me sentia como se estivesse sido enganada esse tempo todo.

Lutei contra a minha personalidade explosiva e me mantive em silêncio no caminho para o hospital, não dirigindo o olhar para Fabrizio nem para o agente, que se apresentou dizendo que tudo seria explicado.

Minha mente fervilhava, mas meu coração sofria. Em certo momento, Enzo parou de falar e, deitado em meu colo, apenas me observava com os olhos sem brilho algum; ele estava sumindo, se apagando.

— Você precisa parar de me olhar assim!

Ele sorriu delicadamente como se até isso lhe exigisse um esforço enorme. Engoliu em seco e respirou fundo.

— Você tem... — parou de falar como se tentasse conter a dor — que seguir em frente, Ca.

Meu coração deu um salto e então voltou a bater normalmente. Eu sabia do que ele estava falando. Enzo era forte, mas estava perdendo a batalha. Seus olhos estavam cada vez mais pesados, e eu podia sentir seu batimento cardíaco diminuindo.

— Não fale assim! Você vai ficar bem.

Ele assentiu e, com muito esforço, pegou minha mão direita que estava sobre seu peito e levou aos lábios, dando um beijo suave, e foi seu último suspiro antes de perder a consciência. Eu sentia como se meu mundo fosse ruir a qualquer momento, senti o terror me tomar e apenas levantei a cabeça, vendo Fabrizio nos observando com compaixão.

— Ele apagou — afirmei o que ele já tinha visto.

— Enzo é forte, já estamos chegando.

O que se seguiu a partir dali me deixou ainda mais aflita: os médicos e enfermeiros correndo com ele para a maca, relatando cada ferimento que conseguiam ver e medindo seus sinais vitais, que não eram bons. Sentia um soluço de dor brotando em meu peito quando parei em frente à porta que havia levado a pessoa que mais amei na minha vida.

Senti que Fabrizio me observava e então me lembrei de que ele não estava morto, como nos fizeram acreditar.

— Agora pode começar a falar o motivo de você ter destruído os corações de todos nós?

Me virei e o encarei com firmeza, não sabia como me sentia, não sabia como me portaria. Só conseguia sentir tristeza e mágoa.

— Eu vou te contar, podemos nos sentar?

Ele apontou para a sala de espera, que estava vazia àquela hora da noite. Enquanto caminhava a passos lentos, fiquei imaginando como Jill se sentiria se desse de cara com ele e visse que estava mais do que bem. Sentei-me em um dos últimos bancos no cantinho da sala e esperei que Fabrizio se acomodasse. Quando o fez, estendeu as palmas das mãos sobre os joelhos e baixou a cabeça.

Minha vontade era de estar ao lado de Enzo, esperando e tomando conta para que não fizessem como foi com Brizio. Eu nunca aceitaria que me enganassem e praticamente tirassem a minha vontade de viver e depois descobrisse que era tudo uma mentira.

— Eu não sei por onde começar.

— Que tal da parte que fingiu estar morto e fez todo mundo sofrer?

Ele engoliu em seco e assentiu. Brizio estava diferente, assim como Enzo, parecendo mais duro. Tinha linhas de expressão em sua testa e, apesar de ser jovem, aparentava um pouco mais velho do que realmente era. Seus cabelos estavam mais compridos agora e havia uma barba fina cobrindo seu rosto. Seu ar era sombrio e me pareceu que seus olhos perderam a alegria que sempre foi sua marca registrada.

— Eu não sei dizer para você de forma mais leve que possa amenizar tudo que sei que sentiu, tudo que causamos, então vou falar da forma que consigo.

Assenti, mas ele não viu. Brizio respirou fundo e, ainda de cabeça baixa, começou a falar:

— Quando acordei neste mesmo hospital oito meses atrás, eu não sabia de nada do que tinha acontecido, não tinha ideia do tempo que havia passado, nem mesmo se eu estava vivo ou morto. Para ser sincero, achei que estivesse no inferno, tamanha a dor que sentia. Logo pedi que chamassem Jill, mas quem estava à minha frente era um homem desconhecido: Thomas Campbell. Assim que ele se apresentou, jogou uma pasta no meu colo e disse que eu era filho de um dos homens mais cruéis que existiam; que eu havia sido raptado por Luca Gazzoni quando criança e não resgatado, como ele dizia; contou que o motivo de eu estar naquela cama era a vingança do meu pai biológico e que ele não descansaria enquanto não tivesse quem queria. Detalhou cada ato de horror que Paolo fez na vida, cada pessoa que torturou e assassinou. Eu não sou santo, Carina, cresci como um bandido, matei pessoas e não me orgulho disso, mas nunca faria metade do que ele fez. E, para dizer a verdade, Paolo gostava de causar dor. Acho que você viu, certo?

A voz de Fabrizio estava baixa, mas eu podia perceber todo o rancor que sentia e, quando falava do pai, era como se estivesse com nojo de dizer algo relacionado a ele.

— Quando Thomas me disse da operação com Luca e que agora Enzo tinha tomado a frente, não entendi qual era o meu papel, até que abri a pasta. — Ele sorriu amplamente e me olhou. — Era o meu atestado de óbito. Eu simplesmente não soube o que pensar, sabe? Meu coração acelerou e realmente senti como se aquilo na minha mão fosse a verdade e eu estivesse mesmo no inferno, mas a dor era real demais, ou será que lá vou me sentir assim também? O fato era que não aceitei muito bem e quase tive que ser sedado até que Enzo entrou no quarto. Ele estava diferente e, se não o conhecesse bem, poderia jurar que alguém realmente tinha morrido, mas o brilho em seus olhos só queria dizer que ele tinha assumido seu lugar, havia abraçado o crime como sua vida, e tudo por causa do que eu tinha no meu colo. Uma das coisas que quase me fez esquecer tudo foi saber que Jillian havia acreditado que morri.

— Mas ela te viu aqui no hospital, sei que ela veio.

— Fiquei em coma por duas semanas, perdi muito sangue e a bala "andou" dentro de mim, atingiu alguns órgãos importantes; acho que fui teimoso demais para viver. Mas, quando ela veio, segundo Enzo, meus batimentos estavam muito fracos e eles injetaram algo em mim que quase parou meu sistema nervoso. Jill não suportou chegar muito perto e nunca mais voltou. Depois, foi fácil convencê-la de fazer o enterro de caixão fechado. Ela estava sofrendo muito e acredito que se aproveitaram disso.

— Deus!

— Era tudo muito confuso, eu estava com muita droga no organismo, mas, quando fiquei bem e me inteirei de todo o assunto, vi que seria nossa única passagem para uma vida livre, Carina. Enzo nunca quis viver nesse meio. E, apesar de aceitar meu destino, eu consegui vislumbrar um futuro diferente, e foi o que Thomas nos ofereceu. Sem falar que vocês corriam perigo se ficassem conosco, aceitando ou não. Optamos por mantê-las vivas e seguras até que tudo terminasse. — Ele inclinou a cabeça de lado e sorriu tristemente. — O que não deu tão certo, não é?

Era muita coisa, loucura demais, parecia um roteiro de um filme, uma tragédia onde ninguém sairia ileso, apesar de um provável final feliz.

— Eu matei seu pai. — Estava tão chocada que foi a primeira coisa que me veio à mente naquele momento.

A gargalhada baixa de Fabrizio denunciou que, apesar de toda a história de terror, ele ainda se divertia.

— Paolo nunca foi meu pai, Carina. Ele apenas doou seu DNA fodido para me fazer. Meu pai sempre será Luca Gazzoni.

Eu não entendia os motivos que levaram Luca a fazer tudo o que fez, mas ainda não era a hora para essa história e eu precisava aceitar o que ele dizia, por ora.

— O que não entendo, Fabrizio, é como vocês foram capazes de nos deixar sofrer tanto, principalmente Jillian, que te ama muito mais do que ela gostaria. Ela ainda sofre demais, você sabia? Se culpa por querer te esquecer, mas ao mesmo tempo ela sabe que precisa seguir em frente. E o que você vai fazer agora que tudo acabou?

Ele parecia derrotado e me olhou como se não tivesse outra saída.

— Ainda não acabou para mim.

— Como assim?

— Você e Enzo já estão livres, já deram o último tiro. A minha parte ainda nem começou. Fabrizio Gazzoni morreu naquele dia da roleta russa, Ca. Para tudo que importa, o homem que Jillian conheceu foi embora, eu não sou mais o mesmo, e sei que você já percebeu. O melhor que faço é deixá-la continuar acreditando que eu morri. Para que mexer em feridas que estão cicatrizando?

— Ela tem o direito de saber que você está vivo, Brizio.

Ele parecia conformado com seu destino e havia desistido de lutar.

— Jill está melhor sem mim, acredite.

Por mais que eu entendesse, não conseguia aceitar ou perdoar. Tinha vontade de abraçá-lo porque meu amigo estava vivo e a culpa por sua morte poderia ser tirada dos meus ombros, mas, com tudo jogado no meu colo, eu não conseguia fazer nada disso. E ainda tinha o fato de ele querer continuar machucando a minha amiga. Se Lia estivesse ali, provavelmente diria que ele era um idiota.

— Você é um idiota! — Parecia que a ouvia falando.

Brizio sorriu e assentiu.

— Eu sei, Ca.

— Está sendo obrigado a isso?

— Não, quero fazer parte dessa operação. Percebi que o lado que estava não era o certo, sabe? Entendi que tudo que vivi foi errado e quero me redimir de alguma forma, e, se para isso preciso continuar morto, que assim seja.

— Para onde você vai?

— Estive no programa de proteção à testemunha todo esse tempo enquanto era a vez do Enzo viver a ação, observei de longe e quase enlouqueci, confesso, mas agora é a minha hora do show. Bom, pelo menos a primeira parte dele.

— E depois que terminar, você volta?

Eu estava ansiosa para que tudo acabasse. Não sabia o que seria de nós, o que aconteceria com Enzo, já que ele era um criminoso, mas estava ainda com mais medo do que aconteceria com Fabrizio. Ele deve ter percebido minha angústia e receio de qualquer contato porque estendeu o braço e envolveu meu ombro.

Poder sentir o calor do seu corpo e confirmar que estava vivo acalmou um pouco meu coração.

— Se eu sobreviver ao final desse jogo, eu volto.

CAPÍTULO QUARENTA E UM

Thomas Campbell

Desde que comecei na Interpol, trabalhei em muitos casos complicados e conheci muita gente. Em muitas operações tivemos baixas dos dois lados, tanto de agentes quanto de testemunhas e aliados que nos auxiliavam a pegar os mais cruéis e perigosos bandidos internacionais.

Porém, nenhuma dessas foi tão difícil de lidar do que ver um homem que se tornou um amigo, mesmo não sendo ético, perdendo a vida. Fui o primeiro a encontrar Luca Gazzoni caído com uma bala nas costas. Ele ainda estava vivo quando o achei, mas mal conseguia respirar. Tentei o possível para salvá-lo, mesmo correndo o risco de ser reconhecido por alguém. No caminho para o hospital, ele apenas disse uma coisa:

— Nosso trato ainda está de pé, quero meu filho fora desse mundo.

Quando o levaram, eu precisei ir embora antes que seus homens chegassem, mas iria cumprir a promessa que fiz ao meu amigo.

Só que para isso precisava recrutar o filho de Luca e sabia que não seria uma tarefa fácil. Eu o observei por semanas até que mais uma tragédia se abateu sobre ele, e não me orgulho de dizer que me aproveitei para tirar proveito de sua fragilidade.

Durante o tempo em que trabalhamos juntos, pude ver a semelhança de Enzo com seu pai. Mesmo que tenha lutado a vida inteira contra esse fato, era inegável o quanto eram parecidos em tudo, principalmente na paixão com que se empenhavam em algo que colocavam na cabeça.

O que sempre me incomodou demais nesse trabalho foi ver o sofrimento das pessoas com quem convivia, fossem vítimas ou testemunhas, e, mesmo os Gazzoni sendo uma organização criminosa, não conseguia deixar de me sentir diferente. Eu os conheci de perto, sabia o quanto queriam uma vida diferente. Principalmente Enzo.

Vê-lo sofrendo por Carina, por seu primo e por tudo que precisou ser e fazer quase me fez repensar meu trabalho.

Porém, as coisas eram muito maiores do que nós. Pessoas inocentes sofriam a cada dia que demorávamos para derrubar a rede dos Millazzo.

Aquele caso era uma pedra em meu sapato há anos. Em meus trinta e oito anos, perdi mais de quinze tentando capturar e incriminar Paolo Millazzo. E, mesmo depois de ter tudo organizado, me dei conta de que sua rede de crimes era maior do que apenas um homem.

Nosso trabalho não acabaria com a prisão ou a morte do cabeça da organização. As ervas daninhas haviam se entranhado muito mais fundo nas almas dos homens.

Nossa operação precisava ser muito maior do que quando começou com Luca. Só precisava convencer a peça principal desse jogo de xadrez.

Certo dia, quando estava de partida para o Rio para tomar conta de Enzo e evitar que ele fosse descoberto no país, procurei Fabrizio no lugar que ele estava se escondendo, de onde supostamente não deveria sair e que jurou cumprir todas as exigências do programa de proteção à testemunha. Bem, na verdade era o que ele queria que acreditássemos. Eu sabia das vezes que ele fugiu para observar Jillian de longe. E, claro, ele colocava tudo em risco por causa da saudade e da consciência pesada.

Não era possível dobrar aqueles meninos quando o assunto era suas amadas. Eu não entenderia nunca a forma como eram impulsivos e irresponsáveis por causa do amor.

— Você já está pronto para ir?

Sempre me surpreenderia a forma como Fabrizio Gazzoni estava sempre atento a tudo à sua volta. Ele conseguia me ver sem nem mesmo que eu desse qualquer pista da minha entrada, sentia quando algo não estava bem e não aceitava ficar de espectador de todas as operações.

— Meu voo é à noite. Seu primo vai precisar de mim por lá.

— Hum, boa viagem, então.

Fabrizio estava de mau humor desde que soube que Jillian partiria para o Brasil. Pensava em mil coisas que poderiam acontecer e, principalmente, que ela poderia ser pega no meio da tempestade. Nós monitorávamos todas as conversas das duas e, quando combinaram a viagem, ele ficou louco, assim como Enzo, que decidiu que era hora de encontrar com Carina.

— Precisamos conversar.

Ele arqueou as sobrancelhas e sorriu, encostou-se no sofá e cruzou os braços, me encarando, divertido.

— Pra variar, né? Nesse tempo todo, o que mais fez foi falar. Até que para um velho você fala demais e gosta de uma DR.

Era quase impossível aguentar a personalidade ácida de Fabrizio quando ele queria algo e não podia ter.

— Muito engraçado! É bom que esteja achando tudo uma diversão porque o jogo só começou.

— Fala aí! Estou te ouvindo. — Apesar de suas gracinhas, ele sabia como levar a sério quando precisava.

Encostei-me à parede de frente para ele e coloquei as mãos nos bolsos.

— Recebi novas informações sobre a organização Millazzo e teremos que mudar algumas coisas na operação. Depois que seu pai for preso, ainda teremos um trabalho.

Fabrizio fez uma careta e se remexeu no sofá, incomodado.

— Em primeiro lugar, ele não é meu pai. Segundo, o que tem em mente? Terceiro, que informações são essas?

— Você terá que se infiltrar. Descobrimos polos da organização por toda a Itália. Os Millazzo estão tomando conta e parece que estão migrando. Fomos informados de que há uma gangue aterrorizando Paris.

Ele fez uma careta e me olhou, pensativo. Fabrizio queria ser livre depois que tudo terminasse. Durante os meses que ficou preso, isso era praticamente tudo que falava. Mas sua missão era maior e demoraria um pouco mais, caso ele aceitasse.

— Sou obrigado?

— Não, o trato foi que, se fechássemos o cerco em volta de Paolo e conseguíssemos colocá-lo atrás das grades, o libertaríamos. Mas acredito que você precise de mais do que isso para se redimir dos seus pecados.

Sim, usei todo o remorso que sabia que o italiano carregava no peito.

— Você é um idiota.

— Eu sei.

— Tenho uma condição.

— Claro que tem.

Não esperaria menos dele. Apesar de não estar no controle de nada, sabia quando podia barganhar e o fazia sem pudor algum.

— Quero ir para o Brasil com você.

Assim que chegamos ao país, Jillian ainda não estava lá, o que deixou Fabrizio um pouco mais controlável.

Mas depois começou meu pesadelo. Após dias seguros e escondidos no país, Fabrizio quase colocou tudo a perder ao se aproximar demais de Jillian em uma balada, onde, por muito pouco, ela não o viu. Se eu não tivesse interferido, teríamos perdido tudo.

Sinceramente, pensei em deixar Enzo à própria sorte, mesmo sabendo que ele poderia ter problemas. Estava cansado de lidar com aqueles dois e suas irresponsabilidades. Como poderiam colocar em risco um trabalho de vários homens e mulheres por causa de duas pessoas? Nunca entenderia. Bem, eu pensava assim antes de conhecê-la e mesmo depois tentei me convencer que não seria como eles.

Tudo aconteceu muito rápido. Quando a vi, soube que era a mulher mais linda que eu veria na minha vida. E também a mais irritante; até demais para a saúde de qualquer pessoa.

Foi quase impossível resistir, afinal, eu era humano, apesar de tudo.

Em certa festa, Enzo decidiu que precisava que eu tomasse conta mais de perto de Carina, ou ele se revelaria antes do planejado, e então eu a vi. Ela estava em um canto olhando todos ao redor como se pudesse morder o primeiro que se atrevesse a lhe dirigir a palavra. Eu seria esse louco que arriscaria.

— Por que uma mulher bonita como você está com essa cara de que comeu algo estragado?

Ela revirou os olhos antes de me encarar e fez uma careta. Provavelmente estava cansada das cantadas idiotas e exausta de espantar os panacas.

Porém, quando se virou e olhou em meus olhos, eu estava sorrindo no meu melhor estilo conquistador. Pude ver que ficou um pouco chocada e também surpresa, mas, como uma boa sarcástica que era, tentou disfarçar, porém não antes de conferir o que tinha na frente, me olhando de cima a baixo.

— Olha aqui, gringo, não estou a fim de conversar e a minha cara é problema meu. Portanto, se manda.

Pude ouvir a dúvida em sua voz. Estendi a mão e sorri.

— Thomas, não gringo. E você é...?

Ela estreitou os olhos e pareceu pensar se me dava corda ou se cortava logo o papo.

— Lia.

Pegou a minha mão estendida. Levei-a aos lábios, dando um beijo suave. Afinal de contas, eu era um cara à moda antiga.

— É um prazer te conhecer.

Pareceu que consegui amolecer um pouco seu coração, mas, depois de alguns dias, percebi que a tal corda que ela me deu foi simplesmente para me enforcar.

Me envolver com a filha de um dos maiores figurões do país não foi uma boa ideia, ainda mais sendo quem era. Não poderia ter feito isso e arriscar tudo. Mas não resisti e fui contra o que acreditava.

E, quando me vi em um lugar no meio do nada e fui espancado por dois grandalhões, percebi que não poderia continuar com o relacionamento. Infelizmente, eu tinha um imã para coisas fora da lei, mas só tomei conhecimento disso horas depois da emboscada. Seus pais não eram somente ricos, mas também tinham envolvimento com organizações criminosas. Eu não precisava daquele adicional na minha ficha.

Romper com ela foi uma das coisas mais difíceis que fiz. Lia tinha me contado, em um de nossos encontros, sua recente decepção amorosa e estava fragilizada. Eu sabia disso e mesmo assim a machuquei ainda mais. Vi em seus lindos olhos o quanto ela sofria sozinha, usando uma máscara para esconder como realmente se sentia, quem realmente era.

Pensei que seria fácil superar, mas estava cada vez mais obcecado, até o ponto de mandar um amigo, investigador no Brasil, ficar de olho nela. Acreditei que toda a loucura que acometeu Enzo estava me atingindo.

— Você sabe que as coisas vão dar merda quando vê esse olhar.

Me virei e vi que Fabrizio estava parado na porta da sala de espera do hospital e me observava, sorrindo.

— Do que está falando?

Ele apontou para o meu rosto e cruzou os braços.

— Eu já vi essa cara de babaca enquanto você olhava para o celular. Recebeu notícias da amiga da Carina?

Olhei para o lado com medo de que Carina pudesse ouvir. Não queria ter que me explicar. Mesmo porque Lia nunca saberia quem eu era de verdade nem como me encontrar.

— Cale a boca. Não tem cara nenhuma.

— Eu vejo essa cara no espelho todos os dias. Sei como é. — Ele descruzou os braços e se aproximou. — Parece que a gente vai enlouquecer, mas viver isso por pouco tempo é melhor do que nunca ter vivido. Confia em mim.

— O que a gente teve nunca poderá acontecer. Não importa o que eu queira. Mexo com pessoas perigosas, ela não precisa disso.

Fabrizio assentiu, sabendo exatamente como eu me sentia. Sua decisão de não dizer a Jillian que estava vivo foi uma escolha bastante dolorosa. Saber que a mulher que ama sofrerá sempre a sua perda era de enlouquecer qualquer um.

— Você sabe que a vida tem a mania de nos testar até o nosso ponto de ruptura, não é?

— Estou disposto a testar meus limites.

CAPÍTULO QUARENTA E DOIS
Enzo Gazzoni

Sabe, a vida é frágil. Em um milésimo de segundo, tudo pode chegar ao fim. Somos tão frágeis como uma folha de papel. A vitalidade que corre por nossas veias pode se esvair tão rápido que você nem percebe.

É muito estranho e surreal sentir que está morrendo. As coisas ficam muito claras e conseguimos enxergar os problemas como eles devem ser vistos: como obstáculos que ficam em nosso caminho para que a nossa força seja testada.

A cada respiração, sentia a dor, sentia a vida se afastando e a morte se aproximando, porém, eu não tinha medo de partir. A única aflição que ainda me dominava era não poder viver mais aquele amor que passou por tantas coisas, mas havia resistido. Meu único arrependimento foi perder oito meses ao lado dela. Um tempo que nunca seria recuperado.

Eu olhava em seus olhos castanhos molhados de lágrimas, aquele rosto de anjo, os lábios da cor do amor, o furinho lindo no queixo, e só conseguia pensar em como eu era um filho da puta abençoado por Deus, porque, mesmo sendo um pecador, tive a mulher mais linda ao meu lado; e, porra, ela me amou. Amou com tudo que tinha. O que vivemos nunca poderia ser apagado, nunca morreria, era um sentimento forte demais para que a morte pudesse levar.

Não poderia arriscar que ela ficasse sofrendo, então pedi a única coisa que sabia que para ela seria difícil de aceitar, mas Carina não descumpria uma promessa. Ela deu um soluço alto e sofrido quando lhe pedi para que seguisse em frente, mas assentiu e passou a mão em minha testa, deixando que seus dedos escorregassem por meus cabelos em um carinho suave. Precisava só daquilo para deixar que meu corpo cedesse ao cansaço. Depois disso, apenas ouvi vozes ao longe, vi vultos e, então, veio a escuridão.

Nada me preparou para a quietude. Ali não havia a preocupação dos meus pecados, não tinha o peso que eu carregava por tudo que precisei ser e fazer. Não existia a tristeza por saber que fiz tanta gente sofrer. Era uma paz que eu gostaria de viver para sempre, mas não tinha ela. Não tinha o calor de suas mãos, a maciez do seu corpo, o gosto do seu beijo, nem o cheiro do seu perfume.

E só de pensar em Carina, meu coração acelerou, batendo forte, dando um susto enorme em meus nervos. Abri os olhos de repente e a primeira coisa que vi foi

Carina sentada em uma poltrona claramente desconfortável com os olhos fechados e os braços cruzados. Estava vestindo um moletom diferente, que sabia ser do meu primo. Eles devem ter conversado nesse meio-tempo, e eu esperava que tivessem se entendido. Não sabia quanto tempo havia se passado desde que apaguei, mas percebi que não importava, ela estaria ali quanto tempo precisasse até que eu abrisse os olhos.

Será que queria dizer que ela me perdoava?

Tentei me sentar para acordá-la, mas senti a pele das minhas costas e barriga repuxando, então me lembrei dos machucados.

— Acho melhor não se sentar, você tá todo remendado.

Olhei para a porta e Fabrizio estava parado lá, usando apenas uma camiseta, confirmando a minha suspeita de ter dado seu moletom para Carina. Ele olhava para mim como se tivesse ido ali para se certificar de que eu estava vivo.

— É, essas dores não vão me deixar esquecer tão cedo. Quanto tempo fiquei apagado?

Brizio sorriu e se aproximou.

— Um dia, irmão. Você precisava desse sono da beleza para se recuperar. Achamos que não resistiria, esvaziou quase todo o seu corpo.

— Por isso eu sinto como se tivesse sido atropelado por um trem? — Encostei a cabeça no travesseiro novamente e virei o rosto para olhar para Carina. Não sabia o motivo, mas meu coração estava apertado em vê-la daquela forma, tão indefesa. — Por que ela ainda está com essa roupa? Não foi em casa?

Fabrizio bufou e riu baixinho, cruzando os braços.

— E alguém consegue convencer essa mulher a fazer alguma coisa? Ela disse que só sairia daqui com você, que não correria o risco de a enganarem como fizeram comigo, enfrentou até o diretor do hospital quando pediu educadamente para te deixar sozinho, porque precisava descansar. Mulher brava essa que você tem!

— Queria ter visto isso.

— Ah, mas foi uma cena digna, posso te garantir. — Brizio olhou para ela e baixou a cabeça, parecendo chateado. Sabia como ele se sentia com aquilo tudo. Foi difícil para ele saber que choravam sua morte. — Nossa conversa não foi fácil, acho que Carina não vai me perdoar tão cedo, ainda mais porque eu quero que Jillian continue acreditando que estou morto.

— Você sabe que pode recusar o trabalho e procurá-la, não é?

Fabrizio olhou para mim e vi em seus olhos que ele já havia tomado sua decisão e nada do que eu dissesse mudaria isso.

— Eu a fiz sofrer demais, Enzo. Jill está seguindo em frente, ela vai me esquecer. Quem sabe já não o fez pelo menos um pouco. Se eu voltar do além, pode acabar com tudo que ela construiu até agora. Eu a amo demais para arrastá-la mais uma vez para essa vida. Você me entende, não é?

Mesmo não concordando, eu entendia sua busca por redenção, por perdão e, acima de tudo, pela felicidade da mulher que amava, mesmo que essa felicidade não fosse ao lado dele. Fabrizio estava disposto a apostar todas as suas fichas para que isso acontecesse, e isso só mostrava o cara que ele era.

— Eu sei o que você quer, irmão. Mas, mesmo que Jillian siga em frente, ela nunca vai deixar de te amar ou esquecer de você. Sempre será uma ferida aberta que doerá a cada dia.

— Mas a dor vai diminuir, você sabe que sim.

— Mas não vai sumir. Você precisa pensar se vale a pena abrir mão de viver isso que vocês tiveram.

Ele parecia muito incomodado com tudo; estava tão certo do que queria, mas acho que, quando viu Carina, as coisas ficaram estranhas. Ele se lembrou do que era ter alguém em todos os momentos. Até mesmo os tão ruins que você preferiria que tudo desaparecesse, mas você sabe que ela estará ali para te apoiar, para te dar um abraço quando você precisar; sabe que, apesar de tudo, ela irá continuar te amando.

— Vim me despedir, não posso ficar por muito tempo. Estava num quarto escondido para que ninguém me visse, já que chegamos de madrugada. Thomas quase surtou quando me recusei a ir embora.

— Você gosta de irritar ele, né?

— É bom ver o velhote com raiva. — Ele sorria, mas pude ver seus olhos tristes e senti um nó se formar em minha garganta. — Sinto muito por tudo, irmão, fica bem e aproveita a sua vida ao máximo.

Não queria que ele fosse, queria poder abraçar meu amigo, meu irmão, mas não conseguia me mover, nem ele. Vi o momento em que Fabrizio entendeu tudo que eu estava sentindo e então se virou, olhou para Carina, que ainda dormia, e sorriu. Fabrizio estava na porta quando o chamei. Ele se virou e me olhou com os olhos brilhando.

— Te vejo em breve.

Fabrizio assentiu e baixou a cabeça.

— Assim que eu der o xeque-mate, te encontro, irmão.

E se foi mais uma vez, deixando-me sozinho para viver uma vida que eu não conhecia, e, por mais estranho que pudesse ser, eu estava com medo da liberdade recém-conquistada. Senti que estava chorando e sorri. Olhei para Carina e senti tristeza e felicidade ao mesmo tempo. Achei que ela estivesse dormindo, mas seus olhos doces me encaravam marejados, e meu coração pareceu querer explodir.

Estendi a mão em sua direção e imediatamente ela correu para os meus braços, se esquecendo dos meus ferimentos, e, para falar a verdade, eu nem me lembrei deles também. Estava feliz por tê-la novamente e saber que estávamos vivos e poderíamos viver a vida que sempre sonhamos; parecia até bom demais para ser verdade.

Carina soluçava com o rosto escondido em meu pescoço, e passei as mãos em seus cabelos curtos e macios.

— Ei, tá tudo bem. Olha pra mim!

Ela fez que não com a cabeça, e eu sorri.

— Amor, você tá deitada em cima dos meus pontos.

— Oh, Deus, eu esqueci! — Levantou com os olhos arregalados. — Desculpa, Enzo. Tá doendo?

— Nada do que eu não possa suportar.

Ela assentiu e sentou ao meu lado, pegou a minha mão direita, entrelaçou nossos dedos e deu um beijo suave no dorso da minha mão. Olhou para mim e fungou.

— Brizio não vai voltar?

— Não sei, amor. Ele tem outra operação para participar, parece que trocamos de papel. Enquanto tudo continuar, estamos no programa de proteção à testemunha.

— E o que isso significa?

Não sabia como ela receberia a notícia, era muito para assimilar, e até eu, quando precisei afastá-la, quase voltei atrás.

— Para todos os efeitos, nós sumiremos do mapa e vamos assumir outra identidade.

— Oh! Não vou poder nem falar com a Lia?

— Sinto muito. Se quiser continuar a sua vida, vamos ter que nos separar. Eu não terei paz sendo Enzo Gazzoni.

Sabia que Carina sofreria com aquilo e nunca a forçaria a embarcar nisso comigo. Amava-a o suficiente para entender que nem sempre dava para abrir mão de certas coisas.

— Acha mesmo que eu tenho medo do desconhecido, Enzo Gazzoni? — Ela sorriu daquele jeito que eu amava e se aproximou, colando os lábios nos meus, seus olhos conectados com a minha alma. — Esqueceu que sou uma viciada em adrenalina? Acho que será só mais uma aventura.

Abracei-a pela cintura e me esqueci mais uma vez da porra toda; queria apenas tê-la ali comigo.

— E será que você vai me amar mesmo eu não sendo mais perigoso?

Carina pareceu pensar e realmente senti que estava analisando tudo que envolvia eu deixar de ser um Gazzoni. Então ela sorriu maliciosa.

— Estar com você sempre será um perigo, meu amor. Você já tem o meu coração, como posso viver sem ele?

Como podia um amor tão forte crescer ainda mais? Sentia que poderia voar e não importava como nos chamaríamos, a única coisa que precisávamos era do amor que nos ligou, que nos marcou.

A vida é como uma roleta russa e cada passo pode ser o último, então devemos aproveitar cada um deles como se assim o fosse, porque uma hora ou outra o tiro pode ser certeiro.

— Então podemos ir para mais uma rodada?

— Com certeza, meu mafioso favorito!

CAPÍTULO QUARENTA E TRÊS

Carina Agnelli

Carina: Oi, como está?

Lia: *Por onde andou, sua vaca? Vou te mandar a conta do cardiologista.*

Sorri com sua mensagem e logo respondi:

Carina: Desculpa, algumas coisas aconteceram por aqui.

Lia: *Espero que resolva logo. Se esse italiano sair da linha, pode me falar que vou aí capar o filho da mãe. É bom que desconto minha raiva.*

Carina: Lia, vou ficar um tempo sem poder mandar mensagem, mas não quero que se preocupe, ok? Volto quando puder. Te amo, amiga. Obrigada por estar comigo a vida toda.

Meus olhos se encheram de lágrimas com saudade da minha amiga. Sabia que sentiria sua falta. Resolvi mandar a mensagem assim que soube qual era o meu destino, só precisei esperar a hora certa. Não poderia sumir do mapa sem lhe dar uma explicação se eu estava bem ou não. As coisas tinham acontecido rápido demais e eu ainda estava tentando assimilar.

Os sentimentos que me invadiram nos últimos dias foram bem confusos: de alívio fui para o desespero. Meu pai havia morrido, eu tinha matado um homem, Enzo estava muito ferido, Fabrizio estava vivo, mas não estava, e ainda tinha a parte de precisarmos nos esconder. Lia estava sozinha no Brasil, e Jill, no mochilão ao redor do mundo, sem saber que o homem que amava não tinha morrido. Não consegui assimilar tudo e acabei tendo uma crise nervosa bem complicada, que, se não fosse o apoio de Enzo, teria me feito ficar internada no hospital.

Não sobraram muitos homens de Paolo na região e os que ficaram logo partiram, abandonando tudo. Os agentes da Interpol recolheram os corpos da mansão e entregaram o do meu pai quase uma semana depois do incidente.

Pelo que Thomas contou, minha mãe tinha praticamente enlouquecido quando ele lhe deu as notícias. Disse que se apresentou, não falou que era um agente, mas um amigo. Explicou que tínhamos sido sequestrados pela mesma pessoa que meu pai havia roubado e traído e que ele tinha matado meu pai com uma overdose de entorpecentes. Não disse nada sobre mim, nem mesmo tocou no meu nome depois que falou do meu sumiço, e o pior de tudo é que ela nem ao menos perguntou.

Eu não queria mais pensar nos motivos dos meus pais para me ignorarem, me tratarem daquele jeito e entregarem a um bandido minha localização. Não entrava na minha cabeça que eles apenas encenaram para que eu me tornasse um bônus em suas vidas.

Mas também, o que eu poderia fazer agora, não é? Precisava me conformar com isso.

O enterro do meu pai foi marcado, mas eu estava proibida de ir. Enzo ainda estava de repouso, por isso não tínhamos ido embora. Porém, ele me ajudou a fugir do nosso esconderijo para que, pelo menos, me despedisse de longe.

Luciano Agnelli não foi o melhor pai do mundo, entregou-me aos lobos, literalmente, e não teve remorso quando o fez. Ainda assim, era o meu pai. Eu o amava e queria dizer adeus. Sua morte ficaria em minha memória para sempre.

Por ser quem era, seu sepultamento estava até cheio. Meu pai não havia conquistado amigos, mas acredito que a maioria estava ali pelo meu tio. Mamãe parecia inconsolável e era amparada por Henrique. Eu estava escondida atrás de uma árvore a uma boa distância e podia sentir a tristeza daquele momento.

— Thomas disse que teremos uma conversa muito séria quando voltarmos.

Os braços de Enzo me enlaçaram pela cintura. Ele não deveria estar de pé, porque perdera muito sangue, porém, aquele italiano era mais teimoso do que qualquer outra pessoa que já conheci. Dois dias depois da alta, ele já queria saber sobre a operação de Fabrizio e teve que ser contido na cama até que concordou ficar pelo menos cinco dias deitado.

— Mal posso esperar — ironizei, sorrindo, e deitei a cabeça em seu peito. Ele era meu porto seguro e sentia que podia pular de qualquer altura que Enzo estaria lá embaixo para me pegar. — É tão triste, não é? Estivemos aqui nesse lugar mais vezes do que gostaríamos e, por mais que tentemos, estamos sempre voltando. Eu tenho medo.

Enzo respirou fundo e pude sentir que limpava a garganta. Perdemos tantas pessoas importantes que era complicado não se sentir inseguro em relação à vida.

— Sim, dói ver quem a gente ama partir. Como você está?

Como eu estava? Não sabia dizer ao certo. Em meu coração, eu estava em paz, sabia que nada do que tinha acontecido era culpa minha, entendia que meu pai sofreu por suas escolhas erradas, mas, no fundo da minha alma, naquela parte que prometi não desenterrar mais, eu sentia que poderia ter feito mais.

Sem contar no peso das mortes que me assombrariam para o resto da vida.

— Ainda vou descobrir.

— Conseguiu falar com Lia?

— Mandei uma mensagem, não quis me alongar. Quem sabe um dia eu não consiga vê-la de novo?

— Eu acho que, quando acabar, conseguiremos nos encontrar e viver da forma que queremos.

Ele tinha a voz rouca cheia de emoção. Estávamos assim desde que recebemos nosso passaporte para a liberdade, mas era difícil partir e deixar as pessoas que amávamos para trás.

— Assim espero. — Me virei para ele e olhei para seu rosto. Enzo ainda parecia um pouco pálido e seus machucados ainda estavam bem visíveis, sem falar nas cicatrizes doloridas. — Você não deveria ter vindo, eu não ia ficar muito tempo.

Ele sorriu e assentiu, estendeu a mão e passou o dorso dos dedos em meu rosto, fazendo uma carícia maravilhosa que só ele conseguia.

— Não podia te deixar sozinha, você esteve comigo quando meu pai morreu, e estou aqui pelo seu.

Me sentia envergonhada pelo que meu pai causou à família Gazzoni por causa da sua ambição em querer mais dinheiro e vingança mesquinha.

— Mas é diferente. Meu pai, ele...

Enzo colocou um dedo em meus lábios e balançou a cabeça.

— Pai é pai, Carina. Sei que está sofrendo, e não poderia deixar você passar por isso sozinha, ok? Mas eu vim também para me despedir.

Franzi a testa sem saber do que ele falava.

— Se despedir? De quem?

Enzo olhava na direção de onde estava acontecendo o enterro do meu pai, então apontou com o queixo. Virei e vi tio Henrique caminhando em nossa direção, de cabeça baixa e parecendo muito abalado. Quando chegou perto, nos olhou atentamente.

— Parece que vocês foram atropelados por um caminhão.

Sem medir meus atos, me joguei em seus braços e deixei que a emoção me tomasse. Meu tio me abraçou carinhosamente e sussurrou palavras de conforto em meu ouvido. Eu não sabia que haveria essa oportunidade, achei que teríamos que partir sem poder falar com ele, e poder lhe dar um abraço acalmava um pouco a minha angústia.

— Pode chorar, menina, não é feio se sentir assim. Apesar de Luciano ter metido os pés pelas mãos, ainda era meu irmão caçula e eu o amava; também estou sofrendo por sua perda.

— Eu o vi, olhei em seus olhos, tio. Não vou me esquecer daquilo. Como mamãe está?

Ele respirou fundo e espalmou minha cabeça com sua mão.

— Ela vai ficar bem. Não se preocupe, cuidarei dela. Tudo bem?

Assenti e me afastei do seu abraço. Meu tio sempre foi um homem forte que não se abalava facilmente, mas eu via o quanto ele estava sofrendo por ter perdido muitos entes queridos. Olhou para Enzo e estendeu a mão.

— Cuida da minha menina, é a única coisa importante da minha vida agora.

Enzo pegou a mão dele e sorriu. Olhou para mim daquele jeito que só ele fazia e eu soube que estaria segura junto com ele. Nada nos aconteceria a partir dali.

— Pode ter certeza disso. Vai fazer o que agora?

Para todos os efeitos, Enzo Gazzoni havia morrido, e a organização continuaria como uma fachada para a Interpol, que a usaria como isca para criminosos internacionais, assim como vinha fazendo desde que Luca fizera o trato com Thomas. Henrique havia recebido uma proposta de sair de cena, ou trabalhar com eles.

Meu tio deu de ombros e sorriu.

— Não consegui matar aquele desgraçado com minhas próprias mãos pelo que ele fez com meu filho, mas Carina o fez por mim. — Olhou para mim e piscou um olho, parecendo orgulhoso. — Queria sair e esquecer tudo, mas não sei se nasci para viver tranquilamente. Acho que vou entrar na operação.

Eu não sabia como me sentir com aquela novidade, ele havia sido um criminoso a vida inteira e agora trabalharia para o outro lado. Mas, de alguma forma, eu o entendia. Henrique estava cansado, tinha recebido uma forma de redenção pelos pecados e se agarrava a ela.

Enzo o olhava com tanta admiração, carinho e emoção que eu queria abraçá-lo para tirar aquela dor que sabia que ele carregaria pelo resto da vida.

— Fica bem, ok? Se cuida.

Tio Henrique sorriu e passou a mão pela sua careca, parecendo sem graça até.

— Essa fala é minha, garoto, mas fica tranquilo que sou cavalo velho. — Ele olhou entre mim e Enzo. — Vocês dois vão embora sem nem mesmo pensar, não olhem para trás, não pensem no passado, sigam em frente, deixem que a vida se encarregue do resto. Eu vou indo para não chamar atenção.

Assenti, segurando o choro que ameaçava me sufocar, e vi que Enzo estava da mesma forma. Henrique se aproximou e abraçou nós dois ao mesmo tempo.

— Vocês podem viver a vida que queriam. Seu pai estaria orgulhoso de você, Enzo.

Ele se virou e partiu de volta para onde as pessoas olhavam o túmulo do meu pai, que já tinha sido coberto por terra.

— Vou sentir falta desse careca.

— Eu também.

Olhei para Enzo e senti meu coração disparado; era como se estivesse pulando de bungee jumping, tamanha a adrenalina que corria por minhas veias. Ele se virou para mim, estendeu a mão e sorriu daquela forma maravilhosa que me dizia que tudo daria certo.

— Pronta para pular, *cara mia*?

Entrelacei meus dedos nos dele e sorri com o coração cheio de esperança.

— Só se você estiver pronto para me pegar!

Ele se aproximou e beijou meus lábios levemente. Com nossas bocas coladas e olhos conectados, ele prometeu milhares de coisas sem dizer nada. E não precisava porque eu via tudo em seu olhar.

— Sempre.

E demos os primeiros passos para a nossa vida, a vida que sonhamos, a vida sem o crime, sem as mortes. Estávamos prontos, era a hora certa! E, de mãos dadas, pulamos sem pensar no que poderíamos encontrar no final do salto.

EPÍLOGO
Carina Agnelli

Ele batia no saco de areia com tanta força que fiquei surpresa por aquela coisa não se espatifar no chão.

Mas preciso deixar bem claro o quanto ele ficava sexy e delicioso todo concentrado com aquela carinha de menino mau que nunca o abandonaria. Não importava que nome ele tivesse, ou quanto tempo passasse, nunca deixaria de ser o meu bad boy.

Os socos estavam fortes e rápidos, os músculos se movimentavam em sincronia, como uma dança gostosa de se ver, com movimentos perfeitos, e o suor pingava de seu corpo, fazendo sua pele brilhar. Ele estava maior a cada dia, treinava até cansar, e estava feliz por finalmente ter o que sempre quis.

Já tinham se passado dois meses desde que nossa vida mudara completamente e não poderíamos estar mais felizes depois de tudo que nos aconteceu.

— Ei, delícia! Pronto para ir?

Ele parou de machucar o saco de areia e se virou, olhando para mim daquela forma que eu nunca me acostumaria, me vendo como a mulher mais linda do mundo, como se eu fosse um presente de Deus e não houvesse mais nada que ele gostaria de estar fazendo do que simplesmente me observar. Sorriu e lambeu os lábios, sem fôlego e, quando se aproximou, pude ver o quanto a vida tranquila havia lhe feito bem.

— Só estava te esperando, meu amor.

Ele me alcançou e puxou-me pela nuca para um beijo arrebatador que somente meu italiano gostoso sabia dar. Quando me soltou, eu estava tão sem fôlego quanto ele. Eu já tinha me acostumado a ficar nesse estado toda vez que estávamos assim.

Há dias estávamos apenas dormindo quando chegávamos. Era semana de prova e eu estava quase enlouquecendo com tanta coisa para pensar. Como um maravilhoso "namorido", ele respeitava totalmente meu momento, mesmo que eu estivesse enlouquecendo querendo-o.

— Hum, acho que vou aproveitar meu novo namorado. Sabe que eu até gosto de Taylor Walker?

Ele riu e se aproximou, colando o peito suado no meu, fazendo com que meu corpo acendesse em antecipação o que estava por vir. Ele mordeu a boca e chegou bem pertinho do meu ouvido.

— Mas você não consegue esquecer o outro, né? — Mordiscou minha orelha e, com a voz rouca, sussurrou: — Você só grita por um tal de Enzo Gazzoni quando estamos fazendo amor.

Precisamos assumir identidades novas até que a operação fosse concluída. Por mais que Enzo dissesse que não importava como nos chamávamos, eu sabia que ele amava seu nome e legado. Mesmo o tendo renegado e o amaldiçoado, no fim, depois de tudo que vivemos, ele passou a respeitar a herança do seu pai. Mas não colocaríamos em risco a missão de Fabrizio e Thomas, por isso, nos transformamos em um casal de namorados que morava junto. Eu mudei apenas meu sobrenome, era agora Carina Vidal, estudante do sétimo período de Medicina. Enzo havia se transformado em Taylor Walker, dono de uma pequena academia de lutas.

Apesar de estarmos felizes e nos divertirmos com a nova vida, mal podíamos esperar para voltarmos para casa e encontrarmos nossos amigos.

Vivíamos em uma pequena cidade no litoral dos Estados Unidos, onde tinha uma boa faculdade e muitos sonhos a se realizarem.

Sorri para ele e lambi seus lábios deliciosos; Enzo havia recolocado o piercing e eu amava aquilo.

— Você sabe que morro de tesão ao lembrar que tenho dois em um na cama?

Enzo sorriu e assentiu, me pegando pela cintura e olhando em volta. Não estávamos sozinhos; apesar de a academia estar quase fechando, sempre tinha alguém treinando.

— Acho melhor te levar daqui antes que faça uma merda outra vez.

— Qual? A de me expor? Acho que tio Henrique sairia de Nova York só pra te dar uns cascudos.

Claro que eu estava brincando, meu tio não sabia onde estávamos. Ele fazia parte da missão e sua operação com Thomas ainda não tinha terminado.

Mas Enzo se arrependia de todas as vezes que fomos expostos em momentos íntimos.

— Nem me fale, porque estou com saudades daquele velho marrento. Vou fechar e te encontro lá fora.

Assenti e olhei para o garoto que treinava golpes no meio do tatame. Era um menino de treze anos e Enzo o admitiu na academia sem que pagasse nada. Disse que o menino era bom e precisava de uma distração.

Eu sabia que era muito mais. Apesar de ser uma cidade pequena e tranquila, o jovem Peter Harvey era de um bairro meio barra pesada, e acho que Enzo via no menino o que ele queria ter tido: uma oportunidade de sair de toda aquela sujeira. Por isso ele, treinava-o para ser o que ele quisesse ser.

Nós não levamos dinheiro algum da máfia, apenas o que o programa nos deu para começarmos e então fomos trabalhar. Eu ficava meio período na biblioteca da faculdade e ele, na academia. Não tínhamos luxo, mas não precisávamos. O que queríamos era apenas viver o nosso amor e sermos quem éramos.

Vi quando o menino parou de treinar e falou com Enzo por alguns segundos. Então sorriu e pegou suas coisas, mas, antes de sair, acenou para mim e seguiu seu caminho. Ele era um menino muito bom, bonito e gentil. Não parecia ter apenas treze anos, era muito mais vivido do que isso.

— Ele é um bom garoto — Enzo disse ao se aproximar e baixou as portas de ferro da academia.

— Assim como vocês foram e ainda são.

Ele sorriu e me abraçou, apoiando o queixo na minha cabeça.

— Não sei, às vezes, penso que, se eu realmente quisesse, teria saído daquela vida e nada teria acontecido.

Passei as mãos por suas costelas e cintura, sentindo o relevo das cicatrizes. Enzo quase nunca ficava sem camisa por causa delas, já que geravam muitas perguntas que não estávamos dispostos a responder — na verdade, nem podíamos. Em sua barriga, onde Paolo havia cortado a letra M, Enzo havia feito uma tatuagem que praticamente a cobria: um dragão de asas abertas que pegava todo o abdome, costelas e costas. Ele dizia que era para que nunca se esquecesse que, apesar da dor, ele poderia voar.

— Acho que nunca saberemos. A única coisa que podemos fazer é dar graças a Deus por estarmos aqui para podermos ver um menino lindo querendo sair de uma vida ruim e seguir seus sonhos. — Levantei a cabeça e sorri, olhando em seus lindos olhos azuis. Enzo sorriu para mim e deslizou a mão por meu cabelo, colocando uma mecha atrás da orelha. — E, de qualquer forma, a vida não é como um jogo, onde cada passo pode ser calculado com antecedência. Em cada rodada, temos uma surpresa e muitas vezes elas podem nos levar a caminhos que não esperávamos, mas que podem ser maravilhosos se conseguirmos enxergá-los de verdade.

— Já disse o quanto te amo?

Sorrindo, sacudi a cabeça em negativa e me estiquei para lhe dar um selinho.

— Faz algumas horas que não diz.

Enzo mordeu a boca e sorriu.

— Então vamos para casa que vou te dizer o quanto te amo enquanto te faço minha de novo.

— Hum, só se for agora.

Ele me abraçou e caminhamos em direção à pequena casa onde morávamos, e era o nosso ninho, nossas férias, o refúgio que encontramos da roleta russa que fora nossa vida, enquanto esperávamos a oportunidade de voltar para o nosso lar.

THOMAS CAMPBELL

Olhar para os dois caminhando pela rua abraçados, brincando, sorrindo e beijando-se trouxe um sorriso sincero ao meu rosto. Estava feliz por terem conseguido a tão sonhada liberdade, superando seus fantasmas e vivendo intensamente cada dia que lhes era concedido. Pessoas como Carina e Enzo sabiam o valor de cada segundo e aproveitavam todos eles.

Eu havia ido ali para falar com eles, mas, ao ver o quanto estavam felizes, achei que a minha presença os deixaria tensos e lembranças ruins retornariam. Então achei melhor voltar e deixá-los longe da escuridão até que fosse necessário que voltassem.

Olhei meu celular mais uma vez e a foto cortou meu coração. Eu fui um estúpido em me deixar levar, não medi as consequências, e inocentes estavam pagando pelos meus erros.

Seus olhos assustados me olhavam direto na alma e pediam socorro, mas o que queriam que eu fizesse era difícil demais. Porém, eu não tinha escolha. Era sua vida que estava em risco.

Respirei fundo e digitei a mensagem:

"Estou dentro!"

Aquele era o meu ponto de ruptura.

AGRADECIMENTOS

Roleta Russa foi um divisor de águas para mim. Sei que é difícil imaginar de que forma isso foi possível se considerar o tema da história e tudo que envolve a vida dos personagens. Mas esse livro me ajudou a entender tantas coisas, me ensinou que eu poderia mudar o rumo da minha vida, se quisesse isso. Eu sou a dona das minhas escolhas, eu sou a responsável por fazê-las, eu tenho controle do que faço ser importante e o que não preciso me preocupar. E isso é o que mais amo nessa profissão linda que é escrever; a cada nova história me torno alguém diferente, me transformo em uma versão melhor de mim mesma.

Enzo e Carina se despedem de nós nesse livro — ainda teremos o prazer de vê-los nos outros livros da série —, mas o ponto final desse casal que deu início a algo diferente, a um desafio para mim, que me tirou da zona de conforto, eu já coloquei. E só agradeço a esses dois por cada momento que passamos juntos!

E preciso agradecer a cada leitor que se apaixonou, que surtou comigo querendo mais desses dois, a cada teoria da conspiração que me fez sorrir. Vocês foram essenciais para que eu tentasse me superar mais uma vez nessa segunda parte. Espero que tenha feito jus a toda essa expectativa.

Queria poder retribuir todo o carinho que recebo diariamente. Não sei se muito obrigada é o suficiente, mas estejam certos de que sou realmente muito grata por tudo e pela oportunidade que vocês me dão ao deixar que minhas histórias façam parte dos seus dias. Isso é muito especial e não tem preço.

Agradeço a Deus a família linda que me deu. Não canso de agradecer! Sem a minha base, que está sempre ao meu lado, eu não seria capaz de nada nessa vida. Meus meninos são as minhas melhores escolhas e a consequência deles é o amor infinito que sinto.

Sou grata por ter amigas incríveis e fiéis, que ficam ao meu lado mesmo que eu esteja chata, resmungona e nos dias ruins. São anjinhos especiais que cuidam de mim diariamente. Obrigada por tudo, meninas lindas!

À Editora Charme, eu só tenho a agradecer por toda a dedicação, apoio, confiança e amor comigo e com meus livros. Eles são mais do que trabalho para mim, mais do que um monte de palavras, eles são sonhos que vocês acreditam e que tornam realidade. Vocês trabalham com amor e isso faz toda a diferença. À toda a equipe, deixo o meu muito obrigada por cada voto de confiança, carinho e amor. Vocês são maravilhosas! <3

E que venham mais histórias, mais livros, mais sonhos... Que as consequências de nossas escolhas sejam as melhores possíveis e que possamos sorrir em cada uma delas! <3

Mil beijinhos, Gisele Souza! :*

Entre em nosso site e viaje no nosso mundo literário.
Lá você vai encontrar todos os nossos
títulos, autores, lançamentos e novidades.
Acesse www.editoracharme.com.br

Além do site, você pode nos encontrar em nossas redes sociais.

 https://www.facebook.com/editoracharme

 https://twitter.com/editoracharme

 http://instagram.com/editoracharme